Victor Kessler n'a pas tout dit

Du même auteur

Le Parfum de l'hellébore
Éditions de La Martinière, 2017
Points, 2019

Chambre 128
Éditions de La Martinière, 2019
Points, 2020

CATHY BONIDAN

Victor Kessler n'a pas tout dit

Éditions
de La Martinière

ISBN : 978-2-7324-9437-1

La citation de Paul Auster est tirée de Cité de verre.
Roman traduit de l'anglais (États-Unis) par Pierre Furlan

Une marque de la société EDLM

Rien n'est vrai, rien n'est faux ; tout est songe et mensonge,
Illusion du cœur qu'un vain espoir prolonge.
Nos seules vérités, hommes, sont nos douleurs.

Lamartine, *Le Tombeau d'une mère*

La tranquillité est un don du ciel. Il ne faut pas croire qu'elle va de soi.

Je n'aurais pas imaginé, à vingt ans, que je regretterais un jour les ruelles de mon village, le paysage monotone des forêts dans la brume et la répétition inlassable des jours sans aspérités. Je pense à tout ce qu'on a écrit sur moi depuis le début de cette histoire. Les journalistes se sont régalés. C'est leur métier. Mais jamais, non jamais, je n'ai lu un résumé limpide des événements.

L'exercice est périlleux, car les faits sont troublés par le filtre des souvenirs. Les sentiments eux aussi ont pollué le terrain. Au fil des interrogatoires, les visages d'autrefois ont revêtu un masque que je dois leur ôter pour retrouver l'innocence des premiers jours. Quand personne ne s'intéressait à la couleur d'une voiture, à la fraîcheur de l'eau, au rire de Céline.

Je dois oublier les remords et la souffrance pour me rappeler le jeune homme que j'étais alors. Me revoir, si jeune et si confiant, anonyme et pourtant certain qu'un destin extraordinaire m'attendait.

J'avais raison. En quelque sorte.

Partie I

1

Dimanche 3 décembre 2017

Le supermarché tremble sous les pas des clients. La tête dans les préparatifs des fêtes de Noël, le consommateur est du genre pressé. Dans la galerie marchande, une femme blonde avance à contre-courant. Son cou long et obstiné brave le flot des clients, mais chaque mouvement est hésitant et ressemble à une excuse. Impossible de distinguer la couleur des yeux qu'elle garde baissés sur ses notes. Comme toutes les personnes que l'on croise dans la vraie vie, elle est insipide. Si on la catapultait dans un feuilleton télévisé diffusé à l'heure du dîner, elle serait maquillée, habillée avec des vêtements colorés qui relèveraient son teint pâle. Alors elle serait belle, sans doute, et les téléspectateurs envieraient son aisance et sa simplicité. Mais, sous l'éclairage cru des néons qui accentuent ses cernes, l'enfant qu'elle était transparaît en filigrane. Une petite fille sage, en apparence attentive, épaules rentrées pour limiter la place qu'elle occupe au troisième rang de la classe.

Pour l'instant, sa poitrine se soulève à un rythme trop rapide tandis qu'elle relit avec application les différents points du questionnaire :

- Caractéristiques du consommateur : niveau social, sexe, âge
- Motifs de fréquentation : proximité, prix, équipements de la galerie
- Rythmes de fréquentation
- Pratiques du consommateur : chariots pleins ou courses d'appoint (moins de 10 articles), seul ou en famille
- Utilisation des divers équipements de la galerie : coiffeur, Photomaton, café…
- Circulation dans le magasin : liste définie ou promenade aléatoire
- Appréciation globale des consommateurs notée de 1 à 10

En quatre ans, elle a compris le principe. Elle pourrait rédiger les conclusions sans sortir de chez elle, sans agresser les clients un dimanche matin à la porte de leur hypermarché.

« L'enquête montre une diversité des publics usagers fréquentant le supermarché, avec des attentes différentes en matière de consommation.

L'ouverture des grandes surfaces le dimanche génère… »

– Bertie, bouge-toi, s'il te plaît ! À vue d'œil, t'en as pas dix et on va pas y passer la journée…

Bertille hoche la tête pour répondre à Flore, sa collègue, qui a déjà rejoint de nouveaux clients. À la manière d'un jouteur ayant perdu son pavois, elle se dirige sans espoir vers un couple armé d'un Caddie.

– Excusez-moi, c'est pour un sondage…

– Vous avez pas mieux à faire le dimanche matin que d'emmerder les gens ? Vous savez que c'est le week-end et qu'on aimerait se détendre ?

– Je comprends, je suis désolée…

Elle les regarde s'éloigner et jouer des coudes pour se fondre dans leur lieu de détente, fait mine de cocher une feuille à l'intention de Flore et Lucas qui la surveillent toujours du coin de l'œil. Elle préfère les sondages par téléphone. Pas de vis-à-vis, pas de contact physique. Elle s'avance vers les caisses « moins de dix articles ».

L'homme range ses marchandises. Il est âgé, probablement retraité. Elle se demande ce qu'il fait à une caisse rapide. Seuls les gens pressés choisissent les machines. Les autres, ceux qui n'ont plus d'utilité sociale, préfèrent avoir affaire à une caissière. Ils épient les mots des clients précédents en préparant la phrase qu'ils lâcheront à leur tour en remplissant leur chèque ou en tapant leur code. C'est l'unique occasion qu'ils auront d'entendre leur propre voix, de s'assurer qu'elle existe encore. Ensuite, ces quelques mots les accompagneront jusqu'au soir. Ils repenseront à ce qu'a dit la femme brune à ses enfants ou à son mari, ils imagineront sa vie et se replongeront dans leurs propres souvenirs.

Malgré des gestes ralentis, le vieux maîtrise la présentation du code-barres. Il attrape l'article, le fait tourner dans sa main tel un prestidigitateur à l'entraînement et le glisse sous le rayon bleuté. Le bip retentit et le visage ridé se tourne alors vers elle. Elle l'a déjà croisé, tout à l'heure, à l'entrée du magasin. Elle n'a pas osé l'interviewer tant son esprit semblait lointain, à mille lieues du temple de la consommation où l'ont porté ses pas. Machinalement, elle remarque la bouteille de soda, le sachet contenant deux fruits, des pommes semble-t-il, un papier du rayon charcuterie, du jambon ou du pâté, et une baguette de pain qu'il s'applique à plier en deux pour refermer soigneusement son cabas. Sa démarche est lente, mesurée, et son dos voûté à force de regarder où poser ses pieds.

– Monsieur, excusez-moi de vous importuner, mais je réalise une enquête…

Le visage se relève, brusquement, l'air inquiet.

– Je souhaiterais vous interroger…

2

Des heures plus tard, du fond de son lit, Bertille se remémorerait chaque seconde de la scène. Les yeux exorbités de l'homme, son visage déjà ridé qui s'était ratatiné comme si le passage des années avait été filmé en accéléré pour vanter l'urgence d'une crème anti-âge, l'absence de bouche, lèvres avalées sous l'effet de la panique, et enfin les jambes qui avaient lâché, au ralenti, pendant que le regard clair du vieillard agrippait le sien pour retenir la chute. Durant ce temps infini, Bertille n'avait pas esquissé un seul geste, paralysée par la surprise plus que par la peur et attendant sottement que l'homme fût à terre pour s'agenouiller à ses côtés. Lorsqu'elle raconterait l'événement au bureau, elle insisterait sur le temps qui s'était écoulé avant l'arrivée des autres personnes : les clients du magasin, ses deux collègues et, enfin, les pompiers qui l'avaient poussée sans ménagement pour prendre les choses en main, leur efficacité accentuant son inutilité, son incapacité à aider l'homme qui venait de faire un malaise à cause d'elle.

Car, même si personne ne l'avait remarqué, elle était responsable. En questionnant le vieux, elle avait induit une réaction qui allait peut-être le tuer si ce n'était déjà fait. Pendant un instant, elle avait songé à s'écarter du corps et du matériel de réanimation, à partir avec ses deux collègues, comme s'ils n'étaient que les trois spectateurs innocents du vertige d'un client fatigué. Au cours des mois qui suivraient, elle se demanderait souvent pourquoi elle était restée.

Pendant plusieurs minutes, les secouristes s'étaient activés autour du corps inerte, lui parlant sans cesse pour expliquer chacun de leurs gestes alors que l'homme semblait déjà mort. Puis l'un d'eux avait aboyé des ordres et tous s'étaient relevés, dans un ballet parfaitement orchestré. Bertille avait alors aperçu les yeux clairs. Elle avait été surprise de ne plus y lire la panique qui, cette fois, aurait été justifiée.

La suite resterait à jamais floue dans ses souvenirs. Par le récit que lui en ferait Flore plus tard, elle apprendrait qu'elle avait ramassé le cabas de l'homme et qu'elle avait suivi les pompiers, ses sondages à la main, insistant sans raison pour accompagner le vieil homme à l'hôpital. Là-bas, elle avait attendu. Longtemps. Assise sur un siège qui lui permettait d'observer la circulation dans le hall. Une infirmière était venue prendre le nom du patient. Elle n'en savait rien. Puis la lumière naturelle s'était assoupie révélant que la pendule de la salle d'attente n'était pas à l'heure. Le passage à l'horaire d'hiver n'était toujours pas effectif pour les familles des patients, qui attendaient donc dans un espace-temps décalé.

Les vitres avaient noirci et un médecin était venu lui annoncer que l'homme était tiré d'affaire.

– Vous pouvez le voir cinq minutes si vous le souhaitez.

– Non, non… Je ne veux pas le déranger, vous savez, je ne le connais pas. J'étais juste présente quand il est tombé.

– Il dit qu'il n'y a personne à prévenir. Apparemment, il vit seul. C'est gentil à vous de l'avoir accompagné.

– J'ai son sac de courses. Je ne sais pas…

– S'il y a des produits alimentaires, on ne peut pas le garder à l'hôpital. Vous allez devoir le prendre. Laissez votre numéro à l'accueil et on vous préviendra de son jour de sortie. Vous pourrez toujours lui rapporter ce qui sera encore consommable.

Le jeune médecin avait jeté un œil dubitatif sur le cabas décoloré. Puis il avait rejoint les internes qui discutaient au fond du couloir.

Ce n'est que plus tard, le lendemain peut-être, que Bertille réaliserait qu'elle n'avait pas demandé l'identité de l'homme. En notant son numéro de téléphone, la femme à l'accueil l'avait félicitée pour son comportement citoyen. Ça l'avait déstabilisée. Elle aurait voulu lui expliquer qu'elle n'avait rien fait qui ne fût motivé par son implication, mais elle s'était tue car il était évident que son interlocutrice aurait nié sa responsabilité. Elle aurait parlé de hasard, de vieillesse aussi, comme si ce mot justifiait à lui seul la panique que Bertille avait lue dans le regard délavé.

❖

Le lundi, ses collègues apprécièrent cette histoire qui donnait un peu de piquant à une énième enquête sur l'ouverture des grandes surfaces le dimanche. En plaisantant, Flore suggéra de revendiquer une prime de risque. Bien sûr, Bertille sourit. Elle n'osa pas révéler qu'elle avait gardé le cabas et laissé ses coordonnées, les seules désormais associées au patient anonyme de la chambre 128 d'un hôpital de banlieue parisienne.

Jusqu'au mardi, le sac resta dans l'entrée de son appartement. Le jambon avait trouvé une place dans son frigo. La baguette pliée en deux avait fini à la poubelle.

L'hôpital tenta de la joindre le mercredi matin, alors qu'elle était déjà en ligne. Elle refusa l'appel, mais fut surprise par le message. Monsieur André réclamait ses affaires. Bertille pouvait garder l'alimentaire, mais devait rapporter le reste à l'accueil.

Le reste. Ces deux mots la poursuivirent jusqu'au soir. À peine rentrée, elle vida le contenu du cabas à même le sol de l'entrée. Une bouteille et deux pommes… Qu'y avait-il d'autre ? Hormis ce fichu sac qui semblait avoir traversé des décennies et n'était absolument pas pratique. Les parois épaisses, doublées de carton pour être isothermes, le rendaient moins efficace que les petites glacières vendues aujourd'hui dans les rayons de surgelés. C'est en le plaçant près de la porte d'entrée qu'elle eut une idée folle. À ceux qui lui poseraient la question, bien plus tard, elle répondrait qu'elle ignorait ce qui lui était passé par la tête lorsqu'elle avait pris ses ciseaux à ongles pour s'attaquer aux coutures du cabas. Au bout de quelques minutes, des feuillets jaunis s'étalèrent sur le sol de l'entrée, quarante pages, peut-être davantage, rédigées à la main d'une écriture minuscule et appliquée.

J'ai grandi à Saintes-Fosses, un village de l'est de la France dont le nom serait un temps connu de tous. Mais, en 1972, ce n'était pas encore le cas. Lorsque je repense à mon enfance, j'ai l'impression que chaque image est liée à Céline et à la mort de son frère. Curieux processus que celui de la mémoire qui reconstruit notre histoire à partir de quelques faits que nous ne pouvons évincer. Ainsi les années 72 et 73 semblent s'étirer jusqu'à représenter la moitié de ma vie alors que les dix dernières années s'évanouissent déjà dans la brume.

La maison dans laquelle vivait ma famille marquait la sortie du village. Dominant la route qui menait au lac, elle était le lieu de rendez-vous des copains qui s'y arrêtaient avant de rejoindre le plan d'eau, notre principal terrain de jeu. Est-ce toujours le cas aujourd'hui ? Je l'ignore. Après la mort de Simon, les parents durent interdire le site aux gamins du coin, mais, dans les années soixante, nous y passions nos étés, ravis d'avoir un lieu de baignade à dix minutes de l'école. À partir de la fin mai, nous mettions nos maillots dans les cartables pour aller là-bas après la classe. Il devait faire beau et chaud. Pourtant, je ne revois plus le lac sous le soleil. Je ne parviens à me le représenter qu'à travers les bancs de brouillard. Comme si la météo du 17 novembre 1973 avait effacé tous les souvenirs antérieurs.

C'est à l'adolescence que Céline était entrée dans ma vie. Nous avions grandi. Nous avions cessé de courir pieds nus après les grenouilles, et les serviettes de plage avaient remplacé nos constructions de Castors Juniors sur les berges du lac. Les garçons commençaient à jouer des pectoraux et les filles sortaient leurs maillots vichy dès les premiers rayons de soleil. Nous n'osions pas encore les toucher, mais nos jeux étaient l'occasion de frôlements qui survoltaient nos sens. Dès son entrée au collège, Céline était devenue la vedette de l'établissement. Elle était belle sans le savoir, ses cheveux capturaient la lumière, créant un halo solaire autour d'elle. On aurait dit une star de cinéma poursuivie inlassablement par son éclairagiste. Pour tous les jeunes des environs, notre village perdit son nom propre pour devenir « le village de Céline ». Elle ne tirait aucune gloire de ce succès. À l'époque, sa simplicité, sa gêne presque, auraient dû nous alerter. N'importe quelle jeune fille aurait paradé, aurait profité de cette vénération pour exercer sa domination sur les garçons et écraser les filles de son mépris.

Pas Céline.

À partir de quatorze ans, j'acceptai toutes les commissions que me confiait ma mère. Pour me rendre au centre du bourg, j'effectuais un détour par la rue de la Mortagne et je stationnais quelques minutes devant la maison où vivait Céline. À la belle saison, je l'apercevais dans le jardin avec son frère et je lui faisais signe. Aujourd'hui encore, il me suffit de fermer les yeux pour la revoir s'approcher en sautillant et s'asseoir à mes côtés sur le muret qui servait de clôture. Je lui lisais le détail des courses que j'avais à faire et elle ne s'étonnait pas du détour qui m'amenait dans sa rue. Nous parlions de l'école et de nos journées respectives. Elle se moquait de ses professeurs, moi des miens, jusqu'à ce que le silence s'instaure et donne le signal de mon départ. Dans mes moments de témérité, je lui demandais si elle n'avait pas quelque course à effectuer au village et, immanquablement, elle secouait la tête et faisait au revoir de la main avant de disparaître dans la maison. J'ai su bien plus tard qu'elle n'était pas autorisée à sortir tant qu'elle n'avait pas réalisé certaines tâches domestiques. Elle s'occupait du linge, de la vaisselle et du ménage, sa mère se réservant les courses et la cuisine. Le week-end, elle avait la permission de nous rejoindre à condition de prendre son petit frère avec elle.

Mais, à quatorze ans, on n'imagine pas à quel point chaque foyer est différent, et on projette sur ses camarades la seule vie qu'on connaît. Des années plus tard, la légèreté de la jeune fille qu'elle était parvient encore à se frayer un chemin dans mes rêves. En m'éveillant, je tente alors d'y associer tout ce que j'ai appris par la suite sur sa famille et sur sa vie. En vain. Céline était la lumière et je ne peux concevoir la noirceur qui l'entourait. Lors du procès, des points essentiels furent négligés et je n'appris la vérité que beaucoup plus tard. La vérité… Un bien grand mot pour de nouveaux faits contredisant tout ce qui a été soulevé par la défense comme par l'accusation. Cette histoire est à l'image de l'existence, on en trouve autant de versions qu'on interroge de protagonistes, chacun jugeant les actes de son seul point de vue.

3

La sonnerie de la porte d'entrée interrompit la lecture de Bertille. Elle regarda l'heure sur la pendule et se souvint que Flore devait lui déposer sa fille. Se hâtant d'enfouir les pages au fond du cabas, elle le poussa du pied et ouvrit la porte.

– Comment ça va, ma belle ? Remise de tes émotions ? Tu sais que tout le monde parle de toi au bureau ? Bertie, l'enquêtrice au sondage qui tue !

– Arrête ! Déjà que je ne sais pas comment continuer après ça !

– Taratata ! Ne t'en fais pas, avec Lucas, on s'est dit qu'on pouvait t'épargner la suite des questionnaires sur les grandes surfaces… mais à une condition…

– Je t'écoute.

– Tu rentres toutes les données sur l'ordi et tu t'occupes des tableaux.

– OK ! Tout ce que vous voulez tant que je ne

mets plus les pieds dans ce magasin. Merci à tous les deux.

Flore se retourna pour accrocher le manteau de sa fille dans l'entrée.

– J'y crois pas ! C'est le sac du vieux ? Tu sais que là c'est carrément glauque, on pourrait t'accuser de l'avoir agressé pour lui voler son repas ! Tu vas en faire quoi ?

– Je dois le rapporter à l'hôpital demain. Je ne pouvais pas laisser les produits alimentaires là-bas, ils ne sont pas autorisés.

– Donc, tu vas te taper une heure de bus aller-retour pour un sac qui a au moins quarante ans et qui ne vaut rien ! Attends, ce week-end, je suis libre, on ira là-bas en voiture.

– C'est sympa, mais je ne peux pas. S'il sort avant, je ne sais pas où il habite et il tient à le récupérer.

– Comme tu veux… Bon, je te laisse Mélanie, tu es sûre que tu n'avais rien ce soir ?

– Tu sais bien que non, et puis ta fille est adorable. On va faire la cuisine toutes les deux et elle pourra dormir dans ma chambre, je prendrai le canapé.

– Tu es un ange. Mais, un jour, il va falloir que tu te remettes à vivre. Nicolas est parti depuis longtemps, tu as un appartement, un travail, le permis… Tu es une nouvelle femme, Bertie, tous les hommes ne sont pas comme lui.

Bertille opina du chef en souriant, mais à l'intérieur de sa tête retentit un bruit de vaisselle cassée. Elle bénit la petite fille qui vint la tirer par la manche.

Céline, comme beaucoup de jeunes du village, opta pour une orientation en CET[1] *qui lui permit de rejoindre l'apprentissage avec un CAP en poche. Elle valida toutes les épreuves avec succès et rendit ses lettres de noblesse à cette formation technique. Désormais, le départ en CET n'était plus l'apanage de ceux qui échouaient à l'école puisque la meilleure élève du village avait choisi cette voie. À nos yeux, la coiffure devint tout naturellement une filière d'excellence. Alors que Pascal, Yves et moi préparions le baccalauréat, Céline obtint de travailler chez* Tiff-Annie, *le salon du village. Dès lors, le lieu de rendez-vous du week-end se décala du lac au* Bar du Centre, *situé sur la place et formant le meilleur point d'observation. Nous nous installions, nos verres à la main, en arc de cercle face à la rue, les yeux rivés sur la porte du salon de coiffure.*

Lorsqu'elle avait terminé son travail, Céline venait jouer au baby-foot ou au flipper avant de rentrer chez

1. Collège d'enseignement technique.

elle. Dès qu'elle nous abandonnait, une tristesse envahissait le café et nous nous hâtions de partir afin d'accélérer la soirée et d'être plus vite rendus au lendemain. En tout, nous étions une douzaine de jeunes à traîner dans les environs et à passer tous nos week-ends au village : bière, flipper, baby-foot et musique. La recette n'était pas différente de celle qui gouvernait chaque bourgade française à une époque où n'existaient pas encore les jeux vidéo. Mais, à Saintes-Fosses, nous pensions que le patronyme de la commune nous avait prédestinés à un ennui mortel.

Je n'ai aucun souvenir de ce qui a pu advenir en dehors du village pendant mes années de jeunesse. De la même façon, les épisodes de mon histoire familiale sont fragmentés, comme s'ils m'avaient été racontés par bribes ou que je les avais vécus derrière un écran de télévision. Il y avait les fêtes de famille – Noël, les anniversaires – qui amenaient mes grands-parents à la maison, mais auxquelles j'assistais en touriste. Le monde des adultes était un univers parallèle qui ne me concernait pas. Je m'en veux aujourd'hui de ne pas avoir tenté de connaître mes parents quand je le pouvais encore, mais traîner avec mes copains était tout ce qui importait. Je ne me sentais à ma place qu'au cœur de la petite bande que nous formions, rassemblée autour du troquet. Parfois, l'odeur du tilleul me revient. La douleur sourde jaillit avec elle et libère tous mes sens, comme la houle qui délivre d'infimes particules de roches prises dans la falaise. Vacillant, je m'appuie alors sur le petit bureau gravé d'insultes par mes prédécesseurs et j'attends. J'attends que les odeurs rances de cuisine et d'égout chassent enfin le parfum du passé.

En 1968, nous avions suivi les événements, de loin. La province regardait Paris, la province vibrait avec Paris, mais ce n'était pas Paris. La révolution s'était murée à l'intérieur du périphérique et, à Saintes-Fosses, la vie continua comme avant. Quatre ans plus tard, à l'époque où tout commença, nous avions une vingtaine d'années. Sept d'entre nous avaient commencé leur apprentissage à seize ans et étaient financièrement indépendants. Quelques-uns vivaient même en couple, ce qui leur conférait un certain prestige. Nous étions trois à avoir réussi les concours de la fonction publique après notre baccalauréat, obtenu deux ans plus tôt. Nous avions symboliquement rejoué les batailles parisiennes de Mai 68. Deux-un. Un pour la police, deux pour l'Éducation nationale. Pour le reste de la bande, nous représentions les nantis, ceux qui se la couleraient douce toute leur vie et prendraient leur retraite à cinquante-cinq ans sans avoir les mains sales.

Ils avaient tort…

Mais, en 1972, nous ne le savions pas encore et nous avancions, confiants dans l'avenir. Avec mon meilleur ami Pascal, nous étions convaincus d'appartenir au clan des gauchistes et nous avions adopté les cheveux longs et la barbe de rigueur. C'est à la rentrée suivante, en prévision de notre premier poste d'instituteur, que nous avions opté pour une coupe plus rassurante pour les parents d'élèves. Je me souviens très bien de cette séance de coiffure. Céline, les ciseaux à la main, riait aux éclats. Elle avait apporté son matériel au café et nous avions réquisitionné l'arrière-salle pour lui permettre de montrer ses talents. Elle était douée. Depuis le collège, elle excellait dans tout ce qu'elle faisait. Lorsque nous lui demandions pourquoi elle n'avait pas tenté d'être médecin ou avocate, elle prenait un air moqueur.

– Vous m'imaginez toute la journée en blouse blanche ou en robe noire ? Chez Tiff-Annie *au moins, je porte la minijupe. C'est mieux, non ?*

Et elle esquissait un pas de danse devant nous avant d'aller au bar chercher un verre. Nous étions tous amoureux de Céline. Les célibataires, les autres aussi. Mais, curieusement, les filles ne lui en voulaient pas. Au contraire, elles se battaient pour devenir son amie, pour marcher sur ses pas, pour avancer dans son ombre. D'ailleurs, Céline n'était pas du genre à voler les petits copains. Ça ne l'intéressait pas.

Nous ne l'intéressions pas.

4

Bertille reposa le paquet de feuilles sur la table. Mélanie dormait dans la chambre et elle s'apprêtait à faire de même sur le canapé quand elle avait repensé à sa trouvaille. Ses doigts tremblaient, de peur ou d'excitation. Ce récit justifiait évidemment la valeur du cabas pour son propriétaire. Elle devait donc replacer les feuillets dans la doublure du sac et le recoudre avec application. Le vieux n'y verrait que du feu et elle-même oublierait tout cela. Sauf que. Sauf qu'elle était prise par cette confession et qu'elle voulait la lire jusqu'au bout. Elle était saisie par la justesse des mots qui résonnaient en elle comme s'ils avaient jailli de sa main. Un journal intime, semblable à celui qu'elle n'avait jamais eu le courage de rédiger, par peur qu'il ne fût découvert.

Ce n'est qu'après avoir tapé sur Google les mots « procès » et « Saintes-Fosses » qu'elle comprit la portée médiatique de l'affaire. Et c'est à ce moment précis qu'elle prit la décision qui serait à la source de tant de bouleversements. Certes, les faits étaient prescrits, juridiquement, mais, moralement, rien n'est jamais terminé pour ceux qui gravitent autour d'un meurtre, et ces pages lui permettaient de s'immiscer une nouvelle fois dans les coulisses d'une enquête criminelle. À l'issue d'un procès qui avait secoué l'est de la France, un homme avait été condamné à la réclusion à perpétuité, échappant de peu à la peine de mort.

Tout avait débuté le 17 novembre 1973. Ce jour-là, le corps d'un enfant de dix ans avait été repêché, flottant à la surface d'un plan d'eau que les habitants de Saintes-Fosses surnommaient pompeusement « le lac ». Sa surface d'un demi-hectare et sa profondeur maximale de deux mètres cinquante auraient pu le cantonner à l'appellation de « mare », mais les journalistes de l'époque avaient immédiatement opté pour le titre « l'affaire du lac », jouant plus ou moins subtilement avec le patronyme du jeune noyé : Simon Dulac.

Les incertitudes avaient commencé dès l'autopsie, le légiste de l'époque n'ayant pu déterminer avec certitude si l'on était en présence d'un homicide ou d'un accident.

Bertille fouilla sur Internet jusqu'à 2 heures du matin. Elle tomba sur un article du 20 novembre

1973 expliquant pourquoi on n'avait pas mieux cherché cet enfant les jours précédant la découverte du corps. Le jeune Simon y était décrit comme difficile. À cette époque, les familles ne se précipitaient pas chez un thérapeute à la moindre fugue et la victime avait déjà quitté son domicile à trois ou quatre reprises au cours de l'année 1973. Les premières fois, on avait rattrapé le jeune fuyard faisant du stop à trente-cinq kilomètres de Saintes-Fosses, ou attendant un train sur le quai de la gare de Saint-Dié-des-Vosges. Les gendarmes avaient conseillé à la mère de mieux surveiller son fils si elle voulait éviter les problèmes. Compte tenu des circonstances, ils avaient été compréhensifs – certains diraient laxistes.

Jusqu'à ses sept ans, le jeune Simon avait été un enfant tranquille poussant à l'ombre des sapins vosgiens entre ses parents et sa grande sœur. Mais, le jour de son septième anniversaire, on lui avait annoncé brutalement qu'il allait quitter sa maison, sa mère et sa sœur pour rejoindre le sud de la France avec son père, lequel avait anticipé son divorce en postulant pour un emploi dans une conserverie marseillaise. Les deux enfants vécurent très mal les dispositions parentales et l'absence de relations entre les deux moitiés de la famille pendant trois ans.

L'article ne parlait pas du père ni de sa vie à Marseille, mais révélait que Simon était revenu à Saintes-Fosses à dix ans et demi. Entre-temps, le petit garçon obéissant s'était métamorphosé en enfant rebelle et bagarreur, et il avait fallu toute la bienveillance du village à son égard pour accepter ses frasques et ses colères sans en tenir rigueur à la famille. Au contraire, les commerçants fermaient régulièrement les yeux sur ses chapardages et, comme on disait la mère débordée par l'attitude de son fils, on appelait la grande sœur qui avait une vingtaine d'années et mettait toute son énergie à le faire rentrer dans le droit chemin. C'est elle qui le suivait sur les routes ou dans les gares à chaque fois qu'il faisait son sac pour retourner à Marseille.

Ainsi, le 12 novembre 1973, en apprenant que son frère ne s'était pas présenté à l'école, l'aînée avait pris sa voiture. Craignant de nouvelles remontrances de la part des forces de l'ordre, la mère ne signala la disparition que le lendemain, et les gendarmes s'élancèrent à la poursuite du fugueur avec un jour de retard. Ils contactèrent les gares, les aires d'autoroutes et interrogèrent le personnel des stations-service sur l'éventuelle présence d'un jeune garçon à bord d'un véhicule. La thèse de la fuite volontaire était évidemment privilégiée et on recherchait un automobiliste susceptible de l'avoir pris en stop. Malheureusement, sans système de vidéosurveillance et sans tous les moyens de localisation que l'on connaît actuellement, pister un enfant en cavale était souvent long et incertain.

Aujourd'hui, la disparition d'un mineur donnerait lieu à une alerte enlèvement et les réseaux sociaux relaieraient l'information avec une certaine jubilation. En moins de vingt-quatre heures, chaque Français aurait en tête la photo du jeune Simon. Mais, en 1973, l'affaire était restée locale jusqu'au samedi midi, jusqu'à ce que la gendarmerie reçoive l'appel d'un pêcheur ayant aperçu un corps flottant entre deux eaux au milieu du lac.

L'ordinateur éteint, Bertille hésita un temps. Pour photocopier ces pages, il lui fallait les emporter le lendemain matin au bureau. Il n'était pas question qu'elle prenne ce risque. Sans réfléchir, et persuadée que le vieil homme ne prendrait jamais la peine de vérifier le contenu caché, elle saisit un paquet de feuilles vierges de la même épaisseur que celui qu'elle avait laissé sur la table et le glissa dans la doublure du sac. À l'aide d'une aiguille, elle piqua consciencieusement dans les trous d'origine puis frotta la couture pour élimer le fil trop noir et trop brillant. Le lendemain midi, elle déposa le cabas à l'accueil de l'hôpital.

L'inconvénient avec les personnes âgées, c'est qu'elles sont souvent obsessionnelles, et ce vieux-là avait développé une méfiance viscérale à l'encontre de ses concitoyens. Le jeudi après-midi, lorsqu'une aide-soignante lui rapporta son cabas vide dans la chambre, il respira un temps, mais, au fil des heures, l'inquiétude revint. Après avoir rempli les formulaires d'usage et programmé un rendez-vous de contrôle avec le cardiologue, il appela un taxi en serrant son sac contre lui. Ce geste, il le faisait quotidiennement depuis des années et il sentit immédiatement que la doublure était plus raide. Négligeant la sueur qui imbibait peu à peu sa chemise, il se concentra sur la route pour éviter un malaise qui le ramènerait aux urgences. À peine rentré, il se précipita dans la cuisine sans ôter son pardessus et attrapa en tremblant son Opinel pour trancher la couture.

Une nouvelle fois, son monde s'écroula.

En 1972, entrer à l'Éducation nationale présentait encore des avantages. Notamment le logement de fonction fourni par la municipalité qui nous accueillait. Nos camarades de promotion avaient demandé à rester à Épinal où nous avions étudié pendant deux ans, mais Pascal et moi n'avions pas tissé de liens en ville, en tout cas pas aussi profonds que ceux que nous avions conservés avec nos copains d'enfance. Nous avions donc postulé pour revenir dans le nord-est du département, dans les classes uniques dédaignées par nos condisciples. Avec une chance extraordinaire, j'avais obtenu de remplacer l'instituteur de Saintes-Fosses qui venait de prendre sa retraite en juin. Oui, à l'époque, j'avais appelé ça de la chance.

La larme à l'œil, mon ancien maître d'école m'avait remis les clefs de son logement dans les derniers jours d'août. Il était fier qu'un de ses anciens élèves prît la relève et il proposa de m'aider à préparer mes cours, ce que j'acceptai avec joie. Ce jour-là, j'ignorais encore qu'il serait le seul à me défendre lors des événements qui allaient suivre et je le laissai me guider dans la visite de mon premier appartement. Je me souviens du vieux parquet en bois qui grinçait à chaque pas, de ces fenêtres que les couches de peinture successives avaient rendues étanches et qui ne s'ouvraient que par temps sec sur la cour et les préaux. La mairie avait installé l'année précédente une vraie salle de bains et cette baignoire donnait au logement tout entier une modernité que je n'avais pas osé espérer. C'était mon premier chez-moi.

Ainsi, l'année scolaire 1972-1973 devint celle de mon émancipation. Je quittai l'internat pour m'installer dans mes murs, à deux kilomètres de la maison familiale et à cinq cents mètres du café où nous nous réunissions le week-end. Pourtant, les relations avec mes camarades s'espacèrent au fil de l'année. J'avais moins de temps libre. En plus de mes heures de classe, je surveillais l'étude et la cantine, les mercredis et les samedis après-midi étaient réservés aux réunions pédagogiques ou à la préparation de la classe et je ne retrouvais les copains que le dimanche. Mais surtout, mon titre d'instituteur me collait à la peau. À la différence de Pascal qui avait été nommé à trente kilomètres de là, je n'étais plus un jeune du village comme un autre. À vingt-deux ans, j'étais devenu le maître des gamins qui couraient dans les rues de Saintes-Fosses et, devant leurs familles, je me devais d'être irréprochable. Si je continuais à fréquenter notre table au café de la place, je vérifiais toujours l'absence de parents d'élèves dans la salle avant de récupérer la bouteille d'alcool à notre nom derrière le bar.

Heureusement, grâce à l'aide de M. Vigneault, l'ancien instituteur, ma classe fonctionnait bien. Moi qui étais un élève médiocre, qui avais redoublé la quatrième et raté mon premier passage au baccalauréat, je découvrais au fil des mois le bonheur de la réussite professionnelle. Entré dans la grande maison par la petite porte et sans avoir jamais eu la vocation qui semblait aller de pair avec la fonction, je constatais avec surprise que j'avais un certain talent pour apprendre aux enfants. Pendant les vacances de Toussaint, mon ami Pascal me raconta ses déboires avec les plus âgés de ses élèves et, tout naturellement, je le conseillai sur les comportements à adopter face aux violences ou aux provocations des enfants… bref, je me découvrais un véritable savoir-faire pour la première fois de ma vie.

Sur le plan privé, la réussite était moins flagrante. Je n'avais eu que de vagues aventures pendant mes deux années de normalien. De retour à Saintes-Fosses, mon temps libre se déroulait avec l'éternelle bande de copains dont Céline, Yves, Pascal et moi restions les seuls célibataires. Nous traînions dans les fêtes des villages voisins dans l'objectif annoncé de nous caser, plus par conformité sociale que par attrait d'une relation de couple. C'est ainsi que nous finîmes par nous lier plus profondément et par former un groupe à l'intérieur de la bande officielle. Au cours de ces sorties, nous flirtions ostensiblement avec des partenaires d'un soir dont nous riions lors de nos trajets en voiture. C'était pour moi le meilleur moment de la soirée, car aucune fille n'aurait pu avoir d'intérêt à mes yeux. J'étais amoureux de Céline, comme les autres. Sans doute cette unanimité nous empêchait-elle de faire le premier pas, certains d'être accueillis par un de ses éclats de rire qui mettaient ses soupirants K-O. Malgré cet amour que j'avouais chaque soir entre mes draps, je ne connaissais pas la jeune femme qu'elle était. Pis, je crois que ça ne m'intéressait pas. J'étais amoureux d'une image, d'un rêve, d'une icône. À ma décharge, je pense qu'il en était de même pour tous les garçons du groupe. Nous nous laissions subjuguer sans rien chercher à apprendre des désirs et des peurs de Céline. Si nous l'avions fait, peut-être la suite de l'histoire eût-elle été différente.

Nos relations évoluèrent en mars 1973, lorsque le petit frère de Céline revint vivre à Saintes-Fosses. Trois ans auparavant, leurs parents avaient divorcé et, dans un accord surprenant, ils avaient décidé de se partager les enfants au même titre que la vaisselle. L'aînée était restée avec sa mère, le cadet était parti avec son père. Cette séparation avait été douloureuse. Céline était très attachée à son petit frère et on les voyait toujours ensemble, malgré leurs dix ans d'écart. Au moment du divorce, elle avait dix-sept ans. Trois ans plus tard, elle habitait toujours avec sa mère et elle reprit en main l'éducation de son frère revenu vivre avec elles. J'en fus le plus heureux. Simon arrivait dans ma classe en cours d'année et j'allais me démener pour faciliter son intégration, multipliant pour ce faire d'inévitables rendez-vous professionnels avec sa grande sœur.

Aujourd'hui, j'ignore encore si Céline avait compris ma motivation. À l'époque, elle n'y fit aucune allusion, me remerciant pour le temps que je consacrais à son frère et pour les cours gratuits que je lui donnais après la classe. Nous passions beaucoup de temps tous les deux, nous parlions de l'avenir de Simon, de sa scolarité, de ses copains, et il m'arrivait de penser que nous vivions là une répétition de notre vie future, lorsque Céline et moi serions mariés et que nous nous occuperions de nos propres enfants.

5

« Non. Je ne veux pas que vous communiquiez mes coordonnées. Je ne souhaite pas être remerciée, je veux juste qu'on me laisse tranquille ! »

Ce fut la dernière phrase que Bertille prononça avant de couper son portable. On lui avait laissé trois messages la veille et elle avait fini par rappeler l'hôpital. L'ancien patient de la chambre 128, un certain monsieur André, souhaitait lui témoigner sa reconnaissance. Heureusement, on n'avait pas transmis son numéro au vieil homme et ce monsieur André n'avait aucun moyen de la joindre. Est-ce qu'il avait repéré l'imposture ? Et quel était son lien avec l'affaire Dulac ? À partir des informations glanées sur Internet, il était simple de deviner qui avait rédigé cette confession : Victor Kessler, l'homme qui avait fait trente ans de prison pour le meurtre d'un enfant de dix ans.

18 novembre 1973 *(L'Est républicain)*

Hier vers 13 h 15, les gendarmes d'Épinal ont repêché le corps de Simon Dulac, dix ans et demi, dans un plan d'eau situé au sud-ouest du village de Saintes-Fosses. C'est un pêcheur, habitué du lieu, qui a fait la macabre découverte et alerté la gendarmerie. L'enfant avait fugué du domicile de la mère lundi dans la journée, mais celle-ci n'avait prévenu les forces de l'ordre que le lendemain de sa disparition. L'autopsie du corps, qui sera effectuée dans la journée, permettra de déterminer le jour et l'heure de la mort. Les premières déclarations des gendarmes stipulent que Simon avait déjà fait plusieurs fugues depuis qu'il était revenu vivre chez sa mère. Les deux parents, divorcés depuis trois ans, n'avaient plus aucune relation et la situation familiale était très mal vécue par leur fils.

20 novembre 1973 *(L'Est républicain)*

Une autopsie a été réalisée hier sur la jeune victime retrouvée samedi à Saintes-Fosses. Le corps présentait de multiples hématomes et ecchymoses. Ses vêtements étaient ceux qu'il portait le lundi matin, jour de sa disparition, et les premiers examens n'ont pas invalidé la thèse criminelle. En effet, le coup porté à la tête, et responsable de son décès, peut être la conséquence de sa chute dans le lac comme la marque d'une agression. Pour l'instant, les enquêteurs n'écartent donc aucune piste.

Le deuxième article était accompagné de photographies du plan d'eau de Saintes-Fosses. Tout un côté du petit lac était à pic et justifiait l'hypothèse de l'accident soulevée après l'autopsie. Un bois de sapins descendait en pente abrupte vers la rive et on apercevait les rochers qui affleuraient la surface noire et donnaient au lieu un aspect inquiétant. Si l'enfant avait glissé à cet endroit, il s'était vraisemblablement cogné avant de plonger dans l'eau froide. À la suite des premières constatations et au vu du comportement fugueur de Simon, il était même étonnant qu'on n'eût pas conclu directement à un simple accident.

En circulant d'un paysage à l'autre, Bertille bascula au cœur de ses jeunes années. Les souvenirs affluèrent, par vagues agressives. Chaque photo la propulsait dans un monde en dehors du temps puisqu'il était à la fois son passé et son présent, certaines images revenant régulièrement hanter ses nuits. Elle aussi avait grandi dans un petit village des Vosges. Qui sait si elle n'avait pas visité Saintes-Fosses un jour, lorsqu'elle était enfant ? C'était possible. Avant la naissance de Julien. Quand ils faisaient encore des promenades…

Au cours de ma vie, je ne me suis jamais démené pour quelqu'un comme je l'ai fait pour Simon. Est-ce pour cela que le courant passait aussi bien entre nous ? Je n'en sais rien. Simon était intelligent et d'une maturité hors du commun. Une relation particulière s'instaura. Ce n'était pas le lien habituel entre un élève et son maître, non, et je n'avais pas non plus la place d'un grand frère. J'étais son ami. Un ami plus âgé de douze ans, mais à qui il se confiait. C'était réciproque. À part mon amour pour sa sœur, je lui parlais de tout. De mes échecs scolaires, de mon désir de fuite lorsque j'étais adolescent, de mes espoirs quand j'étais entré à l'École normale et de mes doutes sur l'homme que j'étais, sur celui que je deviendrais un jour. Ça peut paraître curieux, mais avec le recul, mon seul vrai confident dans la vie fut un enfant de dix ans.

Entre mars et novembre 1973, Simon se sauva à quatre reprises de chez lui. Les premières fois, j'étais au courant. Pas officiellement, bien sûr, mais de façon peu subtile il me demandait un peu d'argent, il me questionnait sur les trains qui permettaient de rejoindre Marseille, il voulait savoir si j'avais déjà fait du stop... Lorsque j'y repense aujourd'hui, il est clair qu'il quémandait mon aide ; j'aurais dû intervenir pour l'empêcher de fuguer. À l'époque, je me refusais à le trahir et, surtout, nos discussions me permettaient d'aider Céline lorsqu'elle partait à sa recherche sur les routes. Je jouais sur les deux tableaux et il serait mensonger de nier ma responsabilité dans les événements qui ont suivi.

Lorsque Simon réapparaissait, je le sermonnais pour la frayeur infligée à sa sœur et à sa mère, puis je l'écoutais en souriant m'expliquer combien sa vie à Marseille lui manquait. Le bruit, le monde, les copains et cette liberté qu'il découvrait lorsque son père travaillait et le laissait seul à l'appartement. Il sillonnait alors la ville avec deux camarades et testait son indépendance. Je l'enviais. À dix ans, il avait vécu ce que je n'avais jamais connu et il avait le courage de partir, seul. À chacune de ses disparitions, je vibrais avec lui. Dès que j'apprenais son échappée, j'imaginais son expédition. Je connaissais ses plans, je le voyais marcher sur le bord de la route, arrêter un camion pour se faire déposer dix kilomètres plus loin et rejoindre à travers champs un nouvel embranchement ou une station essence qui représentaient ses meilleures chances de trouver une voiture. Une fois, il s'était faufilé sous la bâche d'un camion pendant que le chauffeur buvait un café en discutant avec la caissière. Par manque de chance, le véhicule était reparti dans la direction de

Saintes-Fosses et Simon avait dû sauter du camion à un feu sous le regard ébahi des conducteurs qui suivaient. Mais jamais, malgré ses échecs répétés, il n'abandonna l'idée de regagner Marseille.

Son arrivée dans le Sud avait pourtant été chaotique. Il avait perdu tous ses repères et pleurait chaque soir dans son lit. Dès le premier matin dans sa nouvelle école, toute la classe s'était moquée de son accent et il avait eu la mauvaise idée de faire un sans-faute lors de la dictée. Il était devenu le souffre-douleur d'un redoublant, surnommé Kaa à cause d'un strabisme prononcé et d'une tendance à immobiliser ses adversaires en les entourant de ses bras surdimensionnés. Quand Simon avait compris qu'il était plus judicieux d'avoir de mauvaises notes, il était trop tard, il était déjà devenu l'objet des coups et des quolibets. Un matin, alors qu'il se rendait au marché avec une liste de courses, Kaa l'avait intercepté en pleine rue. Il lui avait vidé les poches, récupérant en riant l'argent donné par son père pour les achats de la semaine. De rage, Simon s'était jeté sur lui et l'avait frappé au visage. Alors qu'il pensait sa dernière heure arrivée, un gamin avait traversé la rue pour le défendre et flanquer une rouste à son adversaire. Roger avait onze ans, il allait à l'école dans le quartier voisin après avoir été renvoyé de celle que fréquentait Simon. À partir de ce jour, Roger et son frère Damien, qui avait neuf ans, se chargèrent tout naturellement de la protection de Simon. Je lui avais demandé comment avait réagi son père en apprenant son agression, mais il avait juste haussé les épaules. Il en parlait comme d'un être faible, dépressif, qui lui avait laissé gérer le quotidien dès qu'ils s'étaient installés à Marseille alors que lui-même n'avait que sept ans. Il racontait leur vie avec détachement et regrettait seulement l'accident de son père qui avait entraîné son propre retour dans les Vosges. Sa plus grande peur était que ses copains marseillais ne l'oublient si son séjour à Saintes-Fosses se prolongeait. Pour cette raison, il organisait sa fuite, persuadé qu'on l'abandonnerait à son sort s'il parvenait enfin à rejoindre l'appartement marseillais. Il se jugeait assez grand pour se débrouiller tout seul pour peu que son père lui laissât l'argent nécessaire à sa survie. Curieusement, je le croyais. Pour lui éviter des difficultés supplémentaires, j'allais même jusqu'à falsifier ses notes, assurant à sa sœur que son niveau n'était pas si mauvais et qu'il progressait de façon spectaculaire. J'aurais été prêt à le proclamer meilleur élève de la classe pour voir le visage de Céline s'illuminer devant les prouesses de son petit frère.

6

– Salut, Bertie ! Tiens, voilà les questionnaires qu'on a réunis hier. Franchement, j'aimerais éviter de passer d'autres dimanches dans des centres commerciaux… Ah ! Au fait, on a aperçu ton rescapé ! C'est Lucas qui l'a reconnu, on a compris qu'il te cherchait. Il nous a parlé, il va te mettre un mot.

– Comment ça, me mettre un mot ?

– Oui, je lui ai donné ton adresse, ça t'embête pas ? Vu qu'il tient à peine sur ses guibolles, je ne pense pas qu'il va faire le déplacement. Il t'écrira sans doute une belle lettre de remerciement. Je me voyais mal lui refuser ce plaisir ! Ça va, Bertie ?

Bertille sentit le sol se dérober sous ses pieds. Non, ça n'allait pas. Comment n'avait-elle pas pensé au lieu de leur rencontre ? Évidemment qu'il se renseignerait là-bas, elle aurait dû prévenir Flore et Lucas… Qui était ce type ? Il n'y avait pas de monsieur André dans les articles qu'elle avait lus, mais le vieil homme avait tout de même obtenu puis gardé cette histoire comme un trésor caché.

Rentrée chez elle, Bertille alluma son ordinateur. Elle découvrit qu'en 1973 une deuxième autopsie avait officialisé l'incompatibilité entre les blessures de l'enfant et l'impact des roches. Sitôt la thèse de l'accident écartée, les gendarmes avaient enquêté avec efficacité. Après avoir éliminé la piste d'un vagabond susceptible de s'en prendre à un enfant, ils avaient interrogé les gamins du village dont certains avaient été malmenés par Simon et auraient pu vouloir riposter. De façon inattendue, ces entretiens, concentrés sur l'école, avaient mis en avant l'attitude ambiguë du nouveau maître. Les élèves, tout à leur joie d'être entendus, avaient indiqué que l'instituteur les prenait parfois sur les genoux ou leur prodiguait des gestes déplacés non justifiées. La thèse de l'enseignant pédophile s'était peu à peu installée, bouleversant le cours de l'enquête et laissant entrevoir l'hypothèse d'un meurtrier agissant par peur d'une dénonciation. C'est celle qui avait été retenue lors du procès et qui avait entraîné la qualification de meurtre avec préméditation.

En 1980, une requête en révision avait été déposée à la Cour de cassation par une avocate. Celle-ci s'appuyait sur le témoignage d'un chauffeur qui avait reconnu la voiture de l'accusé sur le parking de la gare de Saint-Dié à l'heure présumée de la mort de l'enfant. L'avocate soutenait que, lors du procès, l'accusation avait malmené le témoin jusqu'à lui faire perdre ses moyens, invalidant ainsi un témoignage pourtant déterminant. Malgré cette intervention, le ministre de la Justice avait conclu au nom de la Chancellerie à la fermeture du dossier, considérant qu'aucun des faits nouveaux présentés n'était de nature à établir l'innocence de Victor Kessler. La région des Vosges put alors se faire oublier jusqu'à un autre meurtre d'enfant qui arriva quelques années plus tard et devint le point de mire des médias : l'affaire Grégory.

Côté presse, un journaliste avait tenté de relancer la polémique en 1988, après avoir rencontré Geoffroy Barnabé. C'était lui qui, dans une déposition effectuée alors qu'il avait neuf ans, avait raconté que le maître aimait bien prendre les élèves dans ses bras ou sur ses genoux. De tels mots tirés de la bouche d'un enfant et bientôt répétés par tous les autres avaient été du pain bénit pour l'accusation. Mais, des années plus tard, le petit Geoffroy avait grandi et s'en voulait d'avoir été ainsi utilisé. La classe accueillant des enfants de cinq à douze ans, M. Kessler, qui était grand, avait l'habitude de porter les plus petits lorsqu'ils voulaient montrer quelque chose au tableau. Il lui arrivait aussi d'installer un enfant sur ses genoux pour lui expliquer le maniement de la plume. Avec le recul, Geoffroy affirmait qu'aucun élève ne s'était senti mal à l'aise avec l'enseignant et qu'il n'y avait jamais eu de geste déplacé. Ce contre-témoignage avait eu quelques échos dans la presse régionale, mais l'enseignant, qui purgeait sa peine de façon exemplaire, avait refusé d'en tirer parti. À cette époque, on ne remettait pas facilement en cause l'infaillibilité de la justice.

Bertille délaissa son écran. Même si, en détaillant les circonstances de la mort de cet enfant elle pénétrait en terrain connu, devant les articles de presse, elle n'avait pu s'empêcher de tressaillir. Elle pensa à la confession qui l'attendait toujours dans son petit secrétaire, attirante et terrifiante.

Aujourd'hui, je revois l'année scolaire 1972-1973 comme la meilleure de ma vie. Ça ne devrait pas. Après tout, c'est à partir de là que tout a basculé et que mon avenir s'est profilé comme la suite sans fin de journées éclairées au néon et de douches collectives. Pourtant, c'est un fait, je repense à cette année et le sourire force mes lèvres. Lorsque la porte de la classe se refermait, je vivais un moment magique. La sensation de quitter la réalité pour accéder à un monde protégé. La proximité des enfants sans doute. Leur faculté à se jouer de tout, à ne rien prendre au sérieux, à croire aux monstres et aux fées, à penser les adultes dotés de pouvoirs incroyables et à rêver leur vie sans frontières, sans barreaux. Et puis, c'était la première fois qu'on m'écoutait, qu'on buvait mes paroles, comme si j'étais détenteur d'un secret que j'avais, seul, le pouvoir de leur révéler…

Du haut de mon mètre quatre-vingt-six, je devais leur sembler immense et indestructible. Quelques mots de leur part suffirent pourtant pour me mettre au tapis, pour me réduire à néant. Je ne leur en ai jamais voulu, j'aurais fait la même chose. Demander la vérité aux enfants est un acte de maltraitance. L'enfant est là pour mentir, parce que le mensonge est un rêve. En lui demandant de dire la vérité, toute la vérité, on lui ouvre la porte d'un monde triste et immuable où le jeu ne repart pas de zéro tous les matins, une partie dans laquelle on n'a qu'une vie. Moi, sur le banc des accusés, j'étais dans leur camp. Je n'avais pas le droit de leur sourire, l'avocat m'avait prévenu : un regard complice en direction d'un élève et c'était la peine capitale ! Pourtant, à chaque témoignage, j'aurais aimé les prendre dans mes bras, les rassurer, leur dire que tout ce qu'ils disaient était vrai et qu'à leur place, j'aurais utilisé les mêmes mots.

Ces enfants, j'avais cru en eux. Pendant plus d'une année scolaire j'avais tout donné. Je savais qu'il y avait un monde derrière la porte, un monde dans lequel les adultes avaient hâte de les projeter en leur parlant d'avenir alors qu'ils n'avaient que six, sept, dix ans. Moi, j'avais choisi de leur raconter notre *monde, celui où il est vital de découvrir à quelle heure le Paris-Nancy de 18 h 22 allait croiser le Strasbourg-Paris parce qu'un dragon était caché à l'intérieur, un monde où le verbe changeait de costume à chaque temps parce qu'il était agent secret. Au fil des années, je serais devenu un bon instituteur, je le sais. Mais pour les élèves qui fréquentèrent l'école de Saintes-Fosses en 1973, j'ai tout raté. À cause de moi, ils ont perdu une part de cette confiance aveugle qu'ils accordent naturellement aux adultes.*

7

Bertille jeta les feuilles sur sa table de nuit. C'était donc ça. La confession d'un tueur pédophile. Comment pouvait-on garder un tel témoignage dans la doublure de son sac comme s'il s'agissait de lettres d'amour ? L'auteur de ce texte avait purgé trente ans de réclusion, en guise de perpétuité. Il était sorti à la fin de 2003 et il avait disparu de la circulation. Sans doute était-il parti en Amérique du Sud ou en Nouvelle-Zélande. Le petit Simon, lui, n'avait pas eu cette chance.

Elle ne lirait pas la suite. Elle n'aurait jamais dû prendre ces feuilles. Qu'allait-elle en faire ? Le propriétaire voulait récupérer son bien ? Le mieux était de lui rendre son trésor et de tout oublier. Bertille ne voulait plus avoir affaire à lui. En pensant à une éventuelle entrevue, elle avait des sueurs froides. Serait-elle capable de lui parler ?

Le lendemain, en rentrant du travail, Bertille

glissa la confession qu'elle n'avait pas fini de lire dans une grande enveloppe. Dimanche, elle se rendrait dans la galerie marchande où elle avait croisé le vieux et elle l'attendrait. Au milieu de la foule, elle n'aurait pas peur, elle lui rendrait son bien sans rien dire et il disparaîtrait définitivement de sa vie. Elle était tellement soulagée qu'elle avait accepté une sortie au cinéma avec Flore et sa fille. C'était un film pour enfants et Mélanie devait déjà être sur des charbons ardents. C'est du moins ce qu'elle se dit lorsqu'elles sonnèrent à la porte avec une heure d'avance. Elle ouvrit avec un grand sourire destiné à la petite fille. Le sourire s'effaça. Face au vieil homme qui avait occupé ses pensées une bonne partie de la journée, elle fut incapable de faire un geste. L'homme la contourna et s'avança dans l'appartement sans qu'un seul mot fût prononcé, comme si Bertille attendait sa venue, pis, comme si elle l'avait invité. Il s'appuyait sur une canne, probablement la conséquence de sa chute au supermarché, et il mit un temps certain à se faufiler jusqu'à l'une des deux chaises pliantes qui se faisaient face de part et d'autre de la table, au centre de la pièce. Rien ne se déroula comme prévu. Sa rencontre avec Victor André fut l'un des moments clés de son existence, l'une de ces charnières que l'on identifie des années plus tard, lorsqu'on entame l'automne de sa vie et qu'on se retourne en se demandant comment on en est arrivé là.

Enfin l'homme leva les yeux sur son hôtesse. Bertille était tétanisée. Elle en conclut que cette peur paralysante ne la quitterait jamais ; d'une façon ou d'une autre, elle serait toujours là, à portée de main, prête à se réveiller à la moindre sollicitation. Elle vit la main ridée agripper le bord de la table de telle façon que le pouce n'était plus visible – on pouvait croire que le vieux n'avait que quatre doigts à la main droite.

– Je dois vous remercier pour m'avoir aidé l'autre jour, dans la galerie marchande…

La voix, mélodieuse, ne s'accordait pas avec le corps abîmé qui lui faisait face. Quelque chose clochait et la dérangeait, mais elle ne parvenait pas à saisir quoi. Il sourit doucement et elle vit qu'une de ses dents était tordue. Étrangement, cette imperfection la rassura et elle la fixa pour pouvoir lui répondre.

– Je vous en prie. J'ai surtout l'impression d'avoir été à l'origine de votre malaise.

– C'est pour quelle étude, votre sondage ?

– Je travaille à la Dares, et nous effectuons une enquête sur l'ouverture des grandes surfaces le dimanche, enfin…

Bertille aurait aimé rattraper ses paroles, mais c'était trop tard. Elle vit le cinquième doigt réapparaître brusquement à la surface de la table. Le vieux avait cillé sur le mot « enquête » et devait maintenant penser aux pages qu'il était venu lui reprendre. Elle resta immobile. Alors qu'elle aurait dû se débarrasser du paquet et jeter l'homme dehors, elle s'aperçut qu'elle n'en avait plus la moindre envie. Au contraire, elle souhaitait le garder encore un peu. Pour savoir. Connaître au moins une part de ce récit qu'elle n'avait pas osé lire jusqu'au bout. Elle fixa les sourcils blancs et épais qui tentaient de se rapprocher malgré les rides qui faisaient obstacle. Elle n'eut même pas à poser la question.

– Vous avez lu ma confession.

Voilà. Au fond d'elle, elle l'avait toujours su. Elle détailla le visage paisible qui lui faisait face et sentit son propre corps se détendre. Victor André, de son véritable nom Victor Kessler. Comment aurait-il pu en être autrement ? Et comment pouvait-elle rester assise en face de ce tueur d'enfant au lieu de le mettre à la porte, voire de le pousser dans l'escalier pour donner un coup de pouce à la justice des hommes ? Mais non, elle demeurait immobile, fascinée par le visage tranquille, résigné, presque serein. Elle détailla les traits extrêmement ridés, trop pour un homme qui devait avoir quoi, à peine soixante-dix ans ? Le dos voûté le faisait paraître plus petit qu'il n'était et une mèche de cheveux descendait sur son front, dessinant une virgule qui invitait à marquer une pause dans l'observation. Enfin ce regard, beaucoup trop jeune pour aller avec le reste, bien trop clair pour porter la culpabilité de la mort d'un enfant.

– Vous comptez me la rendre ?

– Pardon ?

– Est-ce que vous allez me rendre la confession que vous m'avez prise ?

– Je vais la chercher.

Lorsqu'elle revint, le vieux n'avait pas bougé. Il récupéra ses feuillets avec douceur et sourit encore une fois, gracieusement malgré sa dent tordue. Son merci était sincère sans être obséquieux. Tout aurait dû s'arrêter là. Lui, reprenant sa route vers son deux-pièces miteux et elle, continuant à interroger les passants sur leur comportement en matière de consommation ou sur l'accompagnement renforcé des demandeurs d'emploi par les opérateurs privés de placement. Mais il était là, face à elle, et depuis quelques minutes, Bertille se sentait apaisée, à mille lieues de l'inquiétude qui séjournait habituellement avec elle dans cet appartement.

– En fait… je n'ai pas tout lu… j'aurais aimé la garder un peu.

– À quel titre ? Je ne vois pas en quoi ça peut vous concerner.

– Je voudrais juste comprendre comment c'est arrivé. Voir si la justice a eu raison de…

– La justice a toujours raison, d'une manière ou d'une autre.

– Je n'en parlerai à personne, je vous téléphone quand j'ai fini et vous pourrez la récupérer.

– Je n'ai pas le téléphone et, de toute façon, je ne suis jamais allé au bout de cette confession, continuer à la lire ne vous apprendrait pas grand-chose.

Maintenant, il l'examinait. Cette attention la troubla et elle vit qu'il en était conscient. Elle ne parvenait pas à croiser son regard. C'était une faculté qu'elle avait perdue depuis longtemps. Plonger dans les yeux de l'autre, c'est prendre le risque qu'il entre en vous, ou pis, d'entrer en lui. C'est comme un viol.

Le vieux avait plié l'enveloppe en deux. Il hésitait. Sa respiration plus profonde le trahissait, comme s'il prenait son élan avant d'annoncer sa décision. Elle crut que tout était fini lorsqu'il se leva et replia une nouvelle fois l'enveloppe pour la faire disparaître dans une poche intérieure de sa veste, mais il fit un geste vers le bloc posé près du téléphone.

– Notez mon adresse, ce n'est pas très loin d'ici. Je vais réfléchir et, de votre côté, demandez-vous si c'est vraiment ce que vous souhaitez, plonger dans une sordide affaire criminelle. Si vous n'avez pas changé d'avis, passez, et je vous raconterai moi-même la fin.

❖

Bertille s'était réveillée à l'aube après une nuit agitée où les arguments pratiques s'étaient ligués pour mettre à mal la décision qu'elle avait prise. Elle avait obtenu son poste d'enquêtrice quatre ans auparavant. Une aubaine alors qu'elle n'avait qu'une seule expérience professionnelle, dans un domaine très différent. Grâce à ce travail, elle s'était reconstruite, peu à peu. Il avait fallu soigner son corps meurtri et réapprendre à vivre. Tous les gestes de la vie quotidienne lui étaient inconnus. Elle se souvenait très bien de la première fois où elle était allée faire des courses, seule. Elle se sentait exposée, persuadée que tout le monde l'observait. À la caisse, elle s'était attendue à ce que l'employée lui arrache le porte-monnaie des mains comme si elle avait volé cet argent. C'était vrai. Cette compensation versée par Nicolas lui brûlait les doigts. Après le jugement, elle avait été accompagnée par une assistante sociale pour les démarches à la banque et à Pôle emploi. Puis elle avait pris un appartement, à son nom. Depuis, elle mettait de l'argent de côté ; elle ne gagnait pas des fortunes, mais elle avait appris à ne rien dépenser. Elle tournait sur trois tenues, elle mangeait peu et profitait du restaurant d'entreprise le midi. Elle n'utilisait même pas ses congés au grand dam de Flore qui n'était jamais à court d'imagination pour lui proposer des voyages organisés.

Et quand, pour la première fois en quatre ans, elle se décidait à bouger, à sortir de son inertie, c'était pour retourner dans une région qu'elle avait fuie quinze ans auparavant. Que dirait son psy ? Rien. Elle avait arrêté les séances dès qu'il avait été question de son enfance.

Bertille se mit à faire les cent pas dans l'appartement. Elle allait poser des jours, elle en avait des dizaines à récupérer. Ensuite, elle verrait bien. Au pis, elle resterait derrière son ordinateur, l'unique cadeau qu'elle s'était fait. Elle l'avait acheté sur les conseils de Flore et il avait changé sa vie. Elle pouvait voyager, lire, rencontrer des gens, tout ça sans prendre aucun risque. Elle avait accès à toutes les informations qu'elle voulait sans passer le pas de sa porte. En trois ans, il était devenu son meilleur ami.

À l'école, elle n'avait pas beaucoup étudié. Elle avait obtenu le bac de justesse et traîné en fac avant de tout abandonner pour s'occuper de sa mère. Ce n'était pas qu'elle était bête, non. C'était la peur. Toujours présente. Celle qui force à baisser les yeux pour répondre aux autres, celle qui vous fait trembler à chaque cri dans la rue… Alors, repartir là-bas, de son plein gré, c'était une aberration.

Comme d'avoir dit au vieux qu'elle voulait appréhender son histoire. Est-ce qu'elle était anormale ? Sans doute. Sa vie était une succession de secrets, de mensonges, de non-dits. Et de questions. Des tonnes de questions restées sans réponses, de questions jamais posées. Était-ce pour cette raison qu'elle était attirée par le vieil homme rencontré par hasard ? Elle avait l'impression de le connaître depuis toujours. Et elle avait envie de comprendre. En attrapant son regard au moment où il avait avoué être l'auteur de la confession, elle y avait lu de la confiance, de la tranquillité. Deux sentiments qu'elle-même n'avait jamais éprouvés et qu'elle ne s'attendait pas à découvrir chez un homme qui avait fait trente ans de prison pour meurtre. La peine de mort avait été requise par l'accusation, seul le doute des jurés lui avait permis d'y échapper. Un doute qui n'avait pas empêché qu'on le condamne à perpétuité. Pourquoi ? Soit il était coupable, soit il était innocent ; dans un cas, la peine de mort, dans l'autre, l'acquittement. Non. Les jurés avaient choisi une sentence absurde qui validait quoi, une demi-culpabilité ?

Il avait tué un enfant. Pourtant, il était en paix, comme s'il avait purgé sa peine. Est-ce que l'enfermement a ce pouvoir de vous laver des crimes que vous avez commis ? Qu'en est-il des coupables restés en liberté ? Comment vit-on quand on a du sang sur les mains et qu'on est le seul à le savoir ? Ces interrogations n'auraient pas dû la concerner, mais elle ressentait le besoin d'y répondre, le plus vite possible. Comme si les réponses apportées aujourd'hui pouvaient racheter toutes celles qu'elle n'avait pas cherchées, dans sa propre histoire…

8

Bertille entamerait ses congés le 22 décembre. Elle avait dit à Flore qu'elle allait voir une tante pour les fêtes. Avec ce petit mensonge, elle regagnait les berges de la normalité et ses collègues pouvaient cesser de s'inquiéter pour elle. Pour un peu, elle-même y aurait cru. Après tout, elle avait bien une tante dans les Vosges, même si elle ne l'avait pas vue depuis plus de quinze ans.

Le plus difficile avait été de reprendre contact avec « le vieux ». Quand elle songeait à lui, elle ne savait pas quel nom lui donner. Ils n'étaient pas assez proches pour qu'elle l'appelle Victor. Et il n'était pas question non plus de le nommer monsieur André, une identité d'emprunt. Quant à Kessler, c'était le nom d'un tueur qu'elle se refusait à prononcer même en pensée. Elle savait que la plupart des gens considèrent leur tête comme un lieu intime, préservé de toute intrusion. Elle, non. Elle avait toujours su qu'on pouvait pénétrer ses idées les plus secrètes. Et cela s'était vérifié à de nombreuses reprises.

Après avoir tapé l'adresse du vieux sur Internet, elle s'était attardée sur les photos du bâtiment, contemplant les fenêtres comme si l'image était vivante, comme s'il y avait une infime chance qu'il apparût derrière un carreau. À 17 heures, elle irait là-bas. Il ne devait pas sortir souvent de son appartement et elle savait déjà qu'il faisait ses courses le dimanche matin.

Cette deuxième rencontre fut très différente de la première. Elle sonna avec appréhension, tentant d'anticiper la surprise du vieux lorsqu'il la découvrirait sur son paillasson. Elle entendit ses pas glisser sur le sol, s'approcher de la porte et se dit que l'isolation phonique n'était pas meilleure que chez elle. Elle fut surprise qu'il ouvre la porte en grand, sans marquer d'hésitation ni d'étonnement jusqu'à ce qu'elle comprenne que l'œilleton avait joué son rôle de Judas. Son hôte s'avança dans le couloir vide, lui laissant le soin de refermer derrière elle. Sans même l'inviter à s'asseoir, il lui proposa un thé qu'elle accepta alors qu'elle n'en avait pas envie. Elle voulait juste gagner du temps, respirer le parfum de l'intérieur qu'elle découvrait. Le vieux la laissa enfin pour rejoindre la cuisine, il n'avait plus sa canne et semblait se mouvoir plus aisément que la fois précédente. Elle détailla les murs, couverts de reproductions d'œuvres d'art qu'elle ne connaissait pas. Pas de photos ni d'objets ressemblant à un souvenir, ce qui leur faisait un point commun. Chez Flore, il y avait des portraits partout, d'elle, de sa fille, dans la rue ou dans des lieux qui évoquaient l'autre bout du monde. C'était comme si on entrait chez une célébrité, chez une de ces personnes que l'on voit dans les magazines et qui semblent se déplacer avec un photographe collé à leurs basques. Elle avait aussi toutes sortes de bibelots, étalés sur les étagères comme autant de preuves d'une vie antérieure.

Dans cet appartement, au contraire, il était difficile de déterminer qui habitait là. Pas d'indication de sexe ni d'âge, pas de traces de vie passée ni d'êtres qui compteraient. Bertille respira. C'était un intérieur qui lui convenait. Parfaitement anonyme pour une personne vivant sous un faux nom.

Lorsque le vieux revint, il portait un plateau avec du thé et des biscuits, comme s'il avait anticipé sa venue. Ils commencèrent à boire sans proférer un seul mot. Le thé était délicieux et Bertille cherchait comment poser les questions qu'elle avait préparées sans brusquer son hôte. Ce fut lui qui commença.

– Vous êtes toujours intéressée par Saintes-Fosses ?

– Oui. Enfin je ne sais pas... En fait, je suis en congé pour les fêtes et je pense me rendre sur place.

– Vous voulez vous rendre là-bas ? Pour Noël ? Mais pour quoi faire ?

– Je suis, moi aussi, originaire de l'Est. J'aimerais voir votre village...

– Ça vous servirait à quoi ?

– Je ne sais pas... À rencontrer des gens du coin qui se souviendraient de vous ou des anciens élèves qui...

– Mais qu'est-ce que ça peut vous faire ? Tout le monde s'en fout, il s'agit d'un meurtre vieux de quarante-quatre ans ! Vous n'êtes pas journaliste, si ?

– Non, je veux juste comprendre...

– Pourquoi ? Vous avez un lien avec la famille de Simon ?

– Non. Je n'ai plus vraiment de famille. Mais ma grand-mère habitait Lépanges-sur-Vologne et j'ai grandi avec l'affaire Grégory. À l'époque, je lisais tous les articles, j'écoutais les interviews... Et je n'ai jamais entendu parler de Simon Dulac. C'est bizarre, ces deux meurtres qui se sont produits dans la même région à onze ans d'écart, l'un médiatisé à outrance et l'autre si vite étouffé, et pour lequel vous avez fait trente ans de prison. Et puis, j'ai lu le début de votre confession, j'y ai décelé... je ne sais pas, mais il y a dans vos mots quelque chose qui ne colle pas avec…

– Arrêtez ça ! Vous ne me connaissez pas ! De toute façon, dans ce genre d'événements, tout le monde est coupable… Et sans vouloir vous faire de peine, cette histoire est bien trop lourde pour être décortiquée par une amatrice qui a sans doute mieux à faire de sa vie.

– Vous vous trompez. Je veux dire… je n'ai rien de mieux à faire. Je ne sais pas comment vous l'expliquer mais… j'en ai besoin.

Incapable de continuer, Bertille baissa la tête, pour esquiver des éclaircissements qu'elle n'était pas en mesure de donner. Mais rien. Le vieux se servit juste du thé pour la troisième fois. Il ne lui en proposa pas et Bertille se demanda s'il n'avait pas oublié sa présence. Il dégusta son breuvage les yeux fermés et ne les rouvrit que lorsque sa tasse fut vide. Curieusement, ce silence ne la gênait pas. Elle le comprenait. Mieux, elle l'appréciait. Elle sentait son corps se relâcher, comme s'il ne lui appartenait plus ; elle pensa à de la guimauve verte, celle qui se prélassait sur le présentoir de la boulangerie où elle allait acheter le pain, enfant. À l'inverse, une force montait en elle et gonflait à chaque inspiration, à la façon d'un matelas pneumatique. L'homme reprit :

– Excusez-moi, mais je ne vous pense pas taillée

pour étudier les rouages d'une affaire criminelle, même vieille de quarante-quatre ans.

– J'ai peut-être l'air idiote, et c'est même probablement ce que je suis, mais j'ai toujours été passionnée par les enquêtes criminelles et vous n'imaginez pas tout ce que j'ai lu là-dessus.

– Alors, je vous écoute. Qu'est-ce que vous feriez en arrivant à Saintes-Fosses ?

– Je pourrais me faire passer pour une journaliste qui écrit un papier sur tous les procès qui ont secoué les Vosges depuis cinquante ans. J'irais voir des policiers, des anciens du village… En quoi ça vous dérange ?

L'homme secoua la tête avant de fixer un point derrière elle. Bertille ne se retourna pas, attendant qu'il parle. La peur était toujours là, mais elle avait maintenant l'impression qu'elle pouvait agir. Malgré cette peur. Avec elle.

– Vous pourriez rendre visite à Guy, le gendarme. Enfin, il était gendarme en 1973 et toujours en 1988. Après, je ne sais pas ce qu'il est devenu, il est peut-être mort au fond. Ça va devenir ça, votre problème. Quand on enquête avec quarante-quatre ans de retard, on entre sur le territoire des morts et eux, pour les interroger… Excusez-moi, mais vous ne devriez pas prendre des notes ?

– Je suis désolée… Je n'y ai pas pensé. Je suis venue sans rien…

Pour la première fois, son hôte esquissa ce qu'on pouvait interpréter comme un sourire.

– Vous faites une pitoyable enquêtrice, vous savez ? Mais, allez-y, regagnez votre région d'enfance et enfilez votre costume de Fantômette pour les vacances. Après tout, il y a bien des gens qui posent des congés pour suivre les traces de Jack l'Éventreur ! Par contre, vous devrez mettre de côté tout ce que vous avez lu pour reprendre les faits au début. Ne croire personne et surtout pas les protagonistes de l'époque. N'oubliez pas qu'il n'y a pas plus grande menteuse que la mémoire ! Elle est là pour nous préserver, elle réinvente en permanence nos souvenirs pour nous permettre de continuer à avancer ; elle ne vous aidera pas à trouver la vérité… Pour cette raison, je ne vous laisserai pas lire la suite de mon texte avant votre retour. À vous de vous forger une opinion !

Bertille réalisa que ce qu'elle avait lancé sous le coup d'une impulsion venait d'être entériné. Malgré tout ce qu'il lui avait dit, le vieux acceptait qu'elle parte fouiner là-bas. Elle attrapa son sac. Il fallait maintenant qu'elle rentre chez elle, qu'elle se sente en sécurité pour réfléchir à tout ça. Elle prit congé brutalement et ce fut lui qui, en la raccompagnant dans l'entrée, lui donna rendez-vous la semaine suivante.

Lorsque la porte de l'appartement se referma

derrière Bertille, le vieux attrapa la liasse de feuilles qui attendait sur le buffet depuis qu'il l'avait récupérée. Il avait secrètement espéré qu'elle viendrait jusqu'ici, mais n'aurait jamais présumé qu'elle était prête à faire le déplacement dans les Vosges. Si la détermination de cette femme l'amusait, elle l'effrayait en même temps. Il n'était pas certain de survivre à une nouvelle confrontation avec son passé. Mais avait-il encore le choix ? N'était-ce pas là l'occasion qu'il attendait depuis plus de trente ans pour rédiger enfin la conclusion de l'histoire ? Avant de s'atteler à cette tâche, il lui faudrait relire jour après jour le début de cette confession rédigée dix ans après son incarcération. Lorsque Bertille partirait pour les Vosges, il plongerait dans son récit ; il aurait alors l'impression de l'accompagner là-bas.

À l'inverse des deux autres, leur troisième rencontre ne fut une surprise ni pour Bertille ni pour Victor. Pour la première fois, tous deux s'étaient donné rendez-vous et le contact se fit simplement, presque naturellement.

– Pourquoi avez-vous éprouvé le besoin d'écrire ?

– Je ne suis pas certain que ça vous intéresse. Vous êtes encore trop jeune pour comprendre ce qui nous trotte dans la tête lorsqu'on a perdu tout espoir…

– Vous vous trompez, j'ai trente-neuf ans mais j'ai l'impression d'en avoir le double.

– J'ai commencé à rédiger ce texte en prison, j'en avais besoin. Je voulais le transmettre à quelqu'un… en particulier. Puis un jour, j'ai arrêté, avant même d'avoir terminé. Cette personne n'était plus là, ces mots n'avaient plus aucune utilité.

– Mais elle devait être importante, cette confession, pour vous. Sinon, vous ne l'auriez pas gardée pendant des années. Et moi, je ne l'aurais jamais eue entre les mains.

– Mais qu'est-ce que vous croyez ? Que vous avez été désignée pour réveiller ces événements juste parce que je me suis écroulé à vos pieds dans un magasin ? Que mon malaise était un acte manqué ?

Bertille baissa la tête en rougissant. C'était ce qu'elle pensait depuis le début. Elle s'était convaincue que leur rencontre n'était pas un hasard et que sa vie trouverait enfin un sens si elle comprenait ce qui s'était passé dans ce village des Vosges, cinq ans avant sa naissance. Elle réalisa que c'était la première fois depuis longtemps qu'elle supportait d'être seule avec un homme sans se sentir mal à l'aise. Ce qui posait question, car cet homme avait fait trente ans de prison pour le meurtre d'un enfant ! Elle choisit de mettre ses doutes de côté.

– Vous avez un endroit à me conseiller pour loger près du village ?

– Vous plaisantez ? Je n'ai jamais remis les pieds là-bas depuis le 24 septembre 1974, jour de la reconstitution près du lac.

– Excusez-moi. C'était idiot. J'ai vu qu'il y avait une pension bon marché sur la route qui mène au village, mais je dois vérifier s'il y a des transports en commun car je n'ai pas de voiture.

– Je n'y crois pas ! Vous allez dans les Vosges et vous n'avez pas le permis ? Mais vous ne pourrez rien faire là-bas sans véhicule !

– En fait, *j'ai* le permis de conduire. Mais je n'ai pas de voiture. Et même si j'en avais une, je ne pourrais pas faire autant de kilomètres toute seule !

– Alors, allez-y en train et louez un véhicule à la gare. Si ça n'a pas trop changé, il n'y a pas beaucoup de trafic vers Saintes-Fosses. Et au cas où, prenez un véhicule équipé de pneus neige, on est tout de même en décembre.

Il s'interrompit.

– Qu'est-ce que vous avez ? J'ai dit une bêtise ?

– Non, non. C'est juste que… je n'ai pas l'habitude de conduire et je ne sais pas…

– Décidez-vous, Bertille. Soit vous voulez vraiment partir là-bas, auquel cas il vous faut une voiture, soit vous abandonnez, et on n'en parle plus.

– Je suis décidée, et j'irai.

– Alors, on fait tout de suite la réservation par Internet et je prends même en charge votre séjour.

– Non, bien sûr que non ! Pourquoi vous feriez ça ? D'ailleurs, j'ai des sous de côté, vous savez.

– Moi aussi ! Les intérêts de mon héritage se sont accumulés alors que j'avais peu d'occasions pour les dépenser... et avec mes soucis de santé, ce n'est pas aujourd'hui que je vais découvrir le monde. J'y mets juste une condition : vous notez tout. Vous enregistrez vos rencontres avec un appareil que je vais vous donner et, chaque soir, vous retranscrivez toutes vos impressions sur les personnes que vous avez rencontrées et sur ce qu'on vous a dit. Même le pire. Je n'ai rien à craindre, vous savez, j'ai déjà purgé ma peine.

Bertille avait opiné devant le sourire du vieux. Elle s'était demandé comment on pouvait évoquer avec légèreté trente ans passés derrière les barreaux. Lorsqu'elle rentra chez elle, elle était à la fois soulagée que tout soit réglé et terrifiée par le monde inconnu qui l'attendait. Elle partirait le 25 décembre et ne pouvait plus reculer. La demi-pension était réservée pour douze jours et un véhicule l'attendrait à la gare. Pour la première fois, elle voyagerait seule en voiture, il fallait qu'elle étudie le trajet jusqu'à la pension, car elle n'était même pas certaine de savoir se servir d'un GPS. Quant au TGV, elle ne l'avait pas pris depuis quinze ans, depuis qu'elle avait quitté son village pour affronter Paris. Elle attrapa en tremblant le carnet qu'elle avait acheté pour prendre ses notes.

9

Bertille était partie ce matin pour les Vosges. De théière en théière, Victor avait relu le début de sa confession pour s'arrêter au même endroit qu'elle. La suite, elle l'ignorait encore ; lui continuerait seul sa relecture avant de se décider à reprendre la plume pour livrer ses derniers mots.

À cette époque, la classe finissait fin juin et les petits de primaire avaient deux mois de congé. On ne tentait pas encore de remplacer la qualité par la quantité et on accordait aux maîtres d'école la confiance qu'on leur a volée depuis. On les pensait capables d'apprendre aux enfants les choses essentielles dans le temps qui leur était imparti et, fiers de cette considération, ils se battaient corps et âme pour remplir leur mission. D'ailleurs, ils employaient une partie de l'été à accompagner leurs élèves : centres de vacances, clubs de loisirs, activités sportives…

L'été 1973, je pris donc naturellement la direction du centre de juillet mis en place par mon prédécesseur.

Je devais organiser des activités de plein air pendant trois semaines puis accompagner le groupe en camping pour quelques jours à la fin du mois. Céline commença par refuser que son frère participe à nos sorties ; je dus insister jusqu'à ce qu'elle cède. Sa mère travaillait toute la journée, elle-même était très prise par le salon de coiffure et Simon avait tendance à cumuler les mauvais coups dès qu'il était un tant soit peu livré à lui-même. Je lui fis valoir qu'avec moi il serait sous surveillance. L'incident qui se produisit le deuxième jour des grandes vacances vint appuyer mes arguments. Simon traînait souvent dans les rues du village à la recherche de camarades prêts à suivre ses bêtises. Ce jour-là, il était seul et s'ennuyait. Il rejoignit sa sœur au salon et lui offrit de l'aider en balayant la salle. Elle fut sans doute ravie de cette proposition jusqu'à ce que sa patronne ferme la boutique et constate qu'il manquait cent cinquante francs dans la caisse. Céline comprit immédiatement ; elle retrouva les billets dans la chambre de son frère. Elle obtint que sa patronne ferme les yeux mais dut promettre de ne plus laisser Simon entrer dans le salon.

C'est ainsi que je récupérai son inscription. Pendant les premiers jours, Céline participait régulièrement à nos sorties en plein air ou apparaissait à l'improviste dans la salle de classe où nous construisions des bateaux que nous emmenions ensuite voguer sur le lac. En juillet 1973, j'avais tiré la conclusion qui s'imposait : elle appréciait ma présence. J'étais heureux, ma patience était récompensée et bientôt notre couple allait être reconnu par tous. J'en parlai à mon meilleur ami Pascal qui tenta de me convaincre du contraire. Il était persuadé que Céline se réfugiait à mes côtés parce que notre amitié la protégeait d'éventuelles avances. Pour lui, j'étais même à présent celui qui avait le moins de chances de la mettre dans son lit…

Le vendredi 20 juillet, alors que nous devions nous rendre à une fête de village dans le département voisin, je proposai donc à Céline de l'emmener. J'avais en tête de démonter la théorie de Pascal, mais plusieurs verres furent nécessaires avant que je réussisse à l'embrasser. Nous étions sur le chemin du retour quand j'arrêtai la voiture sur le bas-côté. Je me souviens encore du regard qu'elle me lança lorsque j'approchai mon visage du sien. Chargé d'incompréhension et de terreur. Elle me repoussa brutalement avant de sortir de la voiture en courant. Je restai longtemps immobile, interloqué, à me demander si je devais la rattraper ou la laisser marcher un peu pour se calmer. Lorsque la voiture de mes camarades me doubla en klaxonnant, j'attendis un moment avant de rejoindre Céline. Elle était déjà avec Yves et Pascal. Ils s'étaient garés de façon à lui barrer la route et Yves tentait de la faire monter dans le véhicule. Elle me fit signe de m'arrêter. Furieux, j'accélérai. Je savais qu'ils avaient beaucoup bu, mais j'espérais qu'en terminant la route avec deux garçons très imbibés, elle aurait tout loisir de regretter ma compagnie. À la suite de cette mésaventure, je l'évitai jusqu'à la fin de l'été. Son frère ne participa pas au séjour en camping et je m'interdis tout détour par le café de la place. Lorsque le mois d'août arriva, je quittai le village et partis pour Angleterre pour trois semaines.

Déjà la fuite me semblait la meilleure option. Elle n'avait pas voulu de moi et j'avais décidé de tout faire pour l'oublier.

En vain.

Je retrouvai Saintes-Fosses à la fin du mois d'août 1973. Je savais que cette année scolaire serait différente. Pascal avait pris un poste à Vittel et nous allions nous perdre de vue, c'était inévitable. Quant à Yves, tombé amoureux d'une Parisienne pendant les vacances, il avait postulé pour une affectation dans un commissariat d'Île-de-France. D'ici quelques jours, mes deux meilleurs amis auraient quitté Saintes-Fosses et je resterais seul au café du village. Notre table serait utilisée par des lycéens et je n'aurais même plus le courage de les regarder nous supplanter.

Céline, elle, continuait à couper les cheveux des Fosseyens et m'adressait un petit signe lorsque je passais devant le salon. Malgré mes résolutions de l'été, tous mes espoirs étaient revenus dès que j'avais remis les pieds au village. Elle était plus belle que jamais et nous étions les seuls de notre ancienne bande à fréquenter le bourg pendant la semaine. Les autres copains s'installaient peu à peu dans leur vie adulte et tournaient la page de leur adolescence à Saintes-Fosses.

Ce fut Simon qui reprit contact avec moi avant la rentrée. Un matin, il sonna à ma porte. C'était la première fois qu'il montait les marches qui séparaient la classe de mon appartement. Il ne fit aucune allusion à son absence lors du séjour de la fin juillet et me raconta, comme si de rien n'était, ses frasques du mois d'août. J'appris ainsi qu'il avait frôlé la maison de correction après avoir dérobé la recette de la fête du village. Au départ, on ne l'avait pas soupçonné, la police n'ayant pas imaginé qu'un enfant pût être l'auteur du vol. Le pot aux roses avait été découvert une semaine plus tard, lorsqu'il avait tenté de rejoindre la gare d'Épinal. Le facteur, qui effectuait sa tournée, avait reconnu Simon sur le bord de la nationale. Averti des incartades du jeune garçon, il avait immédiatement prévenu la gendarmerie qui, en récupérant l'enfant, avait découvert par la même occasion le butin qu'il avait sur lui. La mairie avait organisé un conseil exceptionnel. Le cafetier avait retiré sa plainte, mais la mère de Simon avait dû régler l'intégralité des frais occasionnés par le vol. Cette fois, les gendarmes avaient tapé du poing sur la table. On ne pouvait pas laisser cet enfant plonger dans la délinquance sans rien faire. L'équipe municipale avait alors proposé que le village tout entier se mobilise. Simon ne devait plus rester sans surveillance et chaque citoyen qui le verrait traîner dans la rue préviendrait sa famille ou le ramènerait chez lui, par la force si nécessaire. Devant une telle solidarité, la mère de Céline eut les larmes aux yeux et remercia chaleureusement les personnes présentes. Mais il était clair que cette action en faveur de Simon serait la dernière et qu'il devrait désormais rester dans le droit chemin.

Je ne sais pas ce que pensèrent les membres de ce conseil le jour où l'on repêcha le corps de Simon. Je ne sais pas s'ils se sentirent coupables d'avoir failli à la mission dont ils s'étaient mutuellement chargés.

Partie II

Mercredi 10 janvier 2018.

La chambre donne sur la vallée. Ici et là quelques maisons punaisent le paysage et égratignent de rouge son camaïeu de gris et de vert. Mais la forêt résiste. Elle panse ses plaies et dégouline depuis les sommets arrondis jusqu'aux abords des serpents de bitume. Devant la fenêtre ouverte, le froid mordant prend possession de Bertille sans qu'elle oppose la moindre résistance. Ce soir, à 18 h 05, elle reprendra le TGV pour Paris. Elle sait qu'elle peut garder la chambre jusqu'à l'heure de son départ et elle aura besoin de cette journée pour écrire. Au début de ces vacances si particulières, elle pensait s'atteler à cette tâche chaque soir, elle n'a pas réussi. Elle n'avait pas anticipé que tout irait si vite et qu'elle se retrouverait aujourd'hui avec un carnet plein de notes à remettre en ordre, une multitude de feuilles volantes et des heures de conversations enregistrées en secret par le petit appareil qui ne quitte plus sa poche. Il lui arrive souvent de le toucher discrètement, comme pour s'assurer qu'il garde la trace impérissable de ce que les gens lui disent.

Elle ne le sait pas encore, mais ces mots qui s'empilent sont capables de tout emporter sur leur passage. À la manière de ces gouttes d'eau inoffensives qui, rassemblées en torrent, acquièrent un pouvoir dévastateur.

Carnet de Bertille

Il arrive que des adultes tiennent un journal. Ils prennent alors le temps de s'asseoir pour consigner noir sur blanc les avaries qu'ils connaissent, et ce monologue intérieur les aide parfois à redresser la barre. Je n'ai jamais eu ce courage. Trop d'implication sans doute. Aujourd'hui, je vais le faire. Pour vous, Victor. Je vais reprendre tout ce que j'ai entendu au cours des deux dernières semaines, jour par jour. Je ne sais pas si j'aurai le courage d'aller jusqu'au bout, mais je veux tenter l'expérience. Je vous ai promis d'oublier toute censure, aussi prenez les ratures et autres imperfections comme la preuve de ma sincérité. Je commence par le jour de Noël.

Lundi 25 décembre 2017
Arrivée à Saintes-Fosses

Le TGV s'immobilisa à 15 h 13 dans la gare de Saint-Dié-des-Vosges. Vous m'aviez assuré que j'étais capable de faire seule les trente-neuf kilomètres qui me séparaient de la pension, mais après tout, qu'en saviez-vous ? Je ne l'avais jamais fait. Je conduisais souvent la voiture de Flore, mais toujours avec elle à mes côtés.

D'après son badge, le jeune homme du guichet « Locations de véhicules » s'appelait Rémi. Il ôta son casque en me voyant approcher et je reconnus des rythmes de rap dans le grésillement des écouteurs. Il souriait, apparemment heureux de travailler dans une gare déserte le jour de Noël. Je le laissai farfouiller sur son ordinateur avant de saisir le porte-clés publicitaire qu'il me tendait et je signai sa fiche, comme si j'avais fait ça toute ma vie. Dehors, la brume m'attendait. Pas celle qui stagne à Paris, non. Celle de mon enfance. Une brume qui ne s'accroche pas aux immeubles mais qui glisse en douceur sur les dalles du parvis de la gare. Une brume qui s'applique à contourner consciencieusement les bâtiments et les silhouettes des piétons si bien qu'on la voit tantôt épaisse comme un brouillard, tantôt légère comme le voile d'une mariée. Je repérai la Clio dont le numéro était inscrit sur le porte-clés et je m'enfermai à l'intérieur. Puis j'attendis. J'attendis de ressentir cette force qui m'avait poussée, il y a quinze ans, à monter dans ce TGV pour Paris. Enfin, je pus quitter le parking et la ville.

Heureusement, en ce jour de Noël, la route était déserte. La brume se déchirait par endroits pour libérer un ciel bas et gris et je lâchai des yeux l'asphalte pour regarder les alentours. L'hiver vosgien. Les paysages défilaient autour de moi, humides et néanmoins accueillants. Est-ce que vous comprenez si je vous dis qu'à cet instant je me suis sentie chez moi ? Je retrouvais ces forêts sombres, ces lacets gris qui les évitent et ces maisons aux cheminées qui respirent de septembre à juin. J'avais fui cette région quinze ans plus tôt et là, en observant le crachin gommer l'horizon, je déroulais le film à l'envers.

Après une heure de route, j'arrivai enfin devant la pension : le *Relais Vosgien*. Avant de quitter la chaleur de la voiture, je décidai d'appeler Guy Marchal, le gendarme. Troisième sonnerie et un « allô » retentissant résonna dans l'habitacle sans toutefois couvrir totalement des cris d'enfants en arrière-plan. La voiture à l'arrêt, la main droite crispée sur le volant, les yeux fermés, je lui récitai d'un bloc l'histoire que nous avions inventée, vous et moi, et que j'avais répétée dans le train. Après avoir parlé à mi-voix à quelqu'un, il accepta de me recevoir, le lendemain en fin de matinée. J'avais réussi. Mon enquête allait commencer.

Comme s'ils avaient attendu ce moment, les nuages lâchèrent prise alors que je sortais la valise du coffre. Je ne résistai pas au plaisir de laisser l'eau glacée laver mon visage. Un vrai retour à l'enfance. En région parisienne, l'eau qui tombe n'est jamais aussi froide qu'ici, vous avez dû le remarquer. J'essuyais mon visage quand je vis une femme qui m'examinait depuis le pas de la porte. Je m'approchai.

– Bonjour ! J'ai cru que vous alliez passer la soirée sous la pluie.

– Non, non. J'appréciais juste la fraîcheur des gouttes après le trajet en voiture.

– Fraîcheur ? Vous êtes gentille ! On dirait de la neige !

À l'intérieur, le feu qui crépitait faisait oublier les rafales de vent. J'écoutais distraitement la femme qui s'était présentée comme la propriétaire, Mme Lecomte. Peu à peu, je me laissai bercer par cet accent si particulier qui avait accompagné mes jeunes années et que je n'entendais pas à l'époque. Lorsqu'elle me tendit un verre de vin chaud et des petits sablés en forme d'étoile et de sapin, quelques larmes s'invitèrent. C'étaient les mêmes gâteaux que ceux que faisait ma mère.

Ce moment d'émotion abolit toute distance

entre nous et, à partir de là, mon hôtesse se montra particulièrement attentionnée. Vous savez, Mme Lecomte a une soixantaine d'années, elle vit seule au milieu de ses pensionnaires. Ce soir-là, elle dut croire que je venais de vivre une rupture sentimentale et décida de s'occuper de moi. Ce n'était pas difficile, j'étais la seule cliente. Elle avait prévu de fermer la pension une semaine, puis avait changé d'avis en apprenant que sa fille et son gendre ne pourraient pas fêter Noël avec elle.

– Ils ont eu la chance d'avoir une prime de fin d'année et ils en ont profité pour partir en voyage. Rendez-vous compte, là-bas ils ont trente degrés, c'est formidable !

Le « formidable » sonnait un peu faux, mais ça m'allait. Surtout si ça m'autorisait à prendre mes repas dans la cuisine avec elle. J'avais tellement appréhendé de manger seule, au milieu de familles ou de couples, que l'idée d'une pension vide pendant les jours à venir fut un soulagement. En fin de soirée, on s'appelait déjà par nos prénoms et Nadine avait appris que j'étais originaire de la région. Je sens que vous allez me reprocher cette familiarité, à moi qui étais censée garder mes distances…

Mardi 26 décembre 2017
Première journée à Saintes-Fosses

– Alors comme ça, vous reprenez l'enquête ?

Ce furent les premiers mots de Guy Marchal lorsque je lui serrai la main le lendemain de mon arrivée dans les Vosges. Quelques minutes plus tôt, en descendant de voiture, j'avais cru revoir la maison de mon enfance. Les mêmes fenêtres arrondies, les mêmes châssis peints en marron et, sur le balcon, des bacs garnis d'hellébores pour être ainsi fleuris en décembre…

La maison étant isolée à cette extrémité du village, l'ex-gendarme était sorti dès qu'il avait entendu le bruit du moteur. J'attendis de m'asseoir dans le salon pour lui répondre.

– Non, pas exactement. Je travaille pour une émission de télévision qui sera diffusée à l'automne prochain. Je tente de retracer la chronologie des événements, de reprendre les points forts et les faits qui ont convaincu les jurés lors du procès.

– Vous savez que je connaissais personnellement le meurtrier ? Il en va souvent ainsi dans les villages. En tant que gendarme, on est amené à interroger ou à arrêter des personnes familières.

– Je suis venue pour que vous me parliez de lui justement : qui était-il ? Quelles relations entretenait-il avec le reste du village ? Enfin ce genre de choses…

Guy Marchal secoua la tête, et moi, j'imaginai les souvenirs qui affluaient. Jusqu'à ce qu'il se lève et me propose un café. Je le suivis dans la cuisine. La pièce était plus chaleureuse que le salon, probablement parce qu'il y avait là des objets qui n'avaient rien à y faire. Une patinette était appuyée à la table, un ours en peluche au poil miteux s'était invité sur le plan de travail et trois paires de bottes en caoutchouc boueuses attendaient près de la porte vitrée qui donnait sur le jardin. La pluie tombait toujours, mais on était bien dans cette pièce. L'ancien gendarme ressentait sans doute la même chose, car il s'installa à la table de la cuisine, tirant une chaise pour moi.

– À cette époque, je logeais à la brigade. Je n'avais pas encore de famille, mais ma sœur habitait Saintes-Fosses et j'allais parfois déjeuner chez elle. Romain, son fils, était scolarisé au village, c'est comme ça que j'ai rencontré Victor Kessler. Il était le seul instituteur puisqu'il n'y avait qu'une classe. Remarquez que les choses ont empiré car, aujourd'hui, elle est fermée. Peut-être que tout ça a favorisé la décision de l'inspection académique. Après tout, ce n'est pas le genre de faits qui joue en faveur du maintien d'une école rurale... Ma sœur connaissait Victor, il avait grandi dans le village et, même si elle avait une dizaine d'années de plus que lui, elle l'avait vu traîner dans les rues de

Saintes-Fosses avec ses copains de collège puis de lycée. D'ailleurs, elle avait été ravie qu'il prenne la suite de l'ancien instituteur. Mon neveu l'aimait beaucoup et les enfants travaillaient dans la bonne humeur, bien plus qu'avec l'ancien maître.

– Et vous, que pensiez-vous de l'homme qu'il était ?

– J'ai honte de l'avouer, mais je l'appréciais. Nous discutions lorsque j'allais chercher mon neveu et je l'avais aidé à préparer le centre de vacances qu'il avait organisé à la fin de sa première année ici. Vous voyez, j'étais tout sauf clairvoyant...

– Et vous n'avez jamais eu de doute lorsqu'il a été arrêté ?

– Bien sûr que si ! Quand on a évoqué des attouchements sur des enfants, je l'ai défendu ! Je l'avais vu avec les mômes et il était tellement à l'écoute, franchement, je ne pouvais pas croire... Mais lorsqu'il y a eu tous ces témoignages, j'ai dû me faire une raison. J'avais été aveuglé par la sympathie. Si vous saviez comme je m'en suis voulu ! Quand je pense comme j'avais insisté pour que ma sœur inscrive mon neveu aux activités que proposait Victor l'été... Vous imaginez si quelque chose lui était arrivé ?

Malgré les années passées, Guy Marchal tremblait en ranimant ses souvenirs. Il se leva et servit deux cafés. Machinalement, il versa une goutte de lait dans chaque tasse et je n'osai pas lui dire que je le buvais noir.

– Attendez… je crois que… Ne bougez pas, je reviens.

L'homme quitta la cuisine et j'en profitai pour vider rapidement ma tasse dans l'évier et me resservir un vrai café. Puis je me dirigeai vers la porte vitrée et m'absorbai dans le paysage pluvieux. Derrière les sapins qui bordaient le jardin, les sommets des collines s'étaient évanouis, avalés par des nuages. Quand Guy Marchal revint, il tenait un album photo à la main.

– Regardez ! Je ne sais pas si ça vous intéresse, mais j'ai deux photographies prises en 1973 lors de la fête de l'école de Saintes-Fosses ; on y aperçoit Victor. C'est lui, là, en train de tirer la tombola avec les enfants.

En me penchant sur l'album, je pris le temps d'observer le jeune homme du cliché, surprise de lui trouver tant de charme. Il tendait un ticket à un enfant et souriait en direction du photographe. Honnêtement, je ne vous aurais pas reconnu. Le jeune Victor Kessler était grand et athlétique, il dégageait une tranquillité rassurante et semblait parfaitement à l'aise sur l'estrade avec les enfants qui l'entouraient. Là, je compris pourquoi le gendarme et tous les parents vous avaient fait confiance. C'est le seul point commun que je vois entre le jeune homme de la photo et le vieil homme venu frapper à ma porte : cette confiance totale qu'on a envie de vous accorder. Pour la première fois, je me demandai si j'avais eu raison de venir jusqu'ici pour courir après votre histoire. Cette pensée me fit frissonner et mon hôte interpréta mal ma réaction.

– Je sais ce que vous pensez. J'aurais dû jeter toutes ces photographies après ce qu'il a fait... Mais si vous l'aviez connu, vous auriez été conquise, vous aussi. Il était aimable, simple et serviable avec tout le monde, en tout premier lieu avec ses parents qu'il allait voir le soir après la classe pour s'assurer qu'ils n'avaient besoin de rien.

– Ses parents sont restés au village ?

– Non. C'était impossible. Au début, tout le monde défendait Victor et on s'indignait d'une telle erreur judiciaire. Il s'occupait de Simon pour rendre service, rien de plus. On savait que la fille Dulac l'aimait bien et, après tout, il n'y avait rien de choquant à ce qu'il aide son frère après la classe. Alors, les premières rumeurs, honnêtement, personne n'y a cru. Moi non plus. Puis il y a eu les témoignages des gamins. Là, on a senti comme un flottement dans le village. Deux camps se sont fait face : ceux qui défendaient l'instit et les autres qui commençaient à poser des questions. Pourquoi le maître donnait-il des cours en soirée ? Pourquoi gardait-il toujours

Simon tout seul ? Jusqu'au fameux récit du gosse qui a lâché que l'enseignant les prenait souvent sur ses genoux et dans les bras… Une bombe. Tout a basculé. Ceux qui le soutenaient jusqu'alors se sont faits plus discrets et les autres ont crié plus fort. C'est à partir de cette déclaration qu'on a commencé à lancer des cailloux sur les vitres de ses parents. Ces derniers ne pouvaient plus sortir sans être pris à parti et mes collègues et moi, on a dû intervenir à plusieurs reprises pour calmer ceux qui venaient vociférer sous leurs fenêtres. Un matin, les parents de Victor ont disparu et on ne les a plus revus, jusqu'au procès. À la gendarmerie, nous savions juste qu'ils avaient déménagé pour le centre de la France. Comme vous vous en doutez, la maison a mis un certain temps à se vendre, mais, à force de baisser le prix, ils ont trouvé un acquéreur. Il n'était pas d'ici.

– C'est là que l'accusé est devenu coupable…

– Oui. Aux yeux des gens du village, en tout cas. Car, pour nous qui enquêtions, il fallait autre chose que les dires des enfants. Même si nous étions ébranlés, nous voulions des faits, des témoins.

– Il n'y en avait pas pour le jour du crime ?

– Non. Le premier légiste avait situé la mort vers 16 heures, ce qui disculpait Victor puisqu'il était en classe… Mais, très vite, un autre expert a démontré qu'après plusieurs jours dans l'eau très froide, il était impossible de déterminer l'heure exacte du décès. Ça pouvait donc s'être déroulé bien plus tard dans la soirée, voire dans la nuit. Or ce jour-là, chose rare, Victor n'avait pas surveillé l'étude. Il avait laissé les enfants rentrer chez eux. Ce changement dans ses habitudes l'a rendu suspect, bien sûr.

– Et on ne lui a pas demandé pourquoi ?

– Si, évidemment. Mais ses réponses n'étaient pas convaincantes. L'absence de Simon l'aurait inquiété et il serait parti le chercher en voiture… Il disait qu'il était passé par la gare de Saint-Dié puis qu'il avait suivi la route jusqu'à Épinal… Le problème, c'est qu'on n'a trouvé personne de fiable pour corroborer ses dires.

– Donc, il n'y a jamais eu de preuve ?

– C'est ce que vous voulez dire dans votre émission ? Que la gendarmerie a mal fait son travail ? Qu'on était des incapables avant l'invention des tests ADN ? Ne vous en privez pas !

– Non, excusez-moi, je me suis mal exprimée. Je suis persuadée qu'il n'a pas été arrêté sans de sérieuses présomptions. J'aimerais seulement reconstituer les faits tels qu'ils se sont déroulés. Mettre en évidence l'élément déterminant.

– Je ne vous en veux pas. Ces événements nous ont bien secoués à la gendarmerie. Dès que les gamins se sont mis à parler, on n'arrêtait plus les familles qui voulaient les faire témoigner sur l'attitude ambiguë du maître. Pourtant, quelques années auparavant, était sorti un film, *Les Risques du métier*, avec Jacques Brel dans le rôle de l'enseignant... Vous l'avez peut-être vu ?

– Non.

– Eh bien, regardez-le à l'occasion. Ça vous donnera un aperçu de l'ambiance que nous avions dans le village pendant les interrogatoires des mômes.

– Votre neveu a été entendu ?

– Non, heureusement. J'en avais dissuadé ma sœur, c'était trop délicat étant donné que je faisais partie des enquêteurs. Plus tard... on en a reparlé. Il avait un très bon souvenir de Victor... Pour lui, il était innocent. Il m'a balancé ça naturellement, un jour où nous étions allés faire des courses ensemble pour le réveillon. Il a été surpris de ma réaction, disons-le, un peu violente. L'entendre affirmer que le maître était toujours gentil avec les élèves et que cette histoire de pédophilie, c'était une vraie connerie... Excusez-moi, ce sont ses mots. Bref, j'ai éclaté : comment pouvait-il me raconter ça à moi qui avais participé à son arrestation ? Mais il était jeune lors des faits et il n'avait réalisé la gravité des témoignages que bien des années plus tard. Je le revois encore, me souriant et me tapotant le bras pour me rassurer, ajoutant que je n'étais pas responsable, que tout le monde s'y était mis et que je n'aurais rien pu faire d'autre. Sans le vouloir, il m'a asséné le coup de grâce. Car le plus embêtant dans tout ça, c'était que, sans cette accusation d'attouchements, l'instituteur n'avait aucune raison de tuer Simon…

– Ne prenez pas mal ma question, mais vous êtes sûr que Victor Kessler a tué Simon Dulac ? Après tout, il n'a jamais avoué le meurtre, non ?

– Non, mais il n'a pas nié non plus, et puis trop de faits concordaient. D'ailleurs, il ne s'est pas défendu. Si vous aviez assisté au procès, vous n'auriez eu aucun doute, vous non plus. Victor suintait la culpabilité, elle transpirait par tous les pores de sa peau et il n'a même pas tenté de justifier son geste. Je crois qu'il n'a réalisé ce qu'il avait fait qu'à ce moment-là. C'est pourquoi les jurés n'ont pas suivi le procureur qui réclamait la peine capitale, il était évident qu'il n'y avait pas eu préméditation et je reste persuadé que Victor n'a pas voulu tuer Simon.

– Mais je ne comprends pas… Je croyais qu'on avait exécuté Simon pour le faire taire. Pour qu'il ne révèle pas qu'il était victime d'attouchements…

– Je pense que Victor a réagi violemment lorsque Simon a menacé de le dénoncer. Il a dû le frapper et le gamin sera mal tombé.

– Pour vous, c'était un homicide involontaire ?

– C'était impossible à prouver, mais je n'ai pas compris pourquoi l'avocat n'avait pas joué cette carte, il aurait pu obtenir une remise de peine pour son client.

– Et la grande sœur de la victime : Céline, vous avez une idée de l'endroit où elle pourrait vivre ?

– Non, personne ne sait. Elle est restée longtemps au village et chacun se demandait comment elle tenait. Mais elle tenait. Elle était toujours agréable, je dirais même charmante avec tout le monde. Puis, un beau matin, elle a fait sa valise et elle est partie. Comme ça. Sa mère a insisté pour que les gendarmes la trouvent. Vous pensez si on avait envie de l'embêter ! On a tous eu la même réaction : où qu'elle soit, elle est mieux là-bas qu'ici. Quelque temps après, un journaliste s'est lancé sur ses traces, sûrement pour pondre un nouveau papier dans un journal du coin et profiter des retombées de l'affaire Grégory. Par curiosité, à la gendarmerie, le chef a lancé un appel. Rien. Soit elle était partie à l'étranger, soit elle vivait recluse quelque part sous un nom d'emprunt. Personne au village n'a jamais eu de nouvelles. Hier, après votre coup de fil, j'ai regardé sur Internet, avec le nom de jeune fille de sa mère au cas où. Non, à mon avis, elle a refait sa vie dans un autre pays. Un lieu où elle n'était plus seulement l'élément d'un fait divers…

Entre la découverte du corps en novembre, et mon incarcération, j'échangeai avec Guy, l'un des gendarmes en charge de l'enquête. Nous nous croisâmes un soir alors qu'il venait récupérer son neveu à la fin de l'étude. Nous étions tous sous le choc de la mort de Simon. Guy me raconta leurs recherches sur ce qui était devenu un meurtre, la blessure de Simon à la tête ne coïncidant pas avec la forme des rochers bordant le lac. Je n'ai jamais dit mot de cette discussion. C'est idiot, mais je ne souhaitais pas que le jeune gendarme reçût un blâme pour avoir bavardé avec l'homme qui allait devenir le suspect numéro un. À ce moment et pendant quelques jours encore, pour tous ceux qui me connaissaient, j'étais le maître des petits. Celui qui leur apprenait à lire, à écrire, à compter, et surtout à grandir. Guy se pensait responsable. Il était convaincu de s'être laissé attendrir par la mère de Simon alors que ses collègues et lui auraient dû signaler depuis longtemps son incapacité à s'occuper de son fils. Il me révéla qu'il y avait eu une plainte, restée sans suite, lorsque le père avait quitté la maison. Une voisine avait évoqué des mauvais traitements sur les enfants et des cris qui fusaient jusque tard dans la nuit. La femme s'était rétractée lorsque les gendarmes s'étaient déplacés pour prendre officiellement sa déposition.

Mais j'ignorais encore ces faits le matin du 29 août 1973 lorsque Simon sonna à ma porte, quelques semaines avant ce qui serait sa dernière fugue. Dès qu'il m'expliqua qu'il avait un nouveau plan, infaillible, qui lui apporterait suffisamment d'argent pour rejoindre Marseille, je devinai qu'il allait au-devant de très graves ennuis. Lorsqu'il m'annonça qu'il s'apprêtait à faire chanter quelqu'un, je ne quémandai aucun détail, tout en tentant de le dissuader d'agir. Sans grand espoir, car, au fond de moi, je savais la rage qui habitait cet enfant. Avec lui, la raison ne l'emportait jamais sur le cœur, il ne reviendrait pas sur sa décision. Et puis, autant l'avouer, j'admirais sa témérité. Son audace à contourner la loi, à affronter le monde des adultes sans se sentir inférieur, sans penser que l'âge leur conférait un avantage dans la réflexion. Dans mon esprit, Simon était le héros dont on avait abreuvé mon enfance, un Thierry la Fronde des Temps modernes. Pendant les années qui suivirent, pas un jour ne se déroula sans que je me demande ce que j'aurais pu faire, ce que j'aurais dû dire pour éviter le drame. Mais peut-être cela n'aurait-il rien changé après tout…

Le 29 août 1973, Simon partit de chez moi en claquant la porte. À moins que ce ne fût le vent. Car la météo avait changé d'un coup, je m'en souviens. De la fenêtre de mon appartement, je passai la fin de la matinée à regarder les bourrasques s'infiltrer dans la cour et secouer les arbres qui perdaient leurs premières feuilles avec un mois d'avance. Les portes des W-C battaient, dévoilant les toilettes à la turque et les nouveaux distributeurs de papier installés par la municipalité. Sous le préau, on apercevait des cagettes et des boîtes de conserve vides, reliquats de la dernière kermesse. Pour la première fois, je trouvai mon école sinistre et délabrée.

Je dirais que ce jour marqua la fin du beau temps ; je sais qu'il n'en est rien en réalité. Il y eut forcément de belles journées de fin d'été pendant lesquelles les jeunes allèrent se baigner dans le lac en attendant la reprise des cours. Mais si je sonde ma mémoire, le brouillard et la pluie ont envahi Saintes-Fosses le 29 août pour l'envelopper jusqu'au 17 novembre 1973.

Je ne revis Simon qu'en reprenant le chemin de l'école, c'est-à-dire en me glissant tous les matins par la petite porte qui séparait mon logement de la salle de classe. En bon enseignant, j'avais préparé la rentrée. Je retrouvais tous les élèves de l'année précédente à l'exception des trois nouveaux qui intégraient le cours préparatoire. Les plus grands étaient partis au collège et Simon devenait l'élève le plus âgé du groupe. Je le poussais à travailler pour améliorer ses résultats avant l'entrée en sixième.

Au cours du procès, j'ai déclaré que je considérais Simon comme tous les autres enfants de la classe. J'ai menti. Pas un jour ne passait sans que je m'interroge sur ce qu'il comptait faire. À plusieurs reprises, j'ai pensé le questionner à ce sujet, le forcer à dévoiler ce qu'il avait découvert et le nom de la victime du chantage. Mais fermer les yeux était plus confortable. Je pouvais ainsi croire aux divagations d'un enfant de dix ans désireux de combattre l'ennui qui s'accrochait comme une sangsue à ce village de l'est de la France.

Carnet de Bertille

Mercredi 27 décembre 2017
Deuxième journée à Saintes-Fosses

Ce matin-là, je bus mon premier café de la journée, seule dans la cuisine du *Relais Vosgien*, assise près de la fenêtre.

La discussion de la veille avec le gendarme me trottait dans la tête. J'avais noté dans mon carnet les noms des trois avocats qui vous avaient défendu au fil des ans. Deux sont à la retraite, et le troisième est mort en 2001. Alors, mon café terminé, je tentai de contacter l'avocate dont vous avez retrouvé la trace à Épinal. Elle était chez elle et prit le temps de m'écouter. En 1980, elle travaillait sur sa première affaire pénale et s'était intéressée à votre histoire, survenue des années plus tôt. Aujourd'hui à la retraite, elle accepta ma visite l'après-midi même. Nous prîmes rendez-vous à 14 heures.

Pour occuper la matinée, je décidai de traîner dans le centre du village. Je visitai votre ancienne école et le logement de fonction juste au-dessus, aujourd'hui une salle réservée aux associations et une bibliothèque. Au milieu de la place, je pris le temps d'admirer un tilleul magnifique qui devait déjà être là lorsque vous étiez enfant, puis je le contournai pour m'approcher du café et du salon de coiffure. Seuls les noms ont changé. Le café s'appelle *Chez Gabin* et le coiffeur porte l'enseigne *Jacques Dessange*. À l'intérieur, une jeune fille s'appliquait à décorer la vitrine et je fus immédiatement transportée dans votre passé. Instinctivement, je tournai la tête vers l'intérieur du bar. Les tables étaient vides. Les vacances peut-être, l'attrait des jeux vidéo ou des centres commerciaux.

La place était déserte, aussi j'entrai dans le café et me forçai à gagner le bar où trois hommes âgés sirotaient un verre de blanc. Quand j'annonçai que je travaillais pour la télévision, les langues se délièrent. Personne ne me demanda la fausse carte de journaliste fabriquée par vos soins avant mon départ, mais, bien sûr, je dus dire un mot de « l'émission » qui reprenait les grandes enquêtes des dernières décennies. Heureusement, j'ai toujours été une téléspectatrice assidue de toutes ces reconstitutions.

– Vous avez travaillé sur l'affaire Grégory ? Je me souviens pas de vous dans les reportages à la télé.

– Je n'apparais jamais. Moi, je fais une première investigation sur le terrain, je répertorie les témoins ou les policiers qui pourront ensuite être interviewés par les animateurs de l'émission.

– Vous voulez dire que nous, au village, on va aller à la télé ?

– Ceux qui auront quelque chose à dire, oui, c'est possible. Mais rien n'est sûr… Pour l'instant, je recueille des informations.

– Alors vous tombez bien ! Roger, il a grandi ici ! Hein, Roger ? Et sa sœur, elle était dans la classe de l'assassin. Imaginez ! Elle aurait pu se faire tuer, elle aussi !

Le fameux Roger enchaîna sans se faire prier.

– C'est vrai. Elle était avec le gamin qui est mort et elle a mis longtemps à s'en remettre. Moi aussi, je le connaissais, même si je suis un peu plus vieux.

– Et Victor Kessler, vous le croisiez régulièrement ?

– Forcé. J'allais chercher ma sœur à l'école et on se retrouvait avec des potes à la sortie.

– Il était comment ?

– Ma sœur, elle l'adorait.

– Hé, tu nous avais pas dit que ta sœur était amoureuse de l'assassin !

– Ta gueule, Gérald ! Tu veux qu'ils disent ça à

la télé ? Non, ma sœur, elle était comme tous les élèves. Ils avaient quitté un vieil instit sévère pour en gagner un tout jeune qui rigolait avec eux, alors bien sûr qu'ils étaient contents d'aller en classe. C'est comme ça qu'il les a eus, ce sale pervers…

– Vous voulez dire que votre sœur…

– Non, non… Elle a pas eu de problème de ce genre… De toute façon, il s'intéressait qu'aux garçons. Un pédé, quoi !

– On m'a dit qu'il sortait avec la sœur de la victime.

– La coiffeuse ? C'est du pipeau ! C'était pour mieux approcher son frère, à coup sûr. Elle en a bavé, la pauvre ! Vous pensez à ce qu'elle a vécu après la mort du môme ? Ils étaient tous après elle. Y en a même qu'ont dit qu'elle était de mèche avec l'instit vu qu'elle lui laissait tout le temps Simon. C'était malsain à ce moment, je vous l'dis. Mais, la Céline, elle l'aimait trop, ce gamin, vous aurez personne pour vous dire le contraire. Ça l'a détruite tout ça…

– Elle vit toujours par ici ?

– Non. Moi, pendant le procès, j'étais à Lyon. J'suis revenu des années plus tard et j'ai jamais revu la sœur de Simon. Tout le monde disait qu'elle avait disparu et plus personne au village n'avait de ses nouvelles. À ce moment-là, on évitait encore le sujet. Les gens du coin en avaient ras le bol des journalistes… Maintenant, heureusement pour vous, l'eau a passé sous les ponts.

Le reste de la conversation dériva sur l'actualité et je réussis tant bien que mal à m'échapper après avoir salué ces charmants messieurs. Je me rappelai ce qu'était un village en arrivant à l'épicerie. Un des hommes était parti pendant que je discutais avec le dénommé Roger Claudel et j'eus à peine mis un pied dans le *Huit à huit* que la caissière me demanda si j'étais bien la journaliste de la télé. Le copain de Roger avait déjà fait le tour des commerces pour faire les présentations. Je dus acheter quelques produits de toilette et le journal du coin pour prendre le temps de caler l'enregistreur dans ma poche. Bien sûr, l'épicière était trop jeune pour posséder sa propre version du drame, mais elle téléphona devant moi à sa tante et, un quart d'heure plus tard, j'étais devant mon troisième café de la matinée avec Georgette. Georgette, qui a fréquenté la même classe que vous jusqu'à votre redoublement en quatrième, au collège. Elle me parla avec beaucoup de nostalgie et répondit à mes questions avec une douceur et une sincérité désarmantes.

– Vous vous souvenez de la mort du jeune Simon ?

– Bien sûr, c'était juste après l'été 73, je ne risque pas d'avoir oublié ces vacances.

– À cause du meurtre ?

– Non, pas du tout. Voyez-vous, l'année scolaire 1972-1973 avait été surnommée « l'année des viols »… C'est plus tard que 1973 est devenu « l'année du meurtre » et qu'on a oublié qu'il y avait eu trois agressions sur des jeunes filles les mois précédant la mort de Simon.

– Les trois dans le village ?

– Oui et non. Les agressions ont eu lieu dans la région. Mais toutes les jeunes filles étaient d'ici ou bien avaient de la famille dans le coin. C'est à partir de là que les gamines n'ont plus eu le droit de sortir seules. Tant qu'il y avait école, ça allait. Mais, en juillet et en août, les parents ont eu du fil à retordre avec leurs adolescentes, même si un nouveau viol venait d'être commis en juin. Moi, grâce à ça, j'ai eu l'autorisation de partir dans le sud de la France avec des amis. C'étaient mes premières vacances loin d'ici alors j'en ai profité, mais ma sœur, elle, avait douze ans et elle ne pouvait même plus se rendre dans le centre du village sans la compagnie de notre frère. Lui, à dix-sept ans, n'avait aucune envie de la trimballer partout. Elle a donc passé une partie de l'été enfermée. Heureusement, en juillet, il y avait le centre organisé par Victor. Elle a pu sortir un peu.

– L'instituteur n'a pas été mis en cause pour ces viols ?

– Pas jusqu'au meurtre de Simon… Mais après, bien sûr que si ! Les agressions ont débuté alors qu'il venait de s'installer à l'école et deux des jeunes filles avaient un frère ou un cousin dans sa classe. Les gens ont tout mélangé : violeur, pédophile… on lui a tout collé sur le dos pendant quelques semaines. Pourtant, la police d'Épinal, chargée d'enquêter sur les viols, avait un témoignage qui l'innocentait. Une des victimes avait donné une description partielle de son agresseur qui ne mesurait pas plus d'un mètre soixante-quinze, elle en était certaine. Et surtout, elle avait vu ses yeux, derrière la cagoule : ils étaient noirs. On savait tout ça depuis le mois de juin, mais après la mort de Simon, les gens sont revenus là-dessus. La jeune fille était perturbée, son témoignage n'était pas fiable… Enfin ce que je peux vous dire, c'est que si Victor n'a pas été inquiété, c'est que la police avait des preuves de son innocence ; dans le cas contraire, elle en aurait profité pour boucler les deux affaires en même temps. Il faisait un si bon coupable.

– Comment ça ?

– Je l'ai eu comme camarade de classe pendant des années et Victor n'était pas du genre à se rebeller. Dès qu'il a été soupçonné, il s'est comporté comme on l'attendait de lui. Ses yeux étaient baissés sur toutes les photos ; alors qu'on énumérait les accusations, il se contentait de secouer la tête comme s'il regrettait.

– On m'a dit qu'il y avait eu des rumeurs... Il se serait vengé de la sœur de Simon en s'en prenant à son frère.

– Ça ne tenait pas, c'était n'importe quoi ! Évidemment qu'il aimait Céline ! Comme tous les garçons de Saintes-Fosses et des environs. Céline était superbe, et en plus, elle les snobait. Alors, elle les avait tous à ses pieds. Elle avait deux ans de moins que moi et je l'ai vue grandir et embellir au fil des années. Mais ce qui les faisait tous craquer, c'était ce mystère qui l'entourait. Elle ne parlait jamais d'elle. On savait que la situation de sa famille était compliquée et qu'ils avaient du mal à finir le mois. Mais, contrairement à nous tous, elle ne se plaignait jamais. Pas même de sa mère...

– Vous pouvez m'en dire plus sur elle justement ?

– Non. Je ne la connaissais pas vraiment et je ne pourrais que vous rapporter les ragots qui circulaient.

– Je vous promets de les prendre avec beaucoup de circonspection.

– Disons que la mère de Céline et Simon avait la réputation d'être... volage. Mes parents répétaient qu'elle ferait mieux de s'occuper de ses enfants que de courir après les hommes. On lui avait prêté une liaison avec l'ancien instituteur alors qu'elle était encore mariée... Enfin, mes parents tenaient déjà l'épicerie et, en ce temps-là, il y avait du passage. Ils étaient au courant de tout ce qui se racontait à Saintes-Fosses. Ça ne veut pas dire que c'était vrai.

– Et lorsque son mari est parti ?

– Personne n'en a été étonné. Les commères affirmaient qu'il aurait mieux fait d'emmener sa fille aussi s'il ne voulait pas qu'elle tourne mal... mais là, je peux vous donner ma version : ce n'était pas le genre de Céline. Mes copines et moi, on aurait bien aimé lui trouver des défauts, lui reprocher ses fréquentations, par jalousie. Mais c'était juste une fille bien. Elle se démenait pour son frère. Elle travaillait tous les jours au salon et je crois qu'elle avait choisi d'arrêter l'école pour aider financièrement sa famille. C'était une excellente élève : moi, à sa place, j'en aurais profité pour poursuivre mes études dans une grande ville et partir loin d'ici !

– Elle a pu rester pour l'instituteur ? Ou pour un autre garçon ?

– Je ne crois pas. Je ne l'ai jamais vue avec un amoureux. Elle était toujours entourée d'une bande de garçons, mais elle n'en fréquentait aucun en particulier.

– Pas même Victor Kessler ?

– Non. Elle était souvent avec lui et il est clair qu'elle l'aimait bien. Mais amoureuse, je ne crois pas.

– Vous l'avez revue après le meurtre de son frère ?

– Oui. Au moment du drame, je travaillais à Strasbourg. Cette année-là, je suis revenue au village pour les vacances de Noël. J'aidais mes parents et mon frère à la boutique. Ils avaient beaucoup à faire pendant les fêtes, car l'épicerie organisait encore des tournées quotidiennes dans les villages des environs. J'étais seule à la caisse et Céline venait régulièrement faire des courses pour elle et sa mère. Fin décembre, on était en plein scandale, l'instituteur venait d'être arrêté, et, un soir, elle s'est faufilée juste à la fermeture pour éviter les journalistes qui tournoyaient comme des vautours dans le village. En la voyant aussi désemparée, j'ai proposé de leur livrer les courses, à elle et à sa mère, le temps que les choses se calment. Elle a accepté. À plusieurs reprises, je lui ai déposé les produits qu'elle commandait par téléphone. Un jour, elle m'a parlé de l'arrestation de Victor. C'est là qu'elle m'a assuré qu'il n'y était pour rien et qu'il serait bientôt libéré. Elle paraissait si sûre d'elle que je l'ai crue ce jour-là et que je continue de la croire aujourd'hui, même si rien n'est jamais venu contredire la culpabilité de l'instituteur…

❖

En quittant Saintes-Fosses, je pensais à cette Agnès Kamcha que je devais rencontrer l'après-midi. J'avais lu des articles sur sa carrière d'avocate et sur les procès qu'elle avait gagnés. Mais lorsqu'elle vint vous rendre visite en prison pour la première fois, sept ans après les faits, elle démarrait tout juste sa reconversion dans les affaires pénales. Pendant tout le trajet de la pension jusqu'à son domicile, je tremblais. Bien sûr, la conduite me rendait encore nerveuse, mais surtout, je redoutais de mentir à une avocate. Même si elle n'était plus en activité, j'étais certaine qu'elle allait me percer à jour.

J'avais tort. Plus les mensonges sont loin de la réalité, plus ils sont crédibles. Et puis, le personnage que nous avions créé commençait à me posséder réellement. Je changeais. Lorsque je me mettais dans la peau de la journaliste, je me découvrais un sentiment de légitimité que je n'avais encore jamais connu. L'impression étonnante d'être à ma place. Depuis longtemps, j'observais ce qui m'arrivait avec le détachement d'une spectatrice, et de façon incroyable, depuis que j'avais glissé votre fausse carte de journaliste dans ma poche, j'avais l'impression de réintégrer mon corps. J'ignore ce que vous comprendrez en lisant ces lignes, mais, après tout, on avait bien dit que je livrerais ici tout ce qui me passerait par la tête…

Je n'eus pas à présenter de justificatif pour que l'avocate se décide à parler. Elle se moquait de qui j'étais. Bavarde, elle était simplement contente de trouver quelqu'un qui l'écoutait et, heureusement, votre enregistreur tournait.

– Je me souviens très bien des circonstances dans lesquelles j'ai rencontré Victor. C'était cinq ans après la fin de son procès pendant lequel un jeune confrère l'avait défendu. Moi, en 1980, je travaillais sur un accident de la route. Mon client était un routier qui s'était assoupi au volant et avait percuté un véhicule arrivant en sens inverse. Blessé, le conducteur de la voiture demandait un dédommagement. En épluchant le dossier de mon client, je suis tombée sur un témoignage qu'il avait effectué à la gendarmerie en 1974, alors qu'il étrennait son permis poids lourds et livrait de la bière dans les établissements du coin. Il avait été entendu dans le cadre de l'enquête sur la mort de Simon Dulac car il certifiait avoir repéré la R5 de Victor devant la gare de Saint-Dié le soir de la disparition du jeune Simon. Cette R5 était très particulière : rouge, avec la portière droite marron. Suite à un accrochage, Victor Kessler avait récupéré cette pièce dans une casse et ne l'avait pas fait repeindre. La présence de sa voiture à cet endroit corroborait ses dires. Au moment où on l'accusait d'avoir tué Simon, il était sur la route à le chercher. Mon client a décrit le procès. Il s'était senti manipulé, ça m'a intriguée. Un tel fait pouvait constituer une irrégularité de procédure. J'étais jeune dans le métier et je me voyais déjà faire sortir un innocent de prison.

– Alors vous êtes allée voir Victor Kessler.

– Oui. Et j'ai appelé son avocat qui m'a raconté ce qui s'était passé lors du procès qui avait eu lieu cinq ans plus tôt. Le jour de l'audition de mon client, le procureur avait projeté la diapositive d'une R5 qu'il identifia tout de suite comme étant celle vue à la gare de Saint-Dié le 12 novembre 1973… Seulement, l'accusation l'avait piégé : ils avaient pris en photo une *autre* voiture. Elle était rouge elle aussi, mais avec une portière noire. Mon client, impressionné, avait voulu répondre trop vite et s'était emmêlé. Lorsque le procureur lui annonça que le propriétaire de cette seconde voiture n'était pas Victor Kessler, qu'il habitait à cinq cents mètres de la gare et qu'il utilisait régulièrement le parking où il croyait avoir vu la R5 de Victor Kessler, il bafouilla. Il répéta qu'il était certain que la portière avant était marron, mais c'était trop tard. Pour les jurés, il n'était plus fiable.

– Qu'est-ce que vous avez fait ?

– Je suis allée voir Victor à plusieurs reprises pour le convaincre de déposer un recours. Je voulais qu'il m'accepte comme avocate. Autant être honnête, ressortir une grande affaire criminelle qui était encore présente dans les esprits aurait représenté une réelle opportunité de carrière pour moi. Mais Victor ne voulait rien entendre. Il était persuadé qu'une action de ce genre ferait beaucoup de bruit pour rien, l'heure de la mort de Simon étant toujours restée un point de litige lors du procès. Il n'était pas prêt à réentendre les batailles d'experts autour de ces écarts de température entre le corps de Simon et l'eau du lac. Condamné à perpétuité, il refusait que l'on agisse. Nous étions pourtant en 1980, le film *Le Pull-over rouge* venait de sortir... Pour moi, c'était le bon moment pour un pourvoi en cassation. Mais lui ne voulait pas se retrouver au cœur des débats sur la peine de mort et encore moins que l'on établisse un lien entre son procès et celui de Patrick Henry qui avait eu lieu trois ans auparavant et avait déclenché les réactions que vous connaissez. J'ai fait tout ce que j'ai pu pour le convaincre de se battre. En vain.

Puis, en 1984, la région a été secouée par l'affaire Grégory et, deux ans plus tard, par les meurtres de deux enfants, attribués à l'époque à Patrick Dils. Dans le dessein de faire de l'audience, les journaux télévisés rivalisèrent d'ingéniosité pour sensibiliser l'opinion publique. Les médias présentèrent chaque enfant français comme la cible potentielle d'un psychopathe ou d'un pervers. Ce n'était plus le moment d'agir. J'ai suivi tout ça de loin car, à cette époque, on venait d'accepter ma mutation à Paris. En fait, je n'ai revu Victor que bien plus tard. Sa condamnation avait été assortie d'une période de sûreté empêchant tout aménagement de peine avant ses trente ans d'incarcération. À l'issue de cette période, il a fallu monter le dossier pour sa sortie et il m'a confié ce travail. C'était peu après la réhabilitation de Dils, reconnu victime d'erreur judiciaire après quinze ans de prison. Ce recul de la part de l'État français a marqué Victor. Il a dû regretter de ne pas s'être battu pour prouver son innocence.

– Vous n'avez jamais envisagé sa culpabilité ?

– Bien sûr que si… Quand il a refusé que je m'intéresse à son histoire, j'ai pensé qu'il y avait quelque chose qu'il ne voulait pas qu'on découvre. Il semblait réfractaire à toute réouverture du dossier alors qu'il était déjà condamné à perpétuité… Pendant un temps, j'ai imaginé qu'il avait pu commettre un autre crime qui lui aurait valu à coup sûr la peine de mort cette fois… Mais septembre 1981 est arrivé, la peine de mort a été abolie et il est tout de même resté sur sa position. Quand je l'ai revu, à la fin de sa réclusion, la question n'avait plus d'importance, j'avais appris à connaître la personne et je ne le voyais pas comme un meurtrier. Bien sûr, il portait une culpabilité en lui comme s'il avait fait quelque chose de pas très net, quelque chose qui aurait justifié, à ses yeux, de passer sa vie derrière les barreaux…

Fin septembre, je demandai à voir la mère de Simon pour discuter de son travail. Je savais pertinemment que Mme Dulac ne se déplacerait pas et le surlendemain, comme je l'avais espéré, le sourire de Céline vint illuminer ma salle de classe. J'abandonnai mes cahiers et descendis de l'estrade pendant qu'elle s'asseyait sur une petite table face au bureau. C'était la première fois que je la voyais seul à seule depuis juillet. Elle me fixait avec douceur comme à chaque fois que nous nous étions croisés dans le village depuis mon retour de vacances et pourtant, je la trouvais changée. Plus femme. Plus belle aussi. Mais avec une fêlure dans le regard, un voile qui la rendait moins pétillante. Ou peut-être se sentait-elle mal à l'aise après la façon dont elle m'avait rejeté deux mois auparavant. Je me mis à parler de Simon, de ses capacités qui étaient réelles mais freinées par son manque de travail. Il se moquait de ses résultats, n'apprenait jamais ses leçons…

Je m'interrompis lorsque deux larmes glissèrent sur les joues de Céline. Rien n'était perdu, il suffisait qu'il se mette au travail et ses résultats lui permettraient d'accéder au collège, j'en étais persuadé ! J'aurais voulu la prendre dans mes bras, mais le souvenir de la violence avec laquelle elle m'avait repoussé en juillet m'en empêcha. Alors je lui proposai d'aider une nouvelle fois Simon. De le garder après l'étude pour le faire travailler en attendant qu'elle termine sa journée au salon. Elle s'essuya les yeux.

– Merci, Victor. Ce n'est pas la peine.

Comme elle savait déjà que je ne tiendrais pas compte de ce refus, elle me remercia et quitta la salle de classe, sans rien ajouter.

Toute la soirée, je revis cette scène sans comprendre ce qui bouleversait Céline. M'en voulait-elle encore d'avoir tenté de l'embrasser ? Regrettait-elle son attitude ? Je ne l'avais jamais croisée avec aucun garçon depuis l'été ; elle passait son temps entre le salon de coiffure et la maison familiale. Il me fallut patienter encore un mois pour comprendre que Céline avait d'autres soucis que mes problèmes de cœur.

C'était un soir d'octobre, quelques jours avant les vacances de Toussaint. À la fin de l'étude, je préparais mes tableaux pour le lendemain et Simon était le dernier à terminer ses devoirs. La sonnerie du téléphone retentit un étage plus haut et je montai en courant à l'appartement, laissant mon élève seul dans la salle de classe. En redescendant, je reconnus la voix de Céline. Son frère lui répondait violemment.

– Si je ne le fais pas payer pour ce qu'il a fait alors personne ne le fera !

– Ne dis pas ça, Simon, je t'en supplie…

La discussion s'interrompit net lorsque j'entrai dans la pièce. C'est plus tard, alors que j'allais me coucher, que le lien s'effectua entre le chantage dont Simon avait parlé et cet échange. Fin août, lorsque le jeune garçon m'avait dit qu'il allait faire chanter « un salaud », je n'avais pas pensé un instant que ce méfait pût avoir un lien avec Céline.

À partir de ce jour, le doute envahit mon quotidien, modifiant complètement les vestiges que j'avais de la soirée du 20 juillet 1973. Je revis Céline sur le bord de la route, me faisant signe de m'arrêter. Et si c'était un appel au secours ? Et si l'un de mes camarades l'avait malmenée lors de ce retour de bal ? Tous les deux étaient de bons gars, mais j'étais bien placé pour savoir qu'ils buvaient plus que de raison et que leur comportement vis-à-vis des filles devenait insistant sous l'effet de l'alcool… La scène m'apparut sous un jour nouveau : elle m'avait appelé à l'aide et j'avais refusé de m'arrêter. Qu'était-il arrivé ensuite ? Et pourquoi Céline se seraitelle confiée à son frère âgé de dix ans ? Que lui avait-elle révélé pour que ce dernier se mît en tête de faire payer le responsable ?

Pendant les vacances de Toussaint, je m'absentai pour rejoindre un camarade qui m'avait invité à Lille. Nous nous étions connus cet été-là en Angleterre et il m'avait proposé de visiter sa région. Loin de Saintes-Fosses, mes soupçons concernant le secret de Simon s'ancrèrent plus profondément dans mon esprit. Je voyais désormais le départ de mes deux camarades comme une fuite et une preuve de leur culpabilité.

Alors, en rentrant de Lille, je me précipitai chez les Dulac avant même de déposer mes valises à l'appartement. Je sonnai à plusieurs reprises, sans obtenir de réponse. Finalement, leur voisine, qui était également la grand-mère d'un de mes élèves, apparut sur le pas de sa porte pour me renseigner.

– La maison est vide : Mme Dulac est sortie pour la journée et j'ai vu Simon et sa sœur partir en voiture tout à l'heure. Vous voulez que je leur fasse une commission ?

– Non, madame Bazin. Il n'y a rien d'urgent. Je verrai Simon demain matin à l'école. Je vous souhaite une bonne soirée.

Ces propos totalement anodins furent cités à maintes reprises lors du procès. Ils furent disséqués, on chercha les mots exacts que j'avais prononcés et la pauvre Mme Bazin fut sommée de décrire l'expression de mon regard alors que nous avions échangé dans la pénombre et à plusieurs mètres de distance. Après toutes ces années, j'ai presque oublié pourquoi je m'étais rendu chez Céline. Était-ce pour parler au frère ou à la sœur ? J'imagine que les deux auraient fait l'affaire. Si j'étais allé au bout de ma décision ce soir-là, j'aurais sans doute appris ce que Simon savait. Et j'aurais au moins pu le dissuader de partir. Nous étions le 4 novembre, huit jours avant sa disparition…

Le compte à rebours avait commencé.

Carnet de Bertille

Jeudi 28 décembre 2017
Troisième journée à Saintes-Fosses

Jusque-là, Victor, tous les témoignages que j'avais récoltés sur Céline concordaient. Une petite fille adorable devenue une adolescente souriante puis une jeune femme rayonnante. Les anciens du village mettaient en avant l'aide qu'elle avait apportée à sa famille et l'amour qu'elle vouait à son frère. Bref, on ne tarissait pas d'éloges sur la poupée blonde qui avait illuminé le salon de coiffure de Saintes-Fosses après avoir ensoleillé les bancs de l'école communale.

Alors, ce matin-là, je décidai d'aller voir une ancienne collègue de Céline. J'avais appris par Nadine que la coiffeuse qui avait repris le salon et travaillé un temps avec la sœur de Simon était restée vivre dans le coin à l'heure de la retraite. J'espérais qu'elle accepterait de me recevoir. En descendant à la cuisine, je découvris un fabuleux petit déjeuner. Du café bien fort, des confitures maison et une assiette de männele : vous voyez ces fameuses petites brioches en forme de bonhomme qu'on offre ici pour la Saint-Nicolas ? Ma mère nous en faisait tous les dimanches de novembre à fin janvier. Debout devant la table, je réalisai que, depuis quinze ans, j'avais soigneusement effacé un par un tous les souvenirs de mon enfance. Comme s'ils contenaient déjà le germe de ce qui s'était produit par la suite… Ce n'était pas le cas. En repensant aux dix premières années de ma vie, je peux retrouver autant d'images heureuses que la plupart des gens. Enfin, je crois…

Aiglecourt est un village voisin de Saintes-Fosses, situé à une dizaine de kilomètres vers le sud, en continuant après le petit lac. J'y rencontrai Geneviève Tisserand, l'ancienne coiffeuse du salon de Saintes-Fosses. Elle me reçut gentiment et, pour échanger librement, nous nous installâmes dans une grande véranda avec vue sur le jardin. L'été avant le drame, Mme Tisserand avait travaillé avec Céline, la propriétaire du salon de coiffure ayant dû subir une intervention chirurgicale.

– Céline était très douée. Je sais que la patronne pensait à elle pour prendre sa suite. Si je suis revenue travailler à plein temps au salon en 1985, c'est uniquement parce qu'elle avait quitté Saintes-Fosses.

– Vous étiez amies ?

– Non, je ne dirais pas ça. On s'entendait très bien pour le boulot, mais on ne se fréquentait pas en dehors. Moi, mes amis étaient à Épinal, et elle...

– Oui ?

– Eh bien, je crois qu'elle n'avait pas vraiment d'amis...

– On m'a parlé d'une bande de jeunes qui se réunissait au café et dont elle faisait partie.

– Oui, c'est vrai. Mais ce n'était pas comme avec mes copines ou copains de l'époque. Et quand elle partait les voir, on avait l'impression que c'était plus par habitude que par envie. Oui, c'est ça, souvent elle se forçait pour les rejoindre.

– Elle vous l'a dit ?

– Non, pas du tout, je peux me tromper. Mais une fois la boutique rangée, elle secouait la tête et me disait : « Bon, il faut que j'aille au café, à demain. » Et elle partait sans enthousiasme. Il est vrai qu'elle pouvait être surprenante. Un jour, mon fiancé était venu me prendre au salon et on s'est arrêtés au café, nous aussi. On s'est assis dans un coin de la salle pour être au calme, la bande de Céline était bruyante. Là, j'ai été très surprise de découvrir une jeune fille qui monopolisait l'attention. Elle ne ressemblait plus du tout à la coiffeuse sérieuse et polie que je côtoyais sur notre lieu de travail. J'ai pensé qu'elle avait bu un verre de trop, jusqu'à ce qu'elle revienne vers le bar pour commander un deuxième diabolo-menthe ! J'ai bien constaté qu'elle était la vedette du groupe. Mais comment vous dire ? Pour moi, ça sonnait faux.

– De quoi parliez-vous toutes les deux au salon ? J'imagine qu'il y avait des moments sans clients.

– Depuis votre appel, j'ai cherché ce que je pourrais vous rapporter à ce sujet, je n'ai rien trouvé. Nous papotions une partie de la journée et je pense qu'elle savait pratiquement tout sur mes études, ma famille et mon petit copain de l'époque. Je lui racontais nos sorties, les films que nous avions vus au cinéma… et elle, rien. Il a fallu votre coup de fil pour que je réalise que je ne connaissais pas grand-chose de sa vie. Uniquement ses cours de coiffure, le fait qu'elle vivait avec sa mère et l'existence de ce groupe d'amis d'enfance. Elle n'a jamais mentionné quiconque qui aurait pu être plus proche d'elle. Ni dévoilé ce qu'elle souhaitait comme avenir, et pourtant, elle était toujours souriante, presque radieuse. C'est cette bonne humeur que les clients réclamaient. Et puis elle savait les écouter, elle les interrogeait sur leurs enfants, leur famille, leurs dernières vacances et elle n'oubliait jamais un détail de leurs vies… Vous vous rendez compte ? Il aura fallu quarante ans pour que je réalise à quel point cette fille était mystérieuse…

En rentrant à la pension, je constatai que le ciel s'était chargé au fil de la matinée et les premiers flocons tombèrent pendant le repas. Tout d'abord légèrement, puis de façon soutenue jusqu'à faire disparaître tout le paysage environnant. J'avais confié à Nadine que j'étais incapable de conduire sur la neige. Elle en déduisit que je ne quitterais pas la pension avant quelques heures et me proposa d'ouvrir une bouteille de vin. Deux verres d'alcool suffirent à me rendre loquace et, à 15 heures, nous étions toujours assises à table. Les rebords des fenêtres étaient aussi blancs que le petit parking sur lequel on n'identifiait même plus ma voiture sous son manteau blanc. J'avais parlé pendant plus d'une heure. De mes parents. De mon enfance. De Julien. Nadine avait posé sa main sur la mienne à plusieurs reprises et j'en vins à révéler cette seconde partie de ma vie que seule Flore connaissait.

Mon arrivée sur les quais parisiens, le 7 octobre 2002. Ma peur. Le premier hôtel dans lequel je restai cloîtrée six jours. Puis le deuxième, meilleur marché, où je séjournai presque trois ans, d'abord en tant que cliente puis en tant qu'employée, chargée du service en salle et logée dans une petite chambre de bonne au loyer dérisoire. Je décrivis pour Nadine ce client si gentil qui venait manger deux midis par semaine et qui gagnait sa vie comme représentant en produits pharmaceutiques. Si nous vivions dans un autre siècle, j'aurais dit qu'il me courtisait, car c'est le mot qui correspond exactement à ses propos galants, à ses gestes de tendresse mesurés, au fait qu'il ne m'invita à sortir que huit mois après notre première rencontre. Le patron du restaurant se moquait gentiment de moi. Il disait que ce client allait demander ma main sans m'avoir jamais vue en dehors de son établissement. Ce ne fut pas le cas. Après cette première invitation, nous nous fréquentâmes pendant presque un an avant qu'il ne propose de m'épouser. Je vivais un rêve.

Nicolas était l'homme parfait. Deux mois avant le mariage, j'emménageai chez lui. Il habitait à vingt minutes à pied du restaurant et j'étais contente de pouvoir continuer à travailler là-bas. Le gérant était âgé et paternel avec moi. Sa femme faisait la cuisine et je l'aidais à réaliser certains plats. Un jour, elle évoqua la possibilité que je prenne leur suite, et je rentrai enthousiaste à la maison. Ce fut ma première dispute avec Nicolas. Après les cris, il s'excusa ; il ne souhaitait pas que nos futurs enfants se sentent abandonnés par leur mère parce qu'elle avait des horaires incompatibles avec la maternité. Il avait été délaissé par ses parents, il voulait que ses propres enfants soient choyés. C'était tellement gentil que je me rangeai vite à sa raison. Tout à la joie de prendre de nouvelles responsabilités, je n'avais pas pensé à notre vie de famille et je m'en excusai.

À partir de ce jour, il ne cessa de me questionner sur mes cycles et sur la possibilité que je tombe enceinte. J'avais beau lui dire que nous avions le temps, que nous étions encore jeunes, il était de plus en plus impatient de voir mon ventre s'arrondir. Quatre mois après notre mariage, il émit l'idée que mon travail puisse être à l'origine de mon infertilité. Oui, c'est le mot qu'il avait employé. J'en parlai au médecin qui rit de mon inquiétude. Mais, le mois suivant, je donnai ma démission. À ce moment, j'espérais pouvoir reprendre mon emploi après la naissance de notre premier enfant. Mon patron m'avait promis des horaires souples, aménagés pour que je profite de ma famille. Lorsque je lui dis au revoir, il avait toutefois les larmes aux yeux et il prononça cette phrase que je n'ai jamais oubliée : « Prenez garde à vous, Bertille, vous êtes quelqu'un de précieux et j'espère que nous nous reverrons. »

J'ai promis. Je ne l'ai jamais revu.

Je devins femme au foyer. Les journées étaient longues même si Nicolas s'arrêtait régulièrement entre deux rendez-vous et, après plusieurs mois de ce régime, j'annonçai que j'allais chercher une nouvelle activité. Je ne me voyais pas rester enfermée dans cet appartement alors que j'étais jeune et en bonne santé. Nicolas s'emporta. Son désir d'enfant le rendait irascible. Il m'accusa de ne pas vouloir de bébé et prit lui-même rendez-vous avec une gynécologue. La spécialiste accepta de faire des examens tout en tentant de nous rassurer. Nous devions vivre normalement et ne pas nous focaliser sur une éventuelle grossesse. Mais Nicolas pouvait être très persuasif ; il lui expliqua qu'il y avait eu des soucis dans sa famille et que sa mère avait attendu l'âge de quarante-cinq ans pour l'avoir. J'étais très étonnée. Alors que je lui en faisais la remarque sur le chemin de l'appartement, il répondit de manière agressive :

– Parce que, toi, tu m'as tout dit sur ton passé ?

Je rougis et baissai la tête. Avait-il lancé cette phrase en l'air ou savait-il quelque chose ? Quoi qu'il en soit, il avait raison. Jusque-là, je m'étais persuadée que les souvenirs difficiles que je taisais n'avaient rien à voir avec ma vie avec lui. C'était faux. Il était même possible que mon problème d'« infertilité » soit lié à l'existence de Julien. Pour la première fois, j'admis que j'avais peur de devenir mère. Cette culpabilité me rendit plus docile vis-à-vis des exigences de mon mari. Je cessai mes grandes marches à pied dans Paris. Pour la même raison, j'acceptai de ne plus faire les courses afin de ne pas me fatiguer. Mes journées s'écoulèrent alors à un rythme ralenti, bercées par la télévision et la lecture.

Nicolas restait l'homme que j'aimais. Il était adorable la plupart du temps et aux petits soins pour le moindre de mes désirs, à une seule condition : que je reste à la maison pour reposer mon corps et principalement mes ovaires… S'il n'y avait pas eu Julien entre nous, je n'aurais pas toléré qu'on m'empêche de sortir, de travailler, de vivre. Je le sais.

Car, plus les mois passaient, plus je regrettais mes journées au restaurant. Et plus j'y pensais, plus je m'en voulais de nourrir de telles idées alors que j'étais mariée à un homme aussi aimant. Cette absence de vie dura trois ans, pendant lesquels je fis de nombreux examens qui confirmèrent que, physiquement, rien ne s'opposait à ce que je mène une grossesse. Nicolas s'acharnait à me rendre enceinte. Les mois défilaient et, si nos rapports avaient perdu la douceur des premiers temps de notre vie commune, j'excusais mon mari. Après tout, il m'avait épousée pour fonder une famille et mon corps lui refusait ce bonheur.

Celui-ci arriva enfin, après quatre ans de mariage. Ce fut une révélation. J'oubliai d'un coup les privations et Nicolas fit de même. Au deuxième mois de grossesse, nous avions déjà préparé la chambre de notre enfant. Chaque week-end, nous partions tous deux faire les boutiques pour acheter de nouveaux jouets, de nouvelles tenues de bébé. Je rayonnais. Nous marchions main dans la main dans les jardins parisiens et nous nous arrêtions pour regarder les enfants courir sous l'œil attentionné de leurs parents. Nicolas avait des idées égalitaires en matière d'éducation, et ça me plaisait. Il voulait être présent à chaque étape et ne me laisserait jamais aller seule au parc ou chez le médecin. Un jour, il évoqua l'idée de faire la classe à la maison : les enseignants étaient des bons à rien qui rendaient les élèves fainéants. Je n'étais pas d'accord, j'osai donner mon avis. Je reçus ma première claque et je restai sans voix. J'avais l'impression de nager en plein cauchemar et pourtant, je ne bougeai pas. Rien. Alors que j'aurais dû partir en courant, je me tenais face à mon mari, la main sur la joue. Il réagit plus vite que moi et me serra dans ses bras. Il avait été impulsif, il regrettait son geste. Mais je devais désormais m'abstenir de le contredire devant notre enfant... Nous étions le 2 janvier 2010 et j'étais enceinte d'à peine trois mois. À partir de cette date, tout devient flou. Par manque de courage, je me persuadai que Nicolas savait mieux que moi ce qui était bon pour notre bébé et je me pliai au programme qu'il avait établi. J'écoutais de la musique classique jusqu'à l'overdose, je lisais les grands auteurs alors que je n'avais jamais fini un seul des romans imposés au collège ou au lycée, je mangeais équilibré – mes repas étant préparés par mon mari. Je remplissais des grilles de mots croisés tout l'après-midi et je devais lui montrer mes prouesses lorsqu'il rentrait le soir. Si j'avais suffisamment avancé, nous sortions tous les trois, comme il disait, pour prendre l'air. Je ne m'élevai contre Nicolas que lorsqu'il commença à appeler notre enfant par le prénom qu'il avait choisi sans me concerter : Cyril. Nous ne connaissions même pas son sexe ! Ce fut la deuxième fois qu'il leva la main sur moi. Il m'avait bien observée, il était évident que j'attendais un garçon ! C'était son devoir de père responsable de lui donner son prénom tout de suite pour éviter qu'il ne naisse sans savoir qui il était et ne finisse par devenir un de ces adolescents paumés qui oscillent entre les deux sexes. Ce jour-là, je me demandai pour la première fois ce qu'il adviendrait de notre bébé s'il n'était pas conforme à ses attentes. Le souvenir de mon père me hantait et j'avais peur. Sur le calendrier, j'avais entouré la date du 18 mars 2010, celle de la deuxième échographie. Avec elle surviendrait l'annonce que je redoutais. De façon totalement fortuite, c'était le jour de la Saint-Cyril. J'avais négligé cette information et je fermai les yeux lorsque la spécialiste proposa de révéler le sexe de l'enfant. Nicolas répondit en souriant que nous le savions déjà, mais que nous serions ravis qu'elle le confirme. Elle se tourna alors vers moi, attendant une réponse que je ne pouvais pas lui donner. Elle termina l'examen en silence.

– Alors, comment se porte mon fils ?

– Très bien, monsieur, si l'on considère que c'est une très belle petite fille.

– Vous vous foutez de moi ?

– Regardez, là... Elle est très bien placée ; si c'était un garçon, on verrait son sexe.

Nicolas se rua vers la porte du cabinet et partit sans un mot. La gynécologue tenta bien de plaisanter sur ces hommes qui souhaitent toujours un fils, mais elle s'interrompit en voyant les larmes couler sur mes joues. Sur un ton redevenu plus professionnel, elle désira savoir si j'avais quelque chose à ajouter. J'osai enfin ouvrir la bouche.

– Est-ce que tout est normal ?

– Oui, tout est parfait. Vous aviez une inquiétude ?

– Non, non. Alors nous nous revoyons pour la troisième échographie ?

– Oui, c'est cela. Prenez rendez-vous avec ma secrétaire en sortant.

Par la suite, je me suis souvent demandé ce qui se serait passé si la gynécologue avait insisté, si elle avait vraiment pris le temps de m'interroger sur mon état. Si j'avais avoué mes peurs, concernant mon enfant, mon couple...

– Vous ne voulez pas qu'on sorte un peu marcher dans la neige ?

Je souris à Nadine qui avait compris que la suite serait dramatique. Elle me prêta des bottes fourrées et nous partîmes couvrir les chemins de traces fraîches. Il n'y avait pas plus de dix centimètres de poudreuse, mais je reconnus cette sensation de crissement sous mes pieds. Et ce silence ouaté que seule la neige peut nous offrir.

C'était tellement bon. Rien que pour des instants comme celui-ci, j'étais heureuse d'être là. Je me sentais plus légère au fil des jours et le récit que j'avais commencé à dérouler y était sans doute pour quelque chose.

La neige recommença à tomber vers 16 h 30 et nous revînmes vers la pension. La nuit descendait déjà, mais le tapis blanc renvoyait un éclairage bleuté. L'intérieur trancha, avec ses couleurs chaudes ; nous nous installâmes devant le feu. Nadine devait préparer les chambres que des clients avaient réservées pour le lendemain, mais apparemment, elle ne comptait pas me laisser.

– Comment a réagi Nicolas ensuite ? Je veux dire une fois le choc passé.

– Mal. Il stoppa les préparatifs dans la maison et nous cessâmes nos promenades en amoureux. Il continuait à mentionner le fils qu'il aurait et refusait toute allusion à la petite fille que je portais. C'est là que j'eus la mauvaise idée de parler d'un deuxième enfant. Pour qu'il accepte notre fille, j'évoquai un petit frère dans les années qui suivraient.

– Il n'en voulait pas d'autre ?

– Oh si ! Mais il se mit à calculer le temps qu'il fallait laisser s'écouler entre deux grossesses pour que tout se déroule bien pour le second enfant. L'idée lui parut tellement bonne qu'il annonça que nous aurions bientôt chacun un enfant sous notre responsabilité. Lui s'occuperait de notre fils pendant que je me chargerais de l'éducation de l'aînée. Mais le pire apparut quand il commença à se renseigner sur les naissances prématurées. Il finit par me dire un soir qu'il serait bon que j'accouche le plus tôt possible pour que ma première grossesse ne soit pas trop fatigante et me permette d'en mener une autre dans la foulée. C'est là que je compris qu'il avait basculé et qu'il était loin, très loin, de l'homme que j'avais imaginé.

– Pourquoi êtes-vous restée ?

– Je n'en sais rien. J'avais peur. Pas tant de lui que de ce que je deviendrais si je me retrouvais seule, sur le point d'accoucher, sans travail, sans famille, sans amis. Nicolas était mon seul horizon. Pour me rassurer, je pensais à ces pères qui ne voulaient pas d'enfant et qui devenaient fous d'amour en découvrant leur bébé. Oui, je suis restée. Nos promenades reprirent, mais à un autre rythme. Nous parcourions à pied des kilomètres à travers les rues parisiennes, à une vitesse folle car il espérait ainsi déclencher l'accouchement. J'étais enceinte de cinq mois et demi. J'ai prié pour que ma petite fille s'accroche. Elle l'a fait. Pendant encore dix jours. Jusqu'au 27 mars 2010.

La classe avait commencé depuis une heure et je ne cessais de regarder ma montre. Et Simon. Simon que j'avais sondé la veille au matin sur ce secret qu'il portait. J'avais évoqué la conversation surprise et je m'attendais au moins à un semblant de gêne de sa part. Non. Juste un éclat de rire et le récit douteux d'un problème survenu au salon de coiffure. Un client qui réclamait toujours Céline pour lui couper les cheveux et critiquait ensuite son travail auprès de sa patronne. Céline s'en plaignait à la maison, alors Simon avait insisté pour qu'elle le remette en place. Mais tout allait bien désormais. La patronne avait repéré le manège et insisté pour le coiffer elle-même. Depuis ce jour, le type avait changé de salon. Fin de l'histoire.

Sur le coup, j'avais respiré. La classe m'avait semblé facile et je me félicitais déjà de ne pas avoir tourmenté mes deux camarades avec cette soirée du 20 juillet 1973. Le syndrome du prince charmant, aurait dit Pascal. Ce fantasme que j'avais de voler au secours des jeunes filles en détresse. Il m'aurait rappelé cette scène survenue au collège et qui nous faisait encore rire. C'était la première année que nous passions dans la même classe, je redoublais ma quatrième. Je m'installais toujours au dernier rang avec une vue panoramique sur les agissements des uns et des autres pendant les cours. J'avais remarqué le manège de Grégoire, un beau gosse du collège qui tournait autour de Sophie, une adolescente fragile et délicate. Sa technique d'approche était assez agressive, et Sophie tentait de mettre plusieurs rangées d'élèves entre eux. Mais Grégoire parvenait généralement à s'asseoir juste derrière elle, en soudoyant ses camarades. De là, il lui envoyait des boulettes de papier, lui ôtant ainsi toute possibilité d'écouter ou de prendre des notes. À plusieurs reprises, j'avais vu Sophie pleurer en sortant du collège et, un jour, je m'étais décidé à agir. J'avais attendu un cours de géographie donné par le professeur le plus sévère du collège et j'avais préparé une boulette de papier lestée par un caillou. Pendant ce temps, inconscient de l'attaque qui se préparait au fond de la classe, Grégoire, qui avait préparé ses munitions habituelles sur un coin de sa table, visait Sophie à chaque fois que le professeur avait le dos tourné. C'est un de ces moments que je choisis pour lancer mon projectile sur notre enseignant qui le reçut en pleine tête. Je ne vis pas sa réaction, car je m'étais immédiatement penché sur la page de mon cahier, mais j'entendis son rugissement. Il avança vers le dernier rang, convaincu de la culpabilité d'un cancre, mais s'interrompit à côté de la table de Grégoire et de ses boulettes bien alignées. Il attrapa le jeune garçon qui n'avait rien vu. Je crois que Grégoire rejoignit le bureau du principal sans toucher le sol tant la colère du professeur décuplait sa force. Je ne sus rien de la punition administrée, mais Sophie recouvra une certaine tranquillité. Le seul à connaître mon rôle était Pascal, mon voisin de classe, et je lui demandai de se taire. Cette connivence fut à l'origine de notre amitié.

Et voilà que, des années plus tard, j'étais prêt à accuser ce même ami d'agression sexuelle. Car, passé le premier moment, le scénario de Simon me revenait en tête et j'en lisais toutes les invraisemblances. La veille au soir, à la fin de l'étude, j'avais interpellé Céline sous le prétexte d'un contrôle de mathématiques réussi par son frère. J'avais laissé la discussion dériver sur le salon et nous avions parlé de certains clients qui devaient être difficiles. Comme je m'y attendais, Céline n'avait jamais rencontré le moindre souci de ce genre.

Ce nouveau mensonge de Simon vint raviver le scénario que j'avais bâti : s'il n'avait pas osé se confier à moi, c'était parce que l'agresseur de sa sœur était un de mes amis…

Carnet de Bertille

Vendredi 29 décembre
Quatrième journée à Saintes-Fosses

Après trois jours d'enquête, j'étais un peu perdue. Toutes les personnes rencontrées me donnaient leur avis sur votre culpabilité ou votre innocence, mais sans jamais rien de solide pour étayer leurs certitudes. À croire que ce qu'on appelle intime conviction suffit finalement à condamner ou à gracier un homme. Comme vous l'aviez prévu, la plupart des témoins étaient morts ou avaient quitté la région et je commençais à réaliser qu'il était stupide de s'intéresser à un meurtre vieux de quarante-quatre ans. Alors, pour meubler la matinée, je retournai au café de Saintes-Fosses.

J'y découvris son nouveau patron, absent lors de ma dernière visite. Un homme pachydermique : le corps massif, les gestes lents et mesurés. Je l'observai d'un œil pendant que mon thé infusait. Il répondait à chacun sur un ton bourru qui n'engageait pas à faire la conversation, pourtant, les clients restaient accoudés au bar, sans paraître rebutés par son impolitesse. De temps en temps, la stature imposante lâchait un grognement qui suffisait à relancer la discussion de l'autre côté du comptoir. On parlait de la météo ou de l'actualité, et celui qu'on appelait Gabin participait à tous les débats sans jamais ouvrir la bouche. Je bus deux grandes tasses de thé avant d'avoir l'occasion d'être seule face à lui. Il ne me laissa pas finir ma première phrase.

– Je sais qui vous êtes. Mon commis m'a raconté que vous aviez déjà questionné mes clients. Payez votre thé et sortez, j'ai rien à vous dire.

La semonce du gérant fit taire toutes les personnes présentes. Je sentis les regards fixés sur moi et je n'eus pas le courage de les affronter pour gagner la sortie. Je me concentrai donc sur le contenu de ma tasse en gardant la tête baissée quand la sonnerie du téléphone posé à proximité me fit sursauter.

– Hum... hum...

Je n'entendais pas son correspondant, mais aux mimiques du dénommé Gabin, il était clair qu'il recevait une mauvaise nouvelle.

– Oh ! Gabin ! Tu nous ressers la même ?

Le géant restait immobile, la mâchoire crispée. Il semblait réfléchir. Malgré sa rudesse, le personnage me touchait, sans doute parce qu'il me rappelait mon ancien patron à Paris. Je me tournai vers la table qui l'avait apostrophé et ses quatre verres vides. Alors, sans réfléchir, je contournai le bar et je servis quatre nouvelles bières que j'apportai aux clients. Ceux-ci se mirent à plaisanter sur Gabin qui utilisait les touristes et ces blagues potaches le ramenèrent à la réalité.

– J'peux savoir c'que vous foutez avec ma bière ?

– Rien, je m'en vais. C'était juste pour aider, le temps que vous repreniez vos esprits après votre coup de fil.

– Ouais… on peut dire que c'est la merde…

Normalement, la convivialité, ce n'est pas mon truc, c'est même un véritable handicap dans mon travail. Mais, depuis quelques jours, je me sentais dans mon droit lorsque j'interrogeais mes semblables. Et à cet instant précis, j'avais vraiment envie d'apprendre ce qui avait plongé le patron dans cet état.

– Vous avez des problèmes ?

– On peut dire ça. C'est mon commis pour le 31… Il peut pas venir. Ce con est allé faire du ski et s'est cassé la jambe. J'crois que j'vais devoir annuler le réveillon…

– Qu'est-ce qu'il était censé faire ?

– Tout. Enfin, le service en salle puisque moi, je serai pas mal bloqué en cuisine. C'était pas la fête du siècle, mais j'avais vingt-trois couverts et avec le menu spécial et les alcools… bref, ça m'aurait bien arrangé…

– Et si je vous proposais mon aide, vous pourriez maintenir ?

Normalement, le coup d'œil qu'il me lança en réponse aurait dû me faire fuir à l'autre bout de la salle. Mais là, non. Je le fixai droit dans les yeux en attendant la suite.

– Pourquoi vous feriez ça ? Vous avez pas une fête de prévu ? Et puis j'crois qu'vous connaissez pas c'que c'est que d'circuler avec des plats et des assiettes pendant huit heures d'affilée !

– Qu'est-ce que vous en savez ? Je l'ai fait à Paris. C'était mon premier métier : le service en salle et l'aide en cuisine. Il paraît que j'étais plutôt douée.

– Et vous demandez combien ?

– Rien. Ou plutôt si ! Vous m'ouvrez un crédit : je ne paie plus mes consommations chez vous pendant le temps que je passe dans la région.

– Ouais… Mais il vous faudra venir dimanche midi car j'pourrai pas préparer le menu en cuisine et m'occuper des habitués. Et puis comme ça, j'verrai comment vous bossez… même si le dimanche midi, c'est calme. On sert pas plus de dix repas…

– Je serai là.

Nous nous serrâmes la main et, même s'il n'avait pas prononcé un seul mot de remerciement, au moins la colère dans son regard s'était éteinte.

J'étais assez fière de moi pour rentrer rapporter tout ça à Nadine.

Vous êtes au courant de mon premier emploi à Paris. Alors, en lisant ces lignes, Victor, peut-être imaginerez-vous que je voulais revivre mes débuts à la capitale. Qui sait ? Je ne suis pas psy. Mais, pour tout vous dire, je me fichais royalement de ce qu'aurait dit un psy ! À l'idée de travailler là-bas, je respirais mieux que je ne l'avais fait depuis… très longtemps. Et puis, ça ne s'est pas arrêté là : lorsque je parlai de mon embauche à Nadine, elle me dit que j'étais folle, que je ne m'en sortirais pas seule. Alors, l'air presque timide, elle proposa de me donner un coup de main.

– Vous savez, le 31, je n'ai personne. J'aurai juste à gérer les petits déjeuners des deux ou trois clients de la veille avant leur départ. Après, je suis libre comme l'air et puis je serais contente de ne pas passer le réveillon toute seule. C'est la première fois que je n'ai pas les jeunes à la maison…

Alors oui, je l'avoue, à cet instant j'avais complètement oublié pourquoi j'étais venue à Saintes-Fosses, et votre histoire n'était plus au cœur de mes préoccupations. Le midi, nous mangeâmes en riant avec Nadine et, à l'heure du café, alors qu'une douce torpeur nous gagnait, elle posa sa main sur la mienne et aborda à voix basse la disparition de ma fille… Il était peut-être temps que je confie ça à quelqu'un d'autre qu'au psychothérapeute qui m'avait suivie.

Le pire, c'est que ma fille n'est pas morte le 27 mars 2010. Elle a cessé d'exister pour moi seule. Car pour l'administration, un bébé qui disparaît avant les six mois de grossesse n'existe pas. On appelle ça une fausse couche. Aux yeux de la loi et donc de la société, mon ex-mari n'est pas un meurtrier ; il n'a pas tué son enfant.

À ce moment-là, je ne pensais même pas à l'accuser. C'était moi, la coupable. Ce matin-là, je l'avais provoqué en lui demandant ce qui arriverait si notre deuxième enfant était une fille. Il s'était emporté en criant que je n'allais pas pondre des pisseuses toute ma vie et qu'il y avait bien des régimes qui permettaient de favoriser la naissance d'un garçon. Je venais de débarrasser la table puisqu'il ne levait plus le petit doigt depuis qu'il savait que j'attendais une fille. J'étais suffisamment furieuse pour braver ma peur et, en quittant la pièce, je lui lançai que ses spermatozoïdes seuls avaient déterminé le sexe de notre enfant et que je n'y étais pour rien. Cette phrase, je l'eus à peine prononcée que je la regrettai. Et je la regrette encore chaque heure de chaque jour. Nicolas fut sur moi en un clin d'œil. Il m'attrapa par les cheveux et tira si violemment en arrière que je ne réussis même pas à me retenir au chambranle de la porte. La douleur était insupportable et je sentais mon cuir chevelu se détacher de mon crâne. Mais ce n'était pas le pire. Plus que la souffrance, la terreur me soulevait l'estomac. Il me traîna d'un bout à l'autre de la cuisine et je n'opposai aucune résistance. J'étais une marionnette. Une marionnette qui tomba lourdement sur le ventre lorsqu'il la lâcha. Je ne dis rien. Lui non plus. Il sortit de l'appartement en claquant la porte et j'en éprouvai un immense soulagement malgré les élancements qui s'intensifiaient. Puis les contractions se calmèrent et je pensai que ma fille s'était accrochée, encore une fois. C'est en entendant Nicolas rentrer en fin d'après-midi que je réalisai que je ne percevais plus les gargouillis que j'attribuais aux mouvements de mon bébé. Je ne savais pas depuis combien de temps. J'avais pleuré pendant plus d'une heure avant de m'endormir, épuisée. J'avais mal. Nicolas était gêné. Il m'emmena aux urgences et se montra aux petits soins pour moi pendant les examens. Les infirmières devaient penser que j'avais de la chance d'avoir un mari aussi aimant. Jusqu'à la nouvelle. Insoutenable. Ma fille était morte. Car avant ma sortie de l'hôpital, seules les sages-femmes eurent l'honnêteté de parler de mort et non de fausse couche. Je ne ressentis rien. Rien d'autre que le vide. Celui de mon ventre. Et le silence. Assourdissant. Pendant plusieurs mois, j'avais tenu grâce à de longues conversations avec mon bébé. Je pensais même que ma fille me donnerait la force de partir. Un jour. Quitter Nicolas. Construire autre chose. Pour elle…

– Mon Dieu, Bertille, je suis tellement désolée… Il n'y a pas de mots pour dire ce que vous avez traversé. Vous aviez au moins de la famille pour vous soutenir ?

– Non. Enfin, j'aurais pu reprendre contact avec mon père ou avec ma tante. Je ne l'ai pas fait. Je suis rentrée à la maison.

– Avec votre mari ?

– Oui. Avec Nicolas. Le tueur. Et le pire, c'est qu'à ce moment-là, je ne le jugeais toujours pas coupable de la mort de notre enfant. J'aurais dû mieux protéger ma fille et ne pas faire la maligne alors que je savais de quoi il était capable. J'étais l'unique responsable. C'est probablement pour ça que je suis rentrée. Il n'y avait pas meilleur endroit pour expier ma faute. Quant à Nicolas, il devait se sentir soulagé que je n'aie rien dit, car il redevint attentionné et s'occupa de moi comme si j'étais juste convalescente. Comme si j'allais guérir un jour de la perte de ma fille.

Pendant trois mois, il me ficha la paix. Il faut dire que je ne le contrariais pas. Je n'ouvrais même plus la bouche. J'étais devenue un zombie. Mais un jour… il se mit à évoquer une deuxième grossesse. J'avais trente-trois ans et c'était pour lui ma dernière chance de devenir mère. Après trente-cinq ans, les femmes donnent forcément naissance à des débiles…

Il n'aurait pas dû dire ça. J'attendis son départ et je me précipitai chez une gynécologue à l'autre bout de Paris. J'entrai dans le cabinet comme une folle et je demandai à être reçue en urgence. Dans la salle d'attente, les patientes prirent peur en me voyant aussi agitée ; elles acceptèrent de me céder la place. Face à la gynécologue, je laissai sortir mon récit dans le désordre. Elle n'en comprit pas moins ma détresse et rédigea une ordonnance pour une pilule contraceptive. Elle me donna également le nom d'un psychologue que je promis d'aller voir rapidement et je rentrai chez moi juste à temps pour m'allonger dans le canapé avant l'arrivée de Nicolas. J'étais encore essoufflée et terrorisée par ce que je venais de faire, lorsque mon mari franchit la porte. Les plaquettes étaient cachées au fond de la boîte de farine et j'avais jeté l'emballage dans une poubelle de rue bien avant d'entrer dans mon quartier. À partir de là, je jouai la comédie. J'acceptais sans un mot les rapports sexuels et je me nourrissais des petits plats préparés par Nicolas. Je riais intérieurement du régime qu'il me faisait suivre pour favoriser la conception d'un garçon et, curieusement, cette attitude de rébellion passive me fit reprendre goût à la vie. Même si je pensais à chaque minute à ma fille décédée, mon sentiment de responsabilité dans sa mort s'estompait au fil des jours. J'avais désormais envie de faire payer mon mari.

Pendant plus d'un an, nous attendîmes son fils. J'étais retournée en cachette consulter la même gynécologue qui avait constaté sur mon corps la violence de nos rapports sexuels et m'avait conseillé de partir et de porter plainte. Elle avait rédigé ses constatations noir sur blanc, au cas où j'en aurais besoin. Je lui avais menti en disant que je voyais un thérapeute et que je pensais être en mesure de quitter prochainement cet enfer grâce à son aide. Évidemment, j'avais jeté son certificat avant de rentrer chez mon mari. Partir n'était plus une option. Est-ce que j'avais peur ? Honnêtement, je ne crois pas. Bien sûr, si j'avais tenté de m'enfuir, il m'aurait retrouvée et sans doute tuée… mais ça ne m'effrayait pas. C'était la seule issue possible. Car, avant, je voulais qu'il paie. J'étais prête à mourir ou à sacrifier le reste de ma vie si, en contrepartie, il finissait sa vie en prison.

Seulement, Nicolas ne cessait jamais de m'observer, et il avait le don de deviner exactement ce qui me traversait l'esprit. Il comprit que j'avais changé. Les rares fois où je sortais, c'était pour me rendre à la pharmacie et je passais beaucoup de temps à effacer toute trace compromettante. Je remontais en chaussettes depuis le rez-de-chaussée pour qu'on ne remarque pas d'empreintes de chaussures qui auraient mené à notre porte. Au retour, s'il avait plu, j'essuyais consciencieusement mes bottes pour qu'elles soient intactes et sèches lorsqu'il rentrerait. Je l'avais déjà vu regarder les semelles et j'avais compris. S'il eut l'air tout d'abord soulagé devant la monotonie de mes journées, il finit vraisemblablement par remarquer que, chaque jour, j'allais farfouiller dans la boîte de farine, car, un matin, j'entrai dans la cuisine pour découvrir le pot renversé sur la table et la plaquette de pilules dans la main de Nicolas. J'appris alors qu'il avait eu la merveilleuse idée de cacher des caméras dans notre appartement. Je ne l'avais pas vu faire. Probablement les avait-il installées lorsque j'étais sous la douche.

Je sus que mon heure était venue. Je ne ressentis rien sous les premiers coups. Puis je calculai jusqu'à quel point les traces seraient visibles. Comme il tapait sans réfléchir, je compris que je n'allais pas mourir ce jour-là. Nicolas ne se laisserait pas piéger ainsi. Le jour où je mourrais, tout serait organisé pour qu'on conclue à l'accident. Lorsqu'il vit l'étendue des dégâts, il m'attacha au lit et je ne résistai pas. Ensuite, il partit travailler comme d'habitude. Je restai seule. J'avais soif. Je ne pouvais pas bouger et, de toute façon, le moindre geste me faisait pleurer de douleur. Je savais mon visage tuméfié et je ne voyais plus que d'un œil. L'autre devait être trop enflé. Pendant un temps, je parvins à me retenir de faire pipi mais, au bout d'un moment, l'envie fut trop pressante. Je passai la journée à attendre son retour, sans aucune notion du temps. Le soir, dès qu'il pénétra dans l'appartement, je l'entendis siffloter. Je sus que son humeur avait à nouveau changé. Avec moi, il fut très tendre. Il me lava, changea notre lit que j'avais souillé, puis prépara le dîner en commentant ses gestes à voix haute, pour moi. Je n'étais plus attachée mais il ne risquait rien, je ne pouvais ni me lever ni marcher jusqu'à la cuisine. Je me souvins alors que ma jambe avait heurté violemment le chambranle de la porte. Sans y croire, je suggérai qu'elle était sûrement cassée. C'était très embêtant pour lui, car il n'était pas question de m'emmener à l'hôpital dans cet état. Il me donna des cachets pour la douleur prétextant qu'il ne s'agissait probablement que d'une foulure. Il avait raison. Car le lendemain matin, la douleur était déjà moins forte, même si je ne parvenais pas encore à poser le pied par terre. Je décidai d'en rajouter. Je fis semblant de tomber dans les pommes lorsqu'il me força à marcher jusqu'à la cuisine et il dut me porter jusqu'à notre lit. Avant d'aller travailler, il déposa de quoi manger sur la table de nuit, me laissa un seau en guise de toilettes et des cachets pour la douleur. Volontairement, je me mis à hurler quand il attrapa ma jambe blessée et il se résolut à mettre une chaîne sur la seule jambe valide. C'était le genre d'équipement qu'on achète habituellement pour un vélo, il avait sécurisé l'antivol avec un cadenas posé au niveau de la cheville. J'avais fait mine de prendre les calmants et d'en ressentir les effets un peu plus tard, en somnolant, et il partit enfin, en me promettant de repasser dans la journée. Je devais me dépêcher. À peine fut-il sorti que j'attrapai la clé de montage Ikea que j'avais cachée sous la table de nuit. Car j'avais eu le temps d'y réfléchir la veille et de comprendre que la seule façon de me libérer serait de démonter la structure du lit et de quitter la maison avec la chaîne autour de la jambe. Il pensait m'avoir laissée endormie pendant qu'il prenait sa douche. Avec un seul œil ouvert et une seule jambe valide, je m'étais traînée dans la chambre préparée pour notre enfant pour récupérer la clé que nous avions laissée dans la commode. Je l'avais cachée juste avant qu'il ne sorte de la salle de bains. Je ne sentais plus la douleur et, malgré ma jambe enchaînée, je réussis à me dégager. J'attrapai un manteau et je sortis dans la rue, pieds nus, la chaîne à la main, sans même avoir examiné mon visage dans la glace.

Les premières personnes qui me croisèrent se mirent à crier et appelèrent la police.

Ensuite tout alla très vite.

Samedi 30 décembre 2017
Cinquième journée à Saintes-Fosses

L'eau était noire. Bien trop sombre pour jauger la profondeur du lac. D'ailleurs le terme de « lac » était excessif et je décidai d'en faire le tour malgré les quelques gouttes qui tombaient et le vent qui cinglait mon visage. Pour réfléchir et tenter d'imaginer les enfants du village s'ébrouant dans l'eau pendant les mois d'été, je m'arrêtai dans la partie haute qui offrait un bon aperçu sur les rochers en contrebas. C'est sans doute cet à-pic qui avait suggéré que la mort de Simon pouvait être un accident.

À ce moment, j'entendis un craquement derrière moi. Me retournant trop vite, je fis un faux pas et une main me secourut juste à temps pour m'éviter de finir au fond de l'eau. J'eus à peine le temps de visualiser votre tête en apprenant ma mort à l'endroit même où on avait repêché le corps de Simon que la frayeur m'envahit. Sans aucune compassion, un visage très dur m'observait. Un homme. À la façon dont il me dévisageait, il n'était pas absurde de craindre qu'il ne change d'avis et me jette dans le lac.

– C'est à vous la voiture dans l'allée des Perrin ?

– La Clio bleue ? Oui… Je ne savais pas que j'étais dans une allée privée. Je pars tout de suite.

Mais l'homme bloquait l'accès au chemin et ne bougeait pas d'un iota. Je tentai d'appeler à la rescousse la journaliste en moi qui n'avait peur de rien – en vain. Alors, comme une gamine, je me mis à trembler devant la haute stature du bûcheron qui me faisait face. Malgré le froid, il était en pull. Le visage buriné de ces gens qui vivent en plein air, défiguré par une cicatrice qui lui barrait la joue gauche avant de s'enfuir sous des cheveux trop courts pour la masquer totalement. Ses yeux étaient d'un noir brûlant, mais son regard s'adoucit légèrement devant mes justifications. Après un temps qui me parut très long, il finit par m'aider à descendre du promontoire sur lequel je m'étais hissée. Ce n'est qu'en apercevant le bord de la route et ma voiture garée au loin que je pus enfin parler.

– C'est votre propriété ?

– Non. M. Perrin m'a appelé parce qu'une voiture l'empêchait de sortir de chez lui. On est voisins, alors je suis venu voir.

– Je suis désolée. Il n'y avait aucune indication.

– Et la boîte aux lettres là ? Vous n'avez pas pensé qu'elle avait un propriétaire ?

– Je ne l'ai pas vue, excusez-moi encore. Je pars tout de suite.

– C'est vous la journaliste de la télé ?

– Oui… Je recueille quelques témoignages sur un meurtre très ancien.

L'homme avait abandonné son air patibulaire. Au contraire, il paraissait attentif, intéressé.

– Vous devriez aller à la gendarmerie. Ils auront peut-être des renseignements à vous donner.

– J'ai déjà rencontré Guy Marchal qui y travaillait à l'époque. Il m'a livré ses impressions.

– Allez plutôt voir Christophe Houdin. C'est un gendarme, lui pourra vous aider. Il est de permanence à partir de 16 heures aujourd'hui.

– Merci pour le renseignement, monsieur… ?

– Dégagez l'allée avant que Perrin se pointe. Il est pas commode.

L'homme repartit à pied le long de la route et je m'enfermai dans la voiture avec le chauffage à fond. Il avait réussi à me mettre mal à l'aise, je calai en démarrant. Je ne récupérai une respiration normale qu'en arrivant à la pension, accueillie par le sourire de Nadine. Je gardai cette rencontre sous silence. De toute façon, elle ne m'aurait pas écoutée, elle était déjà dans l'organisation du menu de réveillon. Elle avait vu Gabin, qui avait accepté son offre d'aide bénévole de la même manière qu'il avait accepté la mienne, c'est-à-dire sans un merci. Comme il n'était pas spécialiste des desserts, elle avait promis de les préparer ici et de tout lui apporter le lendemain, dans l'après-midi. Elle était ravie de cette situation. Sa pension, excentrée, ne tournait pas fort. Elle ne recevait que quelques rares clients qui s'arrêtaient une nuit à peine avant de repartir le lendemain. En réalité, Nadine ne gardait son établissement ouvert que pour avoir un peu de compagnie en attendant les trop rares visites de sa fille et de son gendre.

En buvant mon café, je repensai à vous. Je ne me voyais pas revenir de Saintes-Fosses sans rien de tangible et, même si je doutais de faire la moindre découverte vraiment décisive, je devais me rendre à la gendarmerie. J'avais gardé en tête le nom du gendarme. Un samedi, en plein cœur des Vosges : il trouverait bien un moment pour me parler de l'affaire.

J'avais repéré sur Internet le bâtiment récent où on avait installé depuis quelques mois la nouvelle gendarmerie. La bâtisse, en béton brut, était vouée à se camoufler sans effort dans la brume locale. Comme il n'y avait personne à l'accueil, je n'osai pas avancer sans autorisation vers les bureaux. Je me raclai la gorge sans succès et je dus appeler plusieurs fois pour entendre enfin un mouvement au fond du petit couloir. L'homme que j'avais croisé le matin au bord du lac apparut en tenue de gendarme.

Était-ce la surprise ou bien la soudaine inquiétude que j'éprouvai, seule avec un homme dans un local déserté… je fis un malaise et m'agrippai au comptoir avant de m'affaisser complètement. Depuis un an, ces chutes de tension se font plus rares, mais elles se manifestent encore dans des moments de vulnérabilité. Le voile noir ne dura que quelques secondes et j'entendis la voix du gendarme alors qu'il plaçait un coussin sous ma tête. Elle était étonnamment calme et, lorsque je rouvris les yeux, il avait disparu. J'étais à la fois rassurée et choquée. Rassurée de pouvoir me remettre d'aplomb sans témoin et sans subir l'assaut des questions habituelles, mais choquée qu'il m'ait laissée à terre sans appeler les secours et sans vérifier la gravité de mon état. Je venais à peine de me rasseoir qu'il ressurgit avec une tasse de café.

– Prenez ça, ça va vous faire du bien.

Je grimaçai en sentant le goût du sucre, mais je me sentis rapidement en état de me lever.

– Restez assise. Attendez au moins une demi-heure. De toute façon, on peut rester là pour discuter, il n'y a personne d'autre ici.

– Christophe Houdin...

– C'est moi.

– Vous n'auriez pas pu me le dire ce matin ?

– Si, mais vous ne seriez pas passée. Pas après votre première impression.

– Vous croyez que vous m'avez fait peur ?

– Oui et j'en suis désolé. Mais avec un deuxième café, cela devrait s'arranger.

– Merci de ne pas mettre de sucre.

Je me sentais mieux. Le deuxième café était aussi sucré que le premier, mais je ne fis aucune remarque. Je fixais le dossier qu'il tenait à la main et qu'il déposa, ouvert, sur la table basse entre nos deux chaises.

– C'est le dossier de gendarmerie ?

– Non, c'est celui que j'ai constitué.

– Vous avez enquêté sur le meurtre du jeune Simon ? Mais c'était en 1973…

– Je sais. L'année de ma naissance. Lorsque je suis arrivé ici, on ne croulait pas vraiment sous les enquêtes pour homicide. D'anciens collègues parlaient du meurtre du lac comme de l'affaire de leur vie, alors je m'y suis intéressé, pendant mes heures perdues. C'était toujours plus réjouissant que les problèmes de voisinage ou les vols de mobylette.

– Et vous avez découvert quelque chose ?

– Quelques témoignages nouveaux… Mais, de toute façon, je ne poursuivais rien de précis, on tenait le meurtrier.

– Pourquoi reprendre le dossier si vous pensiez que le coupable était sous les verrous ?

– Parce que, ici, à la gendarmerie, ceux qui avaient participé aux recherches disaient qu'elles avaient été interrompues précipitamment, que beaucoup de témoignages étaient incomplets. Alors quitte à patrouiller dans le coin, j'ai relu tout ce que j'ai trouvé et j'ai tenté de rencontrer la famille de la victime.

– Et vous les avez vus ?

– J'ai eu l'occasion de réinterroger la mère du petit un an avant qu'elle ne meure, elle aussi. Je n'ai jamais vu la sœur qui avait disparu dix ans après la mort du jeune Simon, mais j'ai rencontré le psy qui la suivait avant son départ.

– Qu'est-ce qu'il vous a dit ?

– C'est noté là. Ce serait trop long de tout vous expliquer. Prenez le dossier, lisez-le et revenez quand vous aurez fini. On gagnera du temps.

– Vous me le laissez ?

– À une seule condition : si jamais vous utilisez ce qui est à l'intérieur, ne citez pas mon nom. Vous vous débrouillez comme vous voulez, mais je ne veux pas y être associé !

Je passai donc la fin d'après-midi à lire toutes les pages d'interviews et de commentaires qu'il m'avait confiées. C'était un peu désordonné pour un gendarme, mais je découvris certaines choses. En étudiant le détail des visites que vous aviez reçues au parloir, j'appris que Céline était venue régulièrement vous voir. Les gens du village étaient-ils au courant ? Comment avaient-ils réagi en apprenant que la sœur de la victime vous soutenait ? Vous ne m'avez rien dit de tout cela lorsque nous avons évoqué votre condamnation. À vous entendre, votre culpabilité faisait l'unanimité… Vous avez menti. Certaines personnes vous pensaient innocent, d'autres remettaient en cause le sérieux de l'enquête. Les gendarmes eux-mêmes parlaient de précipitation… Je ne comprends pas. Pourquoi vos avocats n'ont-ils rien tenté ?

Ce soir-là, en progressant dans ma lecture, votre histoire m'apparaissait de plus en plus complexe. Vous avez changé d'avocat au début du procès. Pourquoi ? Qu'avait fait Maître Béranger pour que vous vous passiez de ses services au dernier moment ? Je ne vis aucune réponse dans le dossier du gendarme : Maître Béranger avait refusé de rencontrer Christophe Houdin en 1999 et était mort peu après.

Je lus également le récit de Mme Dulac : quatre pages dans lesquelles elle vous disait coupable, mais sans vous accabler. Pour elle, il ne pouvait s'agir que d'un accident, car vous étiez vraiment très proche de Simon. Elle insistait sur cette complicité incroyable avec son fils. Bien sûr, elle avait tenu les mêmes propos lors du procès et cela avait joué en faveur de l'accusation, renforçant votre image de pédophile. L'avait-elle fait à dessein ?

Christophe Houdin avait également échangé avec le thérapeute de Céline en 1999, vingt-six ans après le meurtre. Ce dernier mentionnait des troubles psychotraumatiques, une anesthésie émotionnelle. J'eus la surprise de lire que Céline avait même été internée quelques jours après une crise survenue au salon de coiffure.

Pourquoi craquer en 1981, huit ans après la mort de son frère ? Le thérapeute citait un retour à la réalité ou un élément déclencheur, mais je ne comprenais pas un tel laps de temps entre le décès de Simon et les soins psychologiques apportés à la grande sœur. Quoi qu'il en soit, Céline avait cessé son suivi thérapeutique en janvier 1984, puis elle avait définitivement quitté Saintes-Fosses. Christophe Houdin n'avait pas trouvé de certificat de décès à son nom et l'hypothèse du gendarme à la retraite était toujours la plus probable : Céline avait dû partir à l'autre bout du monde pour refaire sa vie.

Dans le dossier, j'appris aussi que vous receviez du courrier pendant vos années de détention. Qui étaient vos correspondants ? Votre famille ? Des amis qui avaient gardé contact ? Des passionnés d'enquêtes policières ? Céline ? Pourquoi ne m'avoir rien dit à ce sujet ?

Le soir était tombé. Avant d'aller aider Nadine dans sa confection de gâteaux de la Saint-Sylvestre, je notai sur mon carnet tous les contacts que Christophe Houdin avait répertoriés en annexe. Il serait intéressant de rencontrer le psychiatre qui avait suivi Céline car, en tant que sœur de la victime, elle était au centre de toute cette affaire. Auparavant, j'avais promis de rapporter son dossier au gendarme pour lui livrer mes impressions. Un peu comme avec vous, en somme. Mais de sa part, les questions semblaient moins légitimes. Pourquoi avait-il pris la peine de rédiger ces comptes rendus il y a dix-huit ans ? Ou plutôt, pour qui ? Je sais ce que vous pensez : et moi ? Pourquoi une femme qui n'a aucun lien avec la victime ni avec son meurtrier s'intéresse-t-elle à des faits vieux de quarante-quatre ans ? J'en ai une, de raison. Je vous en parlerai. Un jour.

J'avais renoncé à confondre Simon. Il aurait continué de mentir avec son aplomb habituel et ses grands yeux innocents. Alors sitôt l'étude du soir terminée, je partis pour Vittel. Une heure de route pour discuter avec mon ami Pascal et lui poser la question qui me brûlait les lèvres : « Que s'est-il passé le 20 juillet lors du retour de bal ? »

Lorsque j'arrivai, il venait de finir de dîner et écoutait la radio en corrigeant ses cahiers. Un grand sourire éclaira son visage au moment où il m'ouvrit la porte et je me sentis coupable d'apporter mes soupçons avec moi. Il débarrassa la table et nous prépara du café. Curieusement, il ne semblait pas surpris de me voir alors que c'était la première fois que je venais à Vittel depuis qu'il y avait été nommé. Il décrivit sa classe, plus facile que celle de l'année précédente, le bonheur de ne plus être seul dans l'école et d'avoir des collègues qui pouvaient apporter leur aide et leur soutien lorsque les journées étaient difficiles. Je le laissai discourir sans parvenir à me concentrer vraiment sur ce qu'il disait et je finis par l'interrompre.

– J'ai un truc à te demander. À propos de Céline…

Les mains de mon ami se mirent à trembler, agitant sa tasse au point de projeter quelques gouttes de café sur la table. Il se précipita vers l'évier pour attraper l'éponge et mit un soin particulier à essuyer les traces sur la nappe en plastique.

– J'ai besoin que tu me racontes ce retour de bal du 20 juillet.

– Quoi le 20 juillet ?

Ses yeux trahissaient ce qu'il ne parvenait pas à avouer : il savait exactement de quoi je parlais. J'eus presque pitié de lui.

– Pascal, rappelle-toi… C'est le soir où j'ai tenté d'embrasser Céline. Elle s'est sauvée à pied sur la route et vous l'avez trouvée un peu plus loin.

– Oui, je m'en souviens. Enfin, je me souviens surtout de ce que vous m'avez répété car j'étais un peu bourré, tu sais. Yves conduisait et moi, je dormais sur le siège passager. Je me suis réveillé lorsqu'on a récupéré Céline. Après, je sais que je me suis glissé derrière pour la laisser devant et on l'a ramenée. Si ma mémoire est bonne, Yves a dû s'arrêter un peu plus loin parce que j'étais malade. J'en suis pas fier, je l'avoue. Depuis cette soirée, j'ai un peu calmé le jeu côté alcool…

– Vous êtes rentrés directement ?

– Je pense. Mais tout ça est flou…

– Qui Yves a-t-il déposé en premier : toi ou Céline ?

– Moi, je crois. Pourquoi est-ce que tu t'inquiètes de ça maintenant ? Céline t'a dit quelque chose ?

Il semblait mal à l'aise. J'aurais dû mentir, mais Pascal était encore mon meilleur ami.

– Non. Mais Simon a fait allusion à une agression. Il n'en a pas dit plus, mais je voulais te demander si toi, tu en savais plus avant de le cuisiner.

– Attends ! Tu crois qu'on y est pour quelque chose ?

– Je ne sais pas. Mais vous aviez beaucoup bu avec Yves et j'ai pensé… que vous aviez pu lui faire peur.

Pascal se leva brusquement et sa tasse s'écrasa au sol.

– Tu me prends pour qui ?

Malgré ses gestes saccadés pour récupérer les débris, je ne parvenais pas à croire que son indignation était réelle. Lorsqu'il reprit la parole, il le fit avec colère, mais à aucun moment il ne croisa mon regard.

– Tu me vois me jeter sur Céline parce que j'ai un coup dans le nez ? De toute façon, je ne tenais pas debout ! Tu as vu comment j'ai fini le bal ? J'aurais été incapable de faire quoi que ce soit à une fille… Et tu ne penses quand même pas qu'Yves…

– Je n'en ai aucune idée. Comme tu le dis toi aussi, il lui arrive de picoler un peu trop. Et lorsque je vous ai doublés sur le bas-côté, Céline m'a fait signe de m'arrêter.

– Et tu as continué.

– Oui, et j'en ai honte aujourd'hui. Pourquoi est-ce qu'elle m'a appelé ?

– Aucune idée. À un moment, je sais qu'elle a crié, probablement après toi quand tu es repassé devant nous en voiture, ou bien après Yves pour qu'il la ramène. Te prends pas la tête. Céline est prête à tout pour qu'on s'occupe d'elle, et toi tu marches pas, tu cours… Tu sais bien qu'elle peut parfois délirer ! Et puis, ce n'est pas parce qu'elle a refusé de sortir avec toi qu'elle aurait fait pareil avec Yves. Il y a peut-être eu un truc entre eux après tout.

– Et Yves ne s'en serait pas vanté ?

– Ne sois pas bête ! On sait tous que tu es amoureux de Céline ! Tu es le dernier à qui on irait raconter ça ! Et d'ailleurs, tu ne crois pas que Céline se serait confiée à toi si elle avait été agressée ?

– Non. Parce que, s'il lui est arrivé quelque chose cette nuit-là, c'est moi le responsable. C'est moi qui lui avais proposé de l'emmener à la fête et c'est moi qui devais la raccompagner à bon port. Je n'aurais jamais dû l'abandonner sur la route. C'était criminel.

– Mais tu ne l'as pas abandonnée, merde ! Elle s'est tirée… et tu l'as laissée avec nous, tes meilleurs potes, et accessoirement les siens… Et si Yves lui avait fait des avances dont elle ne voulait pas, elle l'aurait repoussé comme elle l'a fait avec toi… D'ailleurs qui te dit que c'est pas ton baiser qui l'a traumatisée ? Et si c'était toi son agresseur, après tout ?

– J'y ai pensé, figure-toi... Mais c'est impossible. Je n'ai pas insisté, je l'ai à peine touchée. Après, elle m'a fait la tête tout l'été, c'est vrai. Mais maintenant, en y pensant, c'était pire que ça. Elle semblait meurtrie et triste. Je suis certain qu'il s'est produit quelque chose de grave, quelque chose qui lui a fait perdre le sourire.

En quittant Vittel, je n'étais pas plus avancé. Malgré mon désir de le croire, Pascal ne m'avait pas convaincu. Yves, lui, venait d'être muté à Créteil et je ne souhaitais pas parler de ça par téléphone. Restait Céline. À sa pensée, je ressentis une douleur physique telle que je dus me garer sur le côté. Je restai là une heure, peut-être plus, et ce temps décida du reste de ma vie. Dit ainsi, ça semble incroyable, pourtant il existe, au cœur de nos existences, certains moments qui ont ce pouvoir. Celui de nous mettre sur une voie dont nous ne saurons que longtemps après si elle était bonne ou mauvaise. C'est ainsi que je laissai Céline s'inviter dans mon avenir. Ce que j'éprouvais pour elle n'était pas seulement de l'amour, c'était la certitude que ma vie n'aurait aucun sens si je ne la mettais pas à son service. À cet instant, je me moquais de savoir si elle m'aimait ou si nous serions un jour amants, non, il me suffisait de penser que le reste de mon existence lui serait dédié...

Des années plus tard, je ferme les yeux et je perçois encore le bouleversement qui me traversa ce soir-là, alors que j'étais arrêté sur la départementale 36. Une forme de plénitude, celle de découvrir enfin où j'allais et pourquoi.

Carnet de Bertille

Dimanche 31 décembre 2017
Sixième jour à Saintes-Fosses

Pour ce dernier jour de l'année 2017, il n'y a rien dans mon carnet, mais je me souviens que les températures étaient remontées d'un coup. On avait approché les dix degrés en milieu de journée. Le ciel était noir, menaçant, mais la pluie ne tombait pas encore lorsque nous avions quitté la pension avec Nadine. Elle semblait joyeuse, ses gâteaux étaient magnifiques et elle était fière de les présenter à Gabin. Le repas de midi s'écoula tranquillement avec treize couverts en salle, et nous discutâmes avec les clients. Des habitués du village qui, pour la plupart, recevaient le soir et n'avaient pas envie de se mettre aux fourneaux pour le repas de midi. Certains connaissaient mon existence, ils demandèrent ce que je faisais au service. Je répondis la vérité pour la première fois depuis mon retour dans les

Vosges : des années auparavant, j'avais travaillé dans la restauration et j'étais contente d'aider Nadine et Gabin pour la fête du Nouvel An.

Alors que je débarrassais une table, un homme vint spontanément m'interroger sur mon émission à la télévision. Il pouvait me faire part de renseignements sur la famille de Simon si je lui assurais qu'il ne serait pas nommé lors du reportage filmé. Il était aisé de lui garantir l'anonymat... Nous prîmes rendez-vous le 2 janvier à la pension.

Ce fut le seul contact de cette journée. À peine la salle nettoyée, il fallut préparer le repas du soir. Gabin bougonnait en écoutant les suggestions de Nadine pour décorer la pièce, néanmoins elle put faire exactement ce qu'elle voulait. Pendant que je préparais les amuse-gueules en cuisine, je riais toute seule en les entendant se disputer. Tout en lui tendant les guirlandes qu'elle avait apportées de la pension, le géant ne cessait de râler sur la façon dont elle métamorphosait sa salle. Je retrouvais l'ambiance du premier restaurant dans lequel j'avais travaillé et j'en eus presque les larmes aux yeux. Cette impression ne me quitta pas jusqu'à 4 heures du matin, heure à laquelle les fêtards rentrèrent chez eux. La soirée fut une réussite, et Gabin, s'il ne fit aucun discours, nous serra la main avec beaucoup d'émotion.

Bien sûr, ces pages rédigées après coup sont loin de votre histoire, mais elles sont nécessaires pour moi. Car, en écrivant, je comprends une chose : en me penchant sur votre passé, en plongeant quarante-quatre ans en arrière, je réussis à gommer tout ce qui m'est arrivé depuis. Ma vie, mon enfance, ma naissance. En 1973, mes parents ne s'étaient même pas encore rencontrés…

Lundi 1er janvier 2018
Septième journée à Saintes-Fosses

Pour ce premier jour de la nouvelle année, je me levai avant Nadine et je décidai d'aller marcher une heure ou deux dans la nature. Mon portable vibra dix minutes après mon départ. Christophe Houdin. Qui voulait savoir si j'avais trouvé quelque chose… Je lui rappelai que, pour la plupart des gens, ce jour était un peu particulier, mais j'évoquai tout de même Victorien Bazin, croisé la veille au café. Le gendarme me dit qu'il allait se renseigner sur son lien avec le meurtre. Comme à son habitude, il raccrocha sans un salut. Son implication m'étonnait. Au point de m'appeler un jour férié pour surveiller mes avancées.

En fin de matinée, je rejoignis Nadine qui préparait un petit en-cas avec les restes que lui avait donnés Gabin. Pendant le repas, elle me questionna sur le village de mon enfance et proposa d'y faire un tour après le café. Je refusai, mais elle insista, persuadée que revoir ma maison pouvait faire taire les fantômes qui semblaient accrochés à mes pas. Je n'avais pas été totalement honnête sur ma jeunesse vosgienne et je dus lui avouer que mon père était vivant. Peut-être habitait-il encore la maison de mon enfance. Et il y avait aussi ma tante, Agnès, qui logeait à l'époque sur la place du village.

– Vous aviez quel âge la dernière fois que vous les avez vus ?

– Vingt-quatre ans.

– Après tout ce temps, ils ne s'attendent pas à vous croiser dans les rues, vous ne risquez rien à vous rendre là-bas. On peut même rester dans la voiture. Je conduis, nous faisons un petit tour dans le village et nous revenons.

Ainsi, quinze ans après l'avoir quittée, je passai devant la maison du 4, allée des Lilas. Le choc ne fut pas si redoutable que je l'avais craint. Il me sembla même que cette promenade dans les ruelles de mon enfance comprimait le temps qui s'était écoulé depuis mon départ. Au fil de l'après-midi, je devins plus loquace, je guidai Nadine pour lui montrer mon école, mon collège et j'acceptai même qu'elle se gare quelques minutes devant *ma* maison.

La même qu'autrefois. Son hublot octogonal du premier étage donnant sur le palier : c'était mon poste d'observation lorsque mon père quittait la maison. Je voyais sa voiture s'éloigner dans la ruelle et j'inspirais enfin à pleins poumons. À côté, la haute fenêtre rectangulaire était celle de ma chambre. Moquette vieux rose choisie par ma grand-mère et sur laquelle j'aimais m'allonger pour lire. Lorsque Mamie était morte, j'avais pleuré en caressant cette moquette et je lui avais promis de ne jamais la changer… La chambre de Julien donnait derrière, on ne la voyait pas de la rue. En bas, l'ouverture sur la droite avait été remplacée par une baie vitrée. À l'origine, c'était la chambre de mes parents, devenue la chambre de ma mère lorsque son cancer avait gagné du terrain. C'est dans cette pièce que j'avais passé mes derniers mois ici. Cette image apporta avec elle l'odeur de la maladie. Ce parfum entêtant brouilla ma vision et je détournai la tête. Des enfants jouaient dans le jardin sans s'inquiéter de la voiture garée devant chez eux. J'envoyai Nadine lire le nom sur la boîte : Gérardin. Mon père avait dû vendre et partir. Curieusement, je fus déçue. Au point que je demandai de faire un crochet par la rue de ma tante. Cette fois, nous n'eûmes pas à nous approcher de la boîte aux lettres. Alors que nous étions arrêtées juste en face, une femme sortit avec un sac-poubelle et marcha jusqu'au conteneur à ordures. Elle ne leva pas les yeux vers nous, pourtant je la reconnus. Une foule d'images se précipita. Des souvenirs de goûters pris chez elle en rentrant de l'école. De moments de quiétude que je venais voler dans sa véranda lorsque les cris fusaient chez moi. Elle était la seule à me serrer dans ses bras. C'était quelque chose qui ne se faisait pas chez nous. On gardait nos distances. Chez ma tante, c'était tout le contraire. À peine passais-je le pas de sa porte qu'elle m'attrapait et m'embrassait à couper le souffle. Ensuite elle me détaillait, caressait ma joue, recoiffait mes cheveux. Et surtout, elle m'écoutait. Elle posait sur la table son dernier ouvrage en cours : tricot, broderie, crochet ou couture, et elle absorbait mes mots. Comme si la moindre de mes paroles revêtait une importance considérable, une vérité sur le monde alentour… Je pleurai. Comment avais-je pu l'abandonner ? Pendant toute ma jeunesse, elle m'avait considérée comme sa fille. Elle qui ne s'était jamais mariée et n'avait pas eu d'enfant avait reporté, certainement, toute son affection sur moi. Avait-elle eu peur de fonder sa propre famille ? Possible. Elle était plus jeune que mon père et son exemple n'était guère engageant.

C'était grâce à elle que j'étais partie. C'était avec son argent que j'avais pu m'enfuir. Et c'était elle qui avait dû subir les remontrances de mon père, inévitablement. Par lâcheté, j'avais abandonné mon unique alliée… C'est ce que je racontai à Nadine sur la route du retour. En arrivant à la pension, elle nous prépara une soupe que nous bûmes devant la cheminée. Nadine trouvait qu'il faisait très chaud dans la pièce, mais moi, je grelottai pendant tout le repas et je continuai à claquer des dents bien plus tard, collée au radiateur de ma chambre.

Mardi 2 janvier 2018 au matin
Huitième jour à Saintes-Fosses

Après deux jours d'interruption, il était temps de replonger dans votre passé. La date de mon billet retour vers Paris approchait et je devais reconnaître que si j'avais rêvé de vous surprendre, de découvrir un fait jusqu'alors inconnu, j'avais surtout présumé de mes talents d'enquêtrice.

Lorsque j'entrai dans la cuisine ce matin-là, je vis que Nadine avait fait chauffer du café et sorti ses délicieux gâteaux. Elle quitta la pièce lorsque Victorien Bazin sonna à la porte et je l'entendis l'inviter à me rejoindre autour de la table. Je ne sais pas si vous avez gardé une trace de l'enfant qu'il était lorsqu'il venait chez ses cousins. L'avez-vous même jamais croisé ? Après tout, un enseignant ne surveille pas tous les enfants qui jouent dans son village, surtout pendant les vacances. Aujourd'hui, Victorien Bazin a vieilli, bien sûr. En le voyant s'asseoir en face de moi, je le trouvai hésitant, mal à l'aise. Il était clair qu'il aurait préféré être n'importe où ailleurs. Pourtant, derrière son malaise, je percevais une grande détermination. Cet homme irait jusqu'au bout de ses déclarations.

– Vous m'assurez que vous ne mentionnerez mon nom nulle part ?

– Oui. Je vous l'ai promis. Vous savez, je suis là pour me faire une première impression, creuser quelques pistes, il n'est même pas certain qu'elles soient retenues pour en faire un reportage.

– Mais si c'était le cas ?

– C'est qu'il y aurait suffisamment d'éléments pour générer le doute et justifier une émission, et ça ne se fera pas sur un seul témoignage. Je vous assure, monsieur Bazin, que vous n'aurez pas à répéter devant les caméras ce que vous allez dire ici, entre nous.

– Excusez ma méfiance. Mais je ne veux pas voir, sur les réseaux sociaux ou ailleurs, mon nom mêlé à un crime, même vieux de quarante ans…

– Croyez-moi, vous ne risquez rien.

– Alors voilà, en 1973, ma grand-mère était la voisine des Dulac. Mes parents et moi, on habitait Nancy. Mais comme j'étais enfant unique, je venais chez mes cousins de Saintes-Fosses pour toutes les vacances scolaires. J'avais sept ans cette année-là et je me souviens bien de ce Noël où toute la famille parlait de l'enfant qui s'était noyé. Les adultes n'employaient pas le mot « meurtre » pour ne pas nous choquer, mais bien sûr, en grandissant, on a su. Surtout que ma grand-mère a dû témoigner au procès... Ce passage au tribunal l'a complètement chamboulée et, au fil des années, le sujet s'est réinvité dans tous les repas de famille. Mes deux cousins étaient des élèves de M. Kessler. Au moment du drame, ils avaient six et huit ans. Si l'aîné évitait le sujet, le second, qui n'avait pourtant connu ce maître que quelques mois, n'arrêtait pas de poser des questions sur la victime. Alors, le temps aidant, ma grand-mère a fini par se confier. Son jardin était mitoyen de celui des Dulac. Elle entendait les cris des enfants, à la belle saison, lorsque les fenêtres étaient ouvertes. Et ce n'étaient pas des exclamations de joie. De peur plutôt, ce genre de plaintes qui accompagneraient des coups, vous voyez. Avant que le père ne quitte le domicile, elle avait surpris des scènes de violence entre les parents. Mais, après le divorce, tout s'était calmé et l'entente régnait entre la mère et la fille. C'est avec le retour du fils que les conflits étaient revenus dans la maison. En ce temps-là, on n'était pas contre une bonne fessée pour remettre les gamins dans le droit chemin et tout le village reconnaissait que Simon en faisait voir de toutes les couleurs à sa sœur et à sa mère. Mais quand on a retrouvé le corps du jeune garçon et qu'on a appris qu'il portait des traces de coups… Ma grand-mère a tout de suite pensé à une correction maternelle qui aurait dérapé. Bien sûr, elle n'a rien dit, c'était trop grave comme accusation. Et puis après, il a été question d'attouchements sur des enfants et l'instituteur a été déclaré coupable. Alors, elle a gardé ses soupçons. Mais mon cousin, à qui elle avait tout raconté lorsqu'il était adolescent, s'est demandé si son instit n'avait pas payé pour la mère de Simon. Peu de temps après le récit de Mamy, il a eu un exposé à faire sur la gendarmerie. Il a profité du temps que lui accordait un agent pour en parler. Victor Kessler était déjà en prison depuis onze ans. Le gendarme lui a expliqué qu'une enquête avait été soigneusement menée et qu'un tel témoignage était bien trop mince pour changer quoi que ce soit. Et mon cousin n'avait que dix-sept ans. On ne l'a pas pris au sérieux.

– Votre grand-mère a dû témoigner au procès. Pourquoi n'a-t-elle rien dit ?

– Elle était terrorisée. On l'avait convoquée à propos d'un échange qu'elle avait eu avec le suspect quelques jours avant le drame et elle s'est contentée de répondre aux avocats. Mais je sais qu'elle s'en mordait les doigts. Au fil des années, le sujet revenait de plus en plus souvent dans sa conversation. Pour honorer sa mémoire, je suis content de partager ça avec vous aujourd'hui, même si ça ne change plus rien...

– Je vous en remercie vraiment. Une dernière chose : vos cousins ont-ils été entendus à propos des gestes du maître ?

– L'aîné a été interrogé par les gendarmes, mais il n'avait rien remarqué. En grandissant, il a voulu oublier tout ça. Comme s'il se reprochait d'avoir accordé sa confiance à un adulte capable de tuer un de ses camarades. Je crois qu'il se sentait coupable de n'avoir rien deviné... Jules, son frère, je vous l'ai dit, se passionnait pour ce meurtre. Au point d'inspirer sa vie professionnelle. Il écrit aujourd'hui des romans policiers.

– Il a écrit un roman sur l'affaire ?

– Non. J'ai lu tous ses livres et aucun ne ressemble au drame de Saintes-Fosses, mais les scénarios qu'on a construits autour de la mort de Simon ont forcément dû l'inspirer... Du coup, il s'évade de son boulot de responsable du personnel en se plongeant dans l'écriture. Il commence à avoir des lecteurs, sur le plan local, il faut dire que toutes ses histoires se déroulent dans le coin. Les gens aiment bien retrouver dans une fiction les lieux qu'ils connaissent dans la vraie vie...

Cette discussion, c'était une énième déposition en votre faveur. Chaque jour passé ici m'a fait rencontrer des témoins, indirects certes, qui vous pensaient innocent. Ce qui me préoccupa tout l'après-midi et qui m'obsède encore alors que je m'apprête à quitter Saintes-Fosses, c'est que ces gens, en témoignant ensemble, auraient pu faire douter le jury. Pourquoi n'ont-ils rien dit ? Et pourquoi avez-vous si bien endossé votre rôle de coupable ?

Depuis un an, l'abandon progressif du samedi après-midi comme période de travail scolaire avait incité l'Éducation nationale à rééquilibrer la semaine en basculant le repos des élèves du jeudi au mercredi.

Ce premier mercredi de novembre, je prétextai une coupe de cheveux pour aller voir Céline. Je ne pouvais pas la questionner sur son lieu de travail, mais je profitai de cette proximité pour m'adresser à son reflet dans le miroir et lui proposer un rendez-vous. Elle finissait à 16 heures et accepta de s'arrêter à l'école sur le chemin du retour. Elle s'imaginait sans doute que je souhaitais parler de son frère. Je voulais la prendre par surprise. Je devais absolument découvrir ce qui lui était arrivé le 20 juillet, comprendre pourquoi elle s'était confiée à Simon qui n'avait que dix ans et pas à moi, son ami. Surtout, je voulais connaître l'étendue de ma responsabilité. Lui avait-on fait simplement peur ? Yves avait-il été violent ?

Quand on allait au café, elle ne prenait que des diabolos. Je l'avais rarement vue boire de l'alcool, même en soirée. Parfois du vin blanc, mais elle ne finissait pas son verre. Je descendis donc un plateau dans la classe avec sirop et limonade. Comme je l'avais présagé, à peine entrée, elle me demanda ce que Simon avait fait de mal. Je gagnai un peu de temps.

– Rien du tout. En tout cas pas à l'école. Je voulais surtout savoir comment ça se passait à la maison avec toi et ta mère. Est-ce qu'il vous écoute ? Est-ce qu'il fait ses devoirs ? Je ne te cache pas que les derniers contrôles ne sont pas brillants…

– Victor… Je ne sais plus quoi faire… Depuis les vacances, il ne fait plus rien et c'est…

J'avais lancé la discussion sur Simon pour détendre l'atmosphère et voilà que Céline pleurait en face de moi. Je ne pouvais pas la prendre dans mes bras et je me contentai de lui serrer le coude de façon un peu maladroite. Elle poussa un cri comme si je lui avais fait mal et instinctivement je remontai sa manche. Ce que je vis alors me fit perdre tous mes moyens. Céline portait de nombreux hématomes sur le bras, à des degrés divers de coloration : le bleu, le jaune et le noir se mêlaient et semblaient prolonger leur camaïeu vers l'épaule. Elle replaça vivement sa manche en baissant la tête.

– Qu'est-ce que tu as ? Qui t'a fait ça, Céline ?

– C'est rien, ce n'est pas sa faute…

– Mais de qui tu parles ?

– Simon… Mais ce n'est pas grave… Il est énervé en ce moment et tu sais comment c'est entre frère et sœur…

– Il t'a battue ?

– Non ! Bien sûr que non. C'est une dispute qui a dégénéré, je voulais l'empêcher de sortir et, quand il m'a repoussée pour quitter la maison, je me suis cognée dans le portemanteau de l'entrée. Je marque vite, c'est tout.

– Je vais régler ça. C'est inadmissible, Céline ! Colère ou pas, il a intérêt à changer d'attitude ou je vais…

– Arrête, Victor. Je t'en supplie, ne dis rien. C'était exceptionnel… Il m'avait poussée à bout et j'avais riposté par une claque. Il a réagi, c'est tout. C'est un gamin, tu sais comme ça a été dur ces dernières années pour lui. Tu es le seul qu'il écoute un peu, alors ne te mêle pas de ça, s'il te plaît. Sinon, tu vas tout gâcher.

Pendant cette confession, elle s'était approchée de moi jusqu'à pratiquement se lover dans mes bras. Je fermai les yeux et le sentiment de plénitude que je ressentis à cet instant fut tel que je lui promis de faire tout ce qu'elle me demandait et qui tenait en un seul mot : rien. Je réussis tout juste à ce qu'elle jure de venir me voir si jamais son frère récidivait. Elle me remercia et m'embrassa tendrement sur la joue avant de quitter la classe. J'étais tellement bouleversé que je ne réalisai que bien plus tard que je ne l'avais pas interrogée sur la soirée du 20 juillet. J'ai compris depuis que certaines discussions trouvent des échappatoires, que certains mots ne peuvent être prononcés sous peine de bousculer irrémédiablement l'équilibre fragile de nos existences.

Dès le lendemain matin, je sus qu'il me serait très difficile de tenir la promesse que j'avais faite à Céline. À peine aperçus-je Simon dans la cour qu'une bouffée de colère m'envahit. Elle ne me quitta pas de la journée et je me montrai particulièrement agressif avec lui. Je l'envoyai au tableau et me fâchai parce qu'il n'avait pas appris ses leçons. Les autres élèves me regardaient, étonnés par ce comportement inhabituel. Simon, lui, se contenta de me fixer avant de regagner sa place. J'avais les poings serrés dans les poches et une envie folle de frapper.

Une demi-heure après la fin de l'étude, je débarquai dans le salon de coiffure. J'étais toujours aussi furieux et je voulais vérifier que Céline allait bien. Malheureusement, sa patronne était là et Céline me fit les gros yeux en me désignant la porte. Je lui fis signe que je l'attendais au café.

Je patientai. Pour me donner un semblant de contenance, je bus plusieurs bières en discutant au bar avec Constant et Louis, le père et le fils qui tenaient l'établissement. La salle se remplissait au fur et à mesure que l'on approchait de l'heure du dîner. Des travailleurs s'arrêtaient boire un verre de blanc avant de regagner la maison où les attendaient femme et enfants. Le brouhaha s'intensifiait avec la quantité d'alcool absorbée, mais tous les regards se tournèrent ostensiblement vers la porte lorsque Céline entra. J'étais consterné, j'aurais aimé que Céline fût moins belle, moins admirée par tous ces hommes qui finissaient leurs verres en louchant sur ses jambes et sur son décolleté. Elle traversa la salle en gardant la tête droite comme si elle aussi déplorait cette attention déplacée.

– Je ne vais pas rester, Victor. J'ai du travail à la maison. Ma mère est malade en ce moment et elle ne peut pas s'occuper de tout. Mais ne viens plus au salon. Tu sais que la patronne n'aime pas que des amis passent me voir pendant le temps de travail.

– Excuse-moi. Je m'inquiétais pour toi. Je voulais être certain que Simon n'avait pas recommencé.

– Non, non. C'est bon, arrête de penser à ça ! Je t'ai dit que c'était un accident.

– Entendu. Alors prouve-moi que tu vas bien en acceptant une sortie avec moi… En tout bien tout honneur, bien sûr ! On pourrait faire une promenade en forêt ce week-end. Emporter un pique-nique, ou juste marcher un peu au bord du lac…

– Pour pique-niquer, il fait un peu frisquet non ? Mais un petit tour, pourquoi pas… On fait ça samedi. On se donne rendez-vous sur la place à 14 heures, OK ?

Voilà, j'étais heureux. Céline faisait partie de ma vie, à jamais. Plus tard, avec les années, ce sentiment se vérifierait, mais certainement pas comme je l'espérais. Aujourd'hui, mon égoïsme me stupéfie encore. Il avait suffi que Céline accepte ma compagnie pour que je mette de côté ses bleus et la soirée du 20 juillet.

Au point même de rester fêter ça au bar. J'étais rentré légèrement éméché et presque reconnaissant envers Simon d'avoir frappé sa sœur. Oui, c'est intolérable, mais cette idée m'avait traversé l'esprit. Ce secret que je partageais avec Céline nous rapprochait. Et cette fois-ci, je ne ferais pas d'erreur. Le samedi suivant, je ne tenterais rien. Je m'excuserais pour le baiser que je lui avais volé en juillet. Je lui promettrais de ne plus la toucher si c'était son choix et de rester à ses côtés, comme un ami. Bien sûr, au fond de moi, j'aspirais à tout autre chose. Mais je sentais qu'il faudrait du temps avant qu'elle cède. À la longue, elle en viendrait à m'aimer ; c'était tout ce qui comptait.

Carnet de Bertille

Mardi 2 janvier 2018, après-midi
Huitième jour à Saintes-Fosses

Vers 15 heures, j'allai voir Christophe Houdin pour rapporter ma discussion avec Victorien Bazin. À peine avais-je donné son nom à la personne de l'accueil que le gendarme balafré surgit dans le hall, l'air contrarié, comme d'habitude. Il me fit entrer dans un petit bureau près de l'accueil et, après avoir fermé la porte, se mit à râler.

– Qu'est-ce que vous foutez là ?

– Vous plaisantez ? C'est vous qui vouliez entendre ce que m'avait raconté Victorien Bazin ! Je fais le déplacement et vous n'êtes pas content ?

– Vous débarquez devant mes collègues !

– Parce qu'ils ne sont pas au courant ? Vous menez votre enquête sans rien dire à personne ? Eh bien, dans ce cas, il fallait peut-être me prévenir, non ?

– Tout le monde sait que vous fouinez dans le village pour poser des questions et vous croyez que les gendarmes aiment ça ? Non ! Ils l'ont plutôt mauvaise lorsque des journalistes veulent remettre leur travail en cause…

– Je ne veux rien remettre en cause et vous le savez. Je cherche à comprendre, comme vous, apparemment !

Il prit un bout de papier et griffonna rapidement quelques mots.

– Voilà mon adresse, on se rejoint là-bas à 20 heures. Et pour les collègues, je dirai que vous êtes venue voir si les Perrin n'avaient pas porté plainte pour être entrée chez eux sans autorisation. Venant de vous, rien ne les étonnera.

Il se leva brusquement.

– Je vous raccompagne.

– Pas la peine, je trouverai la sortie, et pour ce soir… je réfléchirai.

En soutenant son regard noir sans ciller, je quittai la pièce et claquai la porte derrière moi.

Une fois dehors, j'étais sous le choc, mais pas comme vous pourriez le penser. À trente-neuf ans, je venais de tenir tête à un homme pour la première fois de ma vie. Mieux encore, je n'avais pas eu peur. Bien sûr, il aurait été aberrant de se croire en danger en plein après-midi dans les locaux d'une gendarmerie, mais sur le coup, je n'y avais même pas pensé. Je n'avais pas perdu mes moyens. Je n'étais pas restée muette, j'avais riposté. Et plus encore, j'étais décidée à me rendre chez lui. Parce que, grâce à ce rôle que je m'étais inventé, j'avais enfin quitté celui de victime. J'écris tout ça parce que c'est important pour moi, Victor, mais en tant qu'homme, je ne crois pas que vous puissiez comprendre.

J'étais tellement fière que je ne pus m'empêcher de relater mon exploit à Nadine.

– Je suis vraiment heureuse pour vous, Bertille ! C'est un grand pas… Il n'empêche que je vais vous accompagner ce soir. Je ne connais pas vraiment ce Houdin, mais il m'a l'air d'une vraie brute. Je ne serai pas rassurée de vous savoir seule avec lui.

– Non, Nadine. Je ne crains rien. J'irai après le dîner, car je veux qu'il me dise pourquoi il a fait ces recherches. Ce n'est pas normal, cette obsession. Il ne parlera pas si on se présente toutes les deux.

– Et vous croyez qu'il va se confier à quelqu'un qui bosse pour la télé ? Après tout, il ne vous connaît pas et il risque gros si sa hiérarchie apprend ses manigances !

J'arrivai à l'adresse qu'il m'avait donnée à 20 h 30. En garant ma voiture, je ne savais pas quel accueil allait m'être réservé. Christophe Houdin m'ouvrit sa porte en grand et fit un geste de la tête pour me montrer la direction à suivre. J'entrai dans ce qui ressemblait à un salon. La pièce était exiguë, ou trop meublée. Les murs étaient couverts de livres et les deux fauteuils de part et d'autre du poêle disparaissaient sous des plaids colorés. L'ensemble était chaleureux, plus accueillant en tout cas que l'occupant des lieux. Sur la table basse, une bouteille et deux verres semblaient attendre mon arrivée. Sur l'un des deux fauteuils, un livre était retourné dont je ne pus voir le titre, car il portait une protection en papier kraft. Je m'installai sur le seul siège qui était libre.

– Qui êtes-vous ?

– Comment ça, qui je suis ? Vous vous souvenez… Bertille Monnier… Je travaille pour la télé.

– J'ai passé des coups de fil au siège de France Télévision : aucune Bertille Monnier ne travaille pour eux. Alors je redemande : qui êtes-vous ?

J'avais pris de l'aplomb ces derniers jours, mais en voyant l'homme balafré serrer ses poings sur les hanches, je paniquai. En un instant, ma couverture et mon audace s'envolèrent. Je luttai de toutes mes forces pour ne pas laisser échapper mes larmes et, surtout, pour ne pas m'évanouir. Mon hôte dut le sentir, il servit deux petits verres d'un liquide incolore, m'en tendit un. Je trempai mes lèvres et grimaçai. Puis, reposant mon verre sur la table, j'osai le regarder de nouveau dans les yeux. Il attaqua tout de suite.

– Vous vous permettez d'interroger tout un village au sujet d'un crime vieux de quarante ans et vous vous étonnez qu'on se renseigne sur vous ?

– Et vous alors ? Un gendarme qui a peur qu'on dise à ses collègues qu'il mène sa petite enquête dans leur dos !

– Donnant, donnant ! Je vous explique mes raisons si vous me révélez qui vous êtes vraiment et ce que vous foutez ici.

Honnêtement, je n'avais pas le choix. Il n'était pas question que Christophe Houdin pousse ses investigations au risque de découvrir ce que j'avais laissé dans les Vosges. Parce que tout est forcément archivé dans des dossiers auxquels la police et la gendarmerie ont accès.

– Je m'appelle bien Bertille Monnier, mais je ne travaille pas pour la télé. Je suis enquêtrice pour la Dares, un institut de sondage. Je suis venue ici pendant mes vacances.

– Pourquoi ?

– Parce que j'ai rencontré Victor Kessler et qu'il m'a tout raconté. J'ai eu envie de comprendre…

– Il est au courant ?

– Oui.

– Et vous êtes ici parce que vous le croyez innocent ?

– Oui. Non. Il n'a pas dit qu'il était innocent. Au contraire. Mais je suis persuadée qu'il cache quelque chose. Et puis, la façon dont il m'a parlé… ça m'a touchée.

– Il est qui pour vous ?

– Personne… enfin je veux dire, nous ne sommes pas apparentés… C'est juste une connaissance.

– Une connaissance pour laquelle vous vous mettez en danger !

– Comment ça, en danger ?

– Si vraiment Victor Kessler n'est pas coupable, il y a bien quelqu'un qui l'a tué, ce môme ! Et si le meurtrier est en vie, il ne va pas aimer l'idée d'un reportage télé… Il pourrait vouloir vous mettre sur la touche…

– S'il est encore en vie, il est forcément très vieux… Je le vois mal m'agresser. Et vous ? Pourquoi vous vous renseignez en cachette ?

En proférant ces mots, Victor, je n'attendais rien si ce n'est gagner du temps, mettre de côté mes mensonges d'enquêtrice et, surtout, reprendre contenance. Alors, quand il se leva pour se resservir un verre, quand il s'éloigna de la table en le chauffant entre ses mains, je respirai. Je pris son silence comme une aubaine et j'avais presque oublié ma question lorsqu'il répondit.

– Henri Dulac était mon père…

Le temps de réaliser l'importance de ces mots, mon cerveau se mit à effectuer un décompte des années. Je pensai à vous. Me demandai si vous saviez que Céline et Simon avaient un frère… En voyant ma tête interloquée, le gendarme attrapa le verre que j'avais posé sur la table et me le tendit. Puis comme un automate qu'on vient de remonter, il déroula son histoire d'un trait. Après son divorce, Dulac était parti s'installer à Marseille avec son fils Simon. Là, il avait rencontré une femme qui travaillait dans la même conserverie que lui. Elle s'appelait Danielle Houdin. De leur relation était né l'enfant qui se tenait assis, à présent, face à moi. En apprenant qu'il allait être à nouveau père, Henri Dulac avait parlé de « le faire passer », comme on disait encore dans ces années-là. Danielle Houdin avait refusé et ce désaccord avait eu raison de leur couple. Quelques semaines plus tard, Henri Dulac était hospitalisé, victime d'un accident du travail. À la suite d'un mauvais geste, sa manche avait été happée par le rouleau d'une machine en fonctionnement et son bras écrasé lui avait valu cinq interventions chirurgicales qui n'avaient jamais calmé la douleur. Après la mort de Simon, désormais seul et sans travail, il avait sombré dans une dépression dont il n'était plus sorti – jusqu'à son décès dans un accident de la route, le 12 juillet 1981.

Christophe Houdin n'avait rencontré son père

que deux fois. La première ne lui avait laissé aucun souvenir ; c'était lors d'une visite à l'hôpital alors qu'il n'avait que trois ans. Henri Dulac subissait une énième opération chirurgicale et, à son réveil, il avait émis le souhait de revoir son ancienne compagne et de rencontrer son fils. Danielle Houdin n'était pas rancunière, elle avait fait les présentations. Cette prise de contact n'avait pas déclenché d'élan de paternité puisque la seconde rencontre avait eu lieu pour son septième anniversaire. Il en avait vaguement gardé l'image d'un homme vieux et triste. Des années plus tard, sa mère lui avait révélé le décès de ce père dans un accident de la route. C'est à ce moment-là qu'elle avait évoqué Simon et son assassinat. Christophe, alors adolescent, avait cherché des articles de journaux concernant ce meurtre. Puis, une fois entré dans la gendarmerie, il avait eu l'occasion de se faire muter sur le lieu où Simon avait trouvé la mort. Là, pendant son temps libre, il avait commencé à se renseigner.

– Vous continuez aujourd'hui ?

– Non. J'ai arrêté en 2003. Victor Kessler venait de sortir de prison, j'avais fêté mes trente ans et je tournais en rond. C'est aussi l'année où Guy Marchal a pris sa retraite ; il était le dernier gendarme lié à l'affaire et encore en activité. Il en parlait beaucoup et il pensait que je m'y intéressais parce que c'était une histoire locale. Je ne lui ai jamais avoué l'identité de mon père.

– Vous avez rencontré Victor avant sa sortie de prison ?

– Kessler ? Non. Impossible de le faire discrètement. Un gendarme qui va voir un condamné à perpétuité, ça ne passe pas inaperçu. De la même façon, je n'ai pas osé contacter Geoffroy Barnabé, le môme qui est revenu sur sa déposition en 1984. Mais en y repensant… vous, vous pouvez le faire. Je veux dire avec votre fausse identité de journaliste… Il paraît qu'il était dans tous ses états lorsqu'il est venu déposer, dix ans après les faits, en 1984. Marchal a cru qu'il se pensait responsable de la condamnation de son ancien instituteur et que ça devait le travailler. Ce qu'on peut dire en tout cas, c'est que le gamin n'a pas été très bien accueilli par les collègues de l'époque.

– Vous savez où il habite ? Aujourd'hui il doit avoir dans les…

– Cinquante-quatre ans. Oui, ça fait un bail… mais ces événements ont marqué son enfance, il se peut qu'il ait encore besoin d'en parler… Il avait même contacté un journaliste en 1988.

– Vous avez raison, s'il n'habite pas trop loin, j'irai le voir. Bon, je crois que je vais rentrer maintenant. Vous me promettez de ne rien dire, pour moi ?

– Avant de filer, vous pourriez au moins me donner la vraie raison qui vous a amenée dans le coin…

Non, laissez tomber... Je vois à votre visage que vous allez encore me raconter des salades. Mais quoi que vous me disiez, je devine que votre curiosité sur Victor Kessler n'est pas le seul motif de votre présence ici.

Au fond, j'étais soulagée qu'une personne au moins connaisse ma véritable identité et mon lien avec vous, Victor. Je n'étais plus seule pour enquêter et c'était rassurant, motivant même. Et puis la brutalité de cet homme avait un avantage : il était direct. Je ne le voyais pas continuer à creuser mon passé dans mon dos pour obtenir des réponses à ses questions.

Alors, en rentrant à la pension, je restai un instant dehors, assise sur les marches du perron, à regarder le ciel. Pour une fois, il était constellé d'étoiles. J'inspirai, l'air glacial emplit mes poumons et je sentis à nouveau cette force en moi qui se développait jour après jour depuis notre rencontre. Depuis combien de temps n'avais-je pas respiré aussi profondément ? Je sentis un mouvement derrière moi. En me relevant, j'aperçus Nadine derrière le rideau. Elle me guettait et avait préparé une infusion, espérant que je lui raconterais mon entrevue.

En vivant ici avec Nadine, Victor, j'ai découvert le bonheur d'être attendue quelque part et cette sensation a créé un manque, *a posteriori*. Je ne me souviens pas qu'on se soit inquiété pour moi, auparavant. Lorsque j'étais enfant, mes parents me surveillaient parce qu'ils considéraient que c'était leur devoir, mais une fois que j'étais rentrée, je me glissais dans ma chambre sans que personne se préoccupe de ma journée ni de mes états d'âme. Plus tard, Nicolas m'avait épiée et enfermée pour satisfaire son besoin de domination… C'était la première fois qu'on s'intéressait véritablement à moi.

Le temps était maussade. Pourtant, j'avais tout de même ouvert en grand les fenêtres, aéré mon appartement, changé les draps et rangé ce qui traînait un peu partout. Notre promenade en forêt était prévue à 14 heures et j'espérais que Céline passerait chez moi en fin d'après-midi. Je n'envisageais rien d'autre qu'un moment de complicité. À moins qu'une averse ne surgisse et ne nous force à rentrer nous mettre à l'abri ici, ou mieux, nous surprenne pendant notre promenade et nous précipite dans les bras l'un de l'autre, sous un arbre, serrés pour échapper aux gouttes. Je mis mes plus beaux vêtements et me rasai de près. Le midi, je dus me forcer pour avaler quelque chose avant d'aller la rejoindre.

Notre rendez-vous était à cinq minutes de chez moi et je traversai le cœur du village à pied. Elle était déjà là. Elle m'attendait à côté de sa voiture et j'avançai vers elle. Je plissais les yeux, je la vieillissais en pensée, je l'imaginais dans dix ans, dans vingt ans et je savais qu'elle serait toujours aussi ravissante. Dans trente ans, elle perdrait la finesse de sa taille et les rides envahiraient son visage. Les hommes cesseraient de la poursuivre de leurs regards insistants, et elle ne serait enfin belle que pour moi. Elle releva la tête en entendant mes pas et un sourire étira ses lèvres, tout en douceur.

À cette heure de pause méridienne, les commerces étaient fermés, la place déserte. Quelques badauds avaient fui la grisaille en se réfugiant au café. Céline s'était garée dans une rue adjacente, invisible des clients du bar. Moi, j'aurais aimé que le monde entier nous voie, que les choses deviennent officielles, je savais qu'elle n'était pas prête pour ça. Sur la route, je pus contempler son profil tant que je le voulais. Céline était concentrée sur sa conduite et je bavardais sans interruption pour justifier mes coups d'œil obliques. Curieusement, je n'ai aucun souvenir de ce que nous nous sommes dit. De la promenade ne subsiste que ce moment où nous avons fait demi-tour. Nous avions traversé la forêt et nous arrivions au-dessus du lac. En bas, de l'autre côté du plan d'eau, se tenait un couple enlacé près d'une voiture. Nous nous arrêtâmes à bonne distance pour ne pas gêner leur intimité. Nous restâmes à les observer un instant. Au moment de repartir, je marchai sur une branche sèche et le bref craquement suffit à faire tourner la tête des deux amoureux. Céline me repoussa derrière un arbre et cacha son visage contre mon épaule. La suite, je l'ai probablement rêvée, mais il me sembla sentir ses lèvres dans mon cou. Je restai immobile pendant ce qui me parut une éternité, puis elle me fit signe que le couple avait regagné sa voiture garée au bout de l'allée. Nous revînmes sur nos pas.

Cette réminiscence n'est peut-être pas réelle. Il peut s'agir d'un rêve ou d'une hallucination tactile. La seule certitude, c'est que, depuis ce jour, ce moment est venu à intervalles réguliers se nicher au creux de mes songes et que son pouvoir érotique n'a jamais été détrôné par aucune autre scène d'amour.

De retour sur la place, je lui proposai de prendre une boisson chaude au café car il aurait été maladroit à cet instant de l'inviter chez moi. Malheureusement, des copains étaient déjà attablés près du baby-foot et nous dûmes partager ce moment avec six ou sept camarades qui n'en étaient pas à leur première tournée. De temps en temps, je glissais un œil vers Céline qui sirotait son chocolat chaud. Je dus me forcer pour finir ma bière. Rien ne passait. J'ignore si les sentiments amoureux se manifestent de la sorte chez les autres. Je n'ai que peu d'expérience dans ce domaine et ce n'est évidemment pas en prison que les occasions se sont présentées.

Ces dernières années, j'ai eu un ami. Nous avons partagé la même cellule pendant sept ans et il est sorti il y a deux ans. Nous n'avions aucun secret l'un pour l'autre. Il savait pour le meurtre de Simon, il me comprenait. Régis enviait l'amour inconditionnel que je portais à Céline. Il n'avait jamais éprouvé de tels sentiments et il était persuadé de ne jamais les connaître. « L'amour est un muscle invisible, disait-il, le mien n'a pas été exercé lorsque j'étais enfant puis adolescent. Je suis trop vieux pour qu'il se développe aujourd'hui. » En avril 1983, lorsque Régis a été libéré, je me suis retrouvé seul. Pendant les premiers mois, nous nous sommes écrit souvent. Aujourd'hui, les lettres se font plus rares. En proposant de donner des cours de français, j'ai rencontré d'autres détenus. Ils ne sont jamais devenus aussi proches que Régis, mais ces relations ont permis d'alléger le poids de l'enfermement. Depuis quelques mois, un autre prisonnier donne des cours, Georges. On dit qu'il a tué sa femme. Dans la vraie vie, il enseignait la littérature à l'université et nous échangeons beaucoup autour des livres. C'est de cette façon que nous nous racontons, à travers nos discussions sur des romans. Un jour, j'apprendrai sûrement la raison de son crime. Mais entre ces murs, tous ces faits horribles perdent de leur importance. Je le découvre par les auteurs qu'il aime et ceux qu'il déteste, et de cette façon, je le comprends sans doute mieux que ne le comprennent ses proches…

Notre premier contact fut pourtant brutal. C'était en octobre dernier, quelques jours après le meurtre du petit Grégory. Alors que nous donnions un cours à quelques détenus réunis dans la salle commune, Georges m'interpella devant tout le groupe :

– Tu es fier d'avoir un fan qui a copié ton crime ?

Il faut dire qu'après la première année d'incarcération, j'avais été plutôt tranquille côté brimades, grâce principalement à Régis qui avait réussi à convaincre les autres détenus de mon innocence. Avec ce coup bas de Georges, et la médiatisation du meurtre du petit Grégory, je risquais de subir de nouveaux passages à tabac. Je tentai alors le tout pour le tout. Je me plantai face à lui et déclarai que, s'il doutait de mon innocence, j'étais à sa disposition pour en découdre. Après ça, nous avons donné des cours côte à côte, dans la même salle, en nous ignorant pendant trois semaines. Puis, un matin, il m'a demandé pourquoi j'endossais un meurtre si j'étais vraiment innocent. J'ai refusé de répondre. Une avocate m'avait harcelé pour reprendre mon dossier et j'avais réussi à résister, ce n'était pas pour craquer devant un détenu. Il faut dire qu'ici tout se sait, les avocats des uns et des autres se croisent régulièrement et échangent sur leurs clients respectifs comme deux enseignants le feraient sur leurs élèves. Avec Régis, j'étais en confiance, ce n'était pas encore le cas avec Georges.

Pourtant, peu à peu, notre passion pour l'enseignement nous a rapprochés. C'est un spectacle indescriptible que celui de malfrats aguerris émus de déchiffrer un texte pour la première fois de leur vie. Pour ces hommes-là, Georges et moi sommes des héros, des intouchables… J'ai dond connu en prison le bonheur de transmettre et d'ouvrir la voie de la lecture. La plupart des prisonniers que je côtoie ici ne sont pas des gens mauvais, en tout cas pas plus mauvais que ceux qui circulent de l'autre côté des grilles. Si, dans leur jeunesse, on leur avait permis de s'évader par les livres et l'accès au savoir, je suis persuadé qu'ils vivraient aujourd'hui l'existence commune et pacifique des hommes libres. Je n'ai pas honte de l'avouer, pour moi, la vie en prison est supportable, parfois même agréable. Georges, lui, regrette la proximité de la gent féminine. Il était professeur reconnu, habitué à susciter l'admiration des jeunes femmes qui buvaient ses paroles. Je n'éprouve pas ce manque. Ces dernières années, les quelques visites de Céline ont suffi à nourrir mon besoin d'amour au-delà de mes espérances. Un pareil bonheur n'a pas de prix.

Je ne souffre ici que d'une seule privation : celle des forêts vosgiennes. Le bruissement des feuilles sous mes pas, l'odeur des fougères parvenues à maturité, la lumière incertaine qui tente de pénétrer les premières frondaisons au-dessus de ma tête…

Carnet de Bertille

Mercredi 3 janvier 2018
Neuvième journée à Saintes-Fosses

– M. Kessler était un formidable instituteur. Je ne garde pas vraiment de souvenirs du maître que j'ai eu avant lui, dans les petites classes, ni de celui qui l'a remplacé après. Mais les quinze mois passés en sa compagnie m'ont fortement marqué. Dans la classe, avec lui, nous étions heureux. On avait l'impression de s'amuser alors que c'est l'année, je crois, où nous avons le plus appris. Lorsque nous avions réussi un exercice, un grand sourire illuminait son visage. Ça nous réchauffait le cœur.

Ces mots sont ceux de Geoffroy Barnabé, cet élève que vous avez eu en CE2 et en début de CM1. Celui qui a raconté aux enquêteurs que vous aimiez bien prendre les enfants sur vos genoux et dans vos bras. Lui n'avait mis à l'époque aucune ambiguïté dans ses propos. Il croyait juste prouver votre gentillesse aux policiers… Aujourd'hui, Geoffroy a cinquante-quatre ans. Un quinquagénaire qui a encore les larmes aux yeux lorsqu'il repense à cette histoire.

Partie tôt le matin, j'avais sonné chez Geoffroy Barnabé à 8 heures. Un homme svelte et élégant m'avait ouvert la porte. Je lui avais exposé la raison de ma visite en le suivant à l'intérieur, tout doucement, car le pauvre s'appuyait sur une canne et boitait ostensiblement. Il en voulait encore aux gendarmes d'avoir déformé ses propos. Mais il reprochait aussi à ses parents de l'avoir tenu à l'écart : il n'avait appris le rôle déterminant de son témoignage que des années plus tard. C'est pour cette raison qu'en 1984, devenu un jeune homme, il s'était présenté à la gendarmerie pour essayer de revenir sur ses déclarations faites dix ans auparavant. On lui avait répondu que ce n'était pas possible. Que, lorsqu'il avait neuf ans, son interrogatoire avait été mené dans les règles, qu'on n'avait exercé aucune influence sur le jeune témoin qu'il était alors et qu'il ne servait à rien de remuer tout ça. L'instituteur était le meurtrier de Simon, point final.

En fait, Geoffroy espérait seulement obtenir une diminution de votre peine en balayant les accusations de pédophilie. Car, s'il ne mettait pas en doute votre culpabilité à propos du meurtre, il était persuadé que vous n'aviez pas abusé de Simon, pas plus que des autres enfants qu'on vous avait confiés. Cette même année, il avait donc contacté d'anciens élèves qui habitaient encore dans la région et leur avait demandé de se manifester à leur tour auprès de la gendarmerie. Ils avaient tous refusé.

– Ne vous méprenez pas ! Ils étaient d'accord avec moi pour dire que ces accusations de pédophilie, c'était de la foutaise. Mais ils avaient tiré un trait sur cette année-là et ils justifiaient leur silence par les mêmes arguments que les gendarmes. L'instituteur était en prison pour le meurtre de Simon, il méritait sa peine. Qu'il se soit ou non intéressé aux petits garçons ne changeait plus rien. Pour moi, au contraire, ça changeait tout. Un homme avait été accusé de pédophilie parce que j'avais dit, moi, qu'il nous prenait parfois sur ses genoux et je devais vivre avec cette responsabilité.

– Si vous étiez persuadé qu'il n'avait pas de relation particulière avec Simon, comment expliquez-vous qu'il l'ait tué ?

– C'était forcément un accident. M. Kessler s'occupait toujours de Simon, mais comme l'aurait fait un grand frère. Il le faisait travailler et on sentait qu'il l'aimait beaucoup. On était parfois un peu jaloux de cette attention, surtout que Simon ne faisait aucun effort pour la mériter. Il n'écoutait rien, il n'apprenait pas ses leçons et il tapait les autres élèves dans la cour. On aurait aimé, des fois, que le maître le punisse, mais ça n'arrivait jamais.

– Vous voulez dire qu'il bénéficiait d'un régime de faveur ?

– Même pas. M. Kessler ne nous punissait jamais nous non plus. Ça changeait, remarquez, après l'ancien instituteur qui nous administrait des tours de cour les mains sur la tête ou nous faisait copier des centaines de lignes pour le moindre bavardage ! D'un seul coup, dans la classe, on avait le droit de s'exprimer ; mieux, on se sentait écouté. Simon en avait bien profité : il remettait tout en cause et M. Kessler répondait avec son calme et sa patience habituels. J'imagine que, le jour de sa mort, l'élève aura poussé le bouchon un peu trop loin et, pour une fois, le maître aura riposté. Sûrement a-t-il voulu se fâcher plus fort qu'à l'accoutumée pour lui ôter définitivement l'envie de fuguer. Ou alors il aura retrouvé Simon qui faisait des siennes près du lac et celui-ci aura refusé de le suivre et d'arrêter ses bêtises…

– Mais pourquoi Victor Kessler n'aurait-il rien dit si c'était un simple accident ?

– C'est la question que je me pose depuis des années…

Comme vous le voyez, quarante-quatre ans après les faits, Geoffroy Barnabé vous croit responsable de la mort de Simon mais sans préméditation. Et comme tous ceux qui partagent son avis, il ne comprend pas que vous ne vous soyez jamais défendu.

Avant que je ne parte, il me donna les noms des deux meilleurs copains de Simon, les seuls susceptibles d'avoir reçu des confidences de sa part. À peine assise dans la voiture, j'appelai Christophe Houdin pour lui en parler. Son portable ne répondait pas. À la gendarmerie, on m'informa qu'il était en congé pour la fin de la semaine.

Alors, sur le chemin du retour, je m'arrêtai chez Guy Marchal. Je pensais qu'en 1973 il avait dû entendre Éric Bresson et Gilles Grosjean, les fameux copains. Peut-être se souviendrait-il d'un détail important. Je cherchais surtout à occuper ma fin de matinée car je n'attendais pas grand-chose d'une nouvelle discussion avec l'ex-gendarme.

– Les gamins défilaient au poste avec leurs parents. On ne savait plus où donner de la tête… Ce n'est pas moi qui ai interrogé Gilles Grosjean. Son père était boulanger et il avait fait un esclandre en voyant la file d'attente. La convocation tombait en début d'après-midi et il n'était pas conseillé de lui faire rater sa sieste. Du coup, exceptionnellement, le chef les avait reçus. Il n'a rien tiré du môme qui était encore sous le choc de la mort de son copain et tremblait comme si on allait l'accuser de quelque chose. Dans leur trio, c'était Simon qui décidait de tout, les deux autres suivaient ses bêtises – lorsqu'ils ne se défilaient pas. Quant aux fugues, Simon ne les prévenait jamais, c'est du moins ce que nous avait dit le petit Gilles à l'époque…

– Et l'autre ?

– Pour Éric Bresson, ça a été vite réglé. Sa famille l'a envoyé dans un pensionnat en Suisse immédiatement après le meurtre. Les parents géraient une grosse fabrique de papier et de carton et habitaient la magnifique propriété que vous avez dû apercevoir à l'entrée de Saintes-Fosses. Le gamin n'avait rien à faire à l'école publique, mais il avait voulu rester avec ses amis du village. En tout cas, deux jours après la découverte du corps de Simon, le jeune Éric a rejoint un établissement plus adapté au train de vie de ses parents… Du coup, on n'a pas pu le questionner. On avait bien parlé d'envoyer deux gendarmes en Suisse et puis… les témoignages qu'on avait suffisaient, alors on a abandonné l'idée. On n'avait pas vraiment les moyens pour ce genre de notes de frais.

– Vous croyez qu'il est revenu dans le coin après ?

– Je pense que oui. La société a gardé le nom de la famille, alors il a dû reprendre le flambeau. Si mes souvenirs sont bons, le jeune Éric était fils unique. Vous pouvez toujours vous rendre là-bas, la fabrique est à une trentaine de kilomètres de Saintes-Fosses. Si vous attendez demain, je peux même vous accompagner… Mes enfants et petits-enfants repartent chez eux en soirée.

Au départ, c'était juste de la curiosité et je n'avais pas eu l'intention de sonner à la porte de M. Bresson, mais lorsque Guy Marchal me proposa son aide, j'acceptai sans hésiter.

Il était midi pile quand je regagnai ma voiture. J'avais un message de Christophe Houdin me demandant de passer chez lui dès que je le pourrais. J'hésitai à rejoindre la pension pour déjeuner avec Nadine, mais la curiosité fut plus forte. Le gendarme était déjà à table lorsque j'arrivai chez lui.

Sans me poser la moindre question, il ajouta une assiette et me servit ce qui ressemblait à la tofaille de mon enfance. C'était délicieux. C'était une recette de sa grand-mère. Elle avait fini sa vie à Gérardmer ; il lui avait rendu visite régulièrement, jusqu'à son décès quelques années auparavant. Pour la première fois depuis notre première rencontre, nous abordâmes d'autres sujets que la mort de Simon Dulac et je relâchai la pression des derniers jours. Je n'aurais pas dû. Je n'avais même pas terminé mon plat que Christophe Houdin me ramena brutalement à la réalité.

– Je sais pourquoi vous faites ça.

Sur le coup, je restai silencieuse. Non seulement j'avais bu un verre de riesling qui me tournait un peu la tête, mais j'étais désorientée par le retour subit de son ton agressif.

– Votre frère, Julien...

Prononcer ce prénom, c'est appuyer sur le bouton *reset*. Je tombai dans les pommes. Bêtement. Soudainement. Lorsque je revins à moi, j'étais à terre. Je ne savais plus où j'étais. Ni qui j'étais. Ni en quelle année nous avions basculé. Autour de moi, il y avait les débris d'une assiette cassée et les reliquats de ce qu'elle contenait. Je suivis du regard la sauce qui s'étirait doucement avant de se perdre entre deux lames du plancher et mon esprit tout entier se focalisa sur cette larme de tofaille. Pendant un temps, elle seule eut de l'importance. Je me souviens avoir pensé que si elle glissait encore plus profondément, il ne serait plus possible de la déloger. Ce détail devint si crucial que j'essayai de me lever pour y remédier. Impossible. Curieusement, je repensai à votre propre évanouissement au centre commercial. Je me demandai si vous aviez éprouvé ce même détachement. Probablement. Je revois votre air absent alors que les secours s'agitaient autour de vous.

Plus tard, je sentis un linge humide sur mon front, et Christophe Houdin me déposa dans un fauteuil comme il l'aurait fait d'un paquet encombrant. Il était évident que l'homme n'était pas du genre à s'inquiéter pour un simple évanouissement. Il me tendit un verre d'eau que je bus uniquement parce que j'étais dans l'incapacité de m'exprimer. C'est là, en déglutissant, que la cause de mon malaise jaillit de ma mémoire. Il fallait que je quitte cet endroit au plus vite.

– Je suis désolé. Je ne m'attendais pas à une telle réaction… Vous vous sentez mieux ?

Qu'est-ce qu'il croyait ? Que les années effacent la douleur ? Qu'il pouvait prononcer impunément le prénom de Julien et que j'allais lui répondre en souriant entre deux bouchées de tofaille ?

Je sais, Victor. Je ne vous ai pas parlé de Julien. C'est tellement dur. Encore maintenant, l'évoquer me révulse l'estomac et appelle la nausée. Il en sera toujours ainsi.

Alors je lève les yeux de la page blanche. Je cherche un réconfort en fixant le petit bois que j'aperçois par la fenêtre de ma chambre. Presque identique à celui que je rejoignais enfant en passant par le portillon du jardin, derrière la maison. Quand j'atteignais l'ombre sylvestre et que les arbres m'offraient leur protection. Je plaçais mes bras d'enfant autour des troncs et je sentais leur sève me traverser. J'étais végétale, à la fois nourrie d'une vie intérieure intense et recouverte d'une écorce protectrice.

Mais, après la mort de Julien, cette écorce s'est effritée. Pendant la première année, il y eut la douleur. Intense. Montant par vagues à n'importe quel moment du jour ou de la nuit. Et l'horreur de cette vie, la mienne, qui continuait comme si de rien n'était. Pis, mon père agissait comme si nous étions libérés... Il revenait à la vie alors que ma mère s'éteignait et gagnait des rives désormais inaccessibles. Et puis le doute. Les regards des voisins. Les mensonges de mon père. L'absence de ma mère. Ma transparence.

Assise en face de l'homme à la balafre, je ne savais pas par quoi commencer. J'étais recroquevillée sous le plaid qu'il m'avait apporté et j'attendais que mon corps revienne à la vie. À un moment, il servit deux verres d'alcool ; à un autre, je l'observai prendre un livre. Je m'emmurai dans mon silence. Tout s'effaça. À mon réveil, il se tenait au même endroit, mais il avait dû bouger car il avait un mug à la main. Sa boisson fumait et distillait un parfum de bois brûlé dans toute la pièce. La table du déjeuner était débarrassée.

– J'ai fait du café, ça vous dit ?

Je hochai la tête et me redressai pour saisir la tasse qu'il me tendait. Je compris que je ne quitterais pas cette pièce sans avoir ranimé la mémoire de Julien. Curieusement, l'antre de cet homme rustre me parut soudain être le lieu où je pouvais libérer mon secret. Le silence, l'arôme du café, la chaleur du plaid et cet état de demi-somnolence dans lequel m'avait plongée mon évanouissement, tout semblait propice à l'abandon.

Alors enfin j'ai parlé, Victor, et je vous dois ce récit à vous aussi.

Mon frère s'appelait Julien. Il est né lorsque j'avais dix ans. Il est mort quand j'en avais dix-sept. La police l'a retrouvé noyé dans quarante centimètres d'eau, dans un ruisseau où j'avais l'habitude de l'emmener jouer et pêcher. C'était notre endroit. Nous y construisions des bateaux, des barrages et Julien était heureux. Il riait et fourmillait d'idées pour fabriquer des édifices que nous dissimulions dans le petit bois pour que notre père ne les voie pas. Comme il interdisait à Julien de sortir de la maison, nous allions là-bas en cachette. J'ai toujours eu un lien privilégié avec mon frère. J'ignore pourquoi, mais nous nous comprenions d'un regard. Alors que la plupart des gens avaient du mal à communiquer avec lui, moi, je savais le moindre de ses désirs. Ses peurs aussi.

Lorsque Julien eut quatre ans, ma mère insista pour qu'il aille à l'école du village. Mon père finit par céder. Tout se déroula très bien pendant un an, jusqu'à une banale bagarre avec des enfants dans la cour. Julien était revenu avec une énorme bosse et les genoux en sang. C'était superficiel, mais en écoutant ma mère raconter cette scène, mon père avait explosé. J'avais quinze ans. Je me souviens de cette nuit comme si c'était hier. Ces heures passées à entendre mon père vomir sa honte et sa rage. Il ne supportait pas mon frère. Il n'aimait pas l'image qu'il renvoyait. À un moment, Julien s'était réveillé et j'avais rejoint sa chambre sur la pointe des pieds. J'étais restée près de lui, à le bercer en maintenant mes deux mains sur ses oreilles pour le protéger des mots haineux qui se déversaient au rez-de-chaussée. À partir de ce jour, mon frère était resté à la maison, avec ma mère.

Christophe Houdin posa son mug. Il attendait la suite de mon récit. Je ne savais pas ce qu'il avait lu exactement sur la mort de mon frère. Dans les journaux, peu de choses avaient filtré. Un banal accident. Un jeune enfant qu'on avait laissé sans surveillance et qui s'était noyé dans un ruisseau. Mais les gendarmes avaient sans doute accès aux rapports de police et peut-être même aux interrogatoires de la famille. J'avais été entendue moi aussi, en présence de mes parents puisque j'étais mineure. Face à mon père, je n'avais pas réussi à dire que nous allions souvent au bord de l'eau, et ce malgré les interdictions parentales.

– Vous vous sentiez responsable de l'accident de votre frère ?

– Disons plutôt que je n'y comprenais rien.

Julien ne quittait jamais la maison sans moi et seulement lorsque mon père était absent. Ma mère nous couvrait. On lui disait qu'on allait jouer au fond du jardin, mais elle savait. J'imagine qu'elle nous suivait du regard lorsque j'ouvrais la petite porte du fond et que nous courions jusqu'au bois. Elle n'a jamais rien dit. Ni à mon père. Ni aux enquêteurs. Le jour de l'accident, nous étions tous à la maison. C'était un samedi. Après le déjeuner, j'étais allée voir mon frère, il dormait, allongé sur la moquette. Ça lui arrivait parfois en début d'après-midi. Je l'avais laissé se reposer et m'étais enfermée dans ma chambre pour réviser le bac de français. Mon père s'était isolé dans le bureau et ma mère prenait le café chez une voisine. Vers 16 heures, j'ai entendu mon père partir pour son club de sport. C'était l'occasion d'aller faire un tour avec Julien. J'ai rangé mes cours avant de le rejoindre. Sa chambre était vide. J'ai tout de suite senti que quelque chose n'allait pas. Car Julien pouvait jouer des heures tout seul et, lorsqu'il en avait marre, il m'appelait et je venais. Une seule fois, il était descendu au rez-de-chaussée de son propre chef et il avait croisé un collègue de mon père assis dans le salon. Il avait été tellement puni qu'il n'avait jamais recommencé.

– Excusez-moi, Bertille, mais j'ai du mal à comprendre. À vous entendre, on a l'impression que votre frère était gardé prisonnier dans sa propre maison. Pourquoi une telle différence de traitement entre vous deux ?

– Vous ne l'avez pas lu dans les rapports ? Mon frère était trisomique.

Ce dimanche 11 novembre fut mon dernier jour de quiétude. Et j'étais vraiment heureux. La veille, en sortant du café, Céline avait décliné l'offre des copains qui souhaitaient la raccompagner ; elle était venue en voiture. Puis elle s'était tournée vers moi et j'avais réalisé qu'elle s'était garée sur le chemin de mon appartement. Nous étions donc partis tous les deux sous la pluie. Arrivée à son véhicule, elle avait posé son sac sur le siège passager et m'avait dit au revoir d'un chaste baiser sur la joue. Mais j'avais senti ses lèvres s'attarder et surtout, elle m'avait attrapé la main et l'avait gardée un long moment dans les siennes. Avant de la lâcher et de s'asseoir derrière le volant, elle m'avait souri et m'avait remercié. Je ne savais pas de quoi, mais peu m'importait, j'étais aux anges. Je la regardai s'éloigner alors que l'eau ruisselait sur mon visage et emportait avec elle des années de doute et d'incertitude. Comment aurais-je pu deviner ce qui allait se passer le lendemain ?

Le midi, j'allai déjeuner chez mes parents et nous

parlâmes de mes dernières vacances et des prochaines fêtes de Noël. Je me trouvais parmi eux tout en étant ailleurs et le temps s'écoula entre les sourires. Je pensais à ce jour rêvé où Céline se tiendrait à mes côtés pour les repas de famille, assise sur la chaise vide. À son rire qui emplirait la maison et apporterait d'un seul coup musique et lumière. Mes parents auraient été ravis de me voir en couple avec elle. Ils ne m'ont jamais interrogé sur d'éventuelles relations amoureuses mais ils devaient en discuter entre eux. Après tout, j'étais leur unique enfant...

Carnet de Bertille

Jeudi 4 janvier 2018
Dixième journée à Saintes-Fosses

La pluie tombait sans discontinuer et je laissai avec plaisir le volant à Guy Marchal. Sur la route, il m'avoua qu'il avait pris la liberté de prévenir M. Bresson de notre venue et de lui expliquer mon travail. Le P-DG de la fabrique de carton, un homme influent dans la région, offrait de nombreux emplois aux gens du coin et il n'était pas question de le rencontrer sans être annoncé. Il nous reçut dans son bureau. Bien sûr, il n'avait qu'une demi-heure à nous consacrer, car il attendait une livraison importante.

– Monsieur Bresson, comme M. Marchal vous l'a dit au téléphone, nous cherchons les moments clés de l'enquête sur la mort de Simon Dulac de façon à mettre en évidence les témoignages qui ont été déterminants.

– Eh bien, vous frappez à la mauvaise porte. Je vous ai prévenu, Marchal, je n'aime pas le genre d'émission pour laquelle travaille madame. Toutes ces reconstitutions version téléréalité me consternent. Mais surtout, je n'ai pas participé à tout ce remue-ménage. Je vivais déjà en Suisse lorsque les gendarmes ont entendu les élèves de Kessler.

– Je vous demande juste de me parler de Simon. De vos souvenirs avec lui.

– Nous avions une dizaine d'années alors, et je n'ai côtoyé Simon que quelques mois, entre son retour de Marseille et sa mort. Tout ce que je peux vous dire, c'est qu'il n'avait aucune limite. C'est pour ça que nous l'admirions tous. À l'époque, les enfants obéissaient aux adultes sans broncher. Simon, lui, exerçait déjà son libre arbitre. Il ne suivait pas les règles qu'on lui imposait. Je crois qu'il était à certains égards beaucoup plus mûr que nous.

– Et comment cela se passait-il dans sa famille ?

– Je vous l'ai dit, nous ne nous sommes pas fréquentés longtemps. Il vivait avec sa mère… Son père était resté dans le Sud. C'était surtout sa sœur qui le surveillait et tentait de lui faire entendre raison lorsqu'il allait trop loin. D'ailleurs, il portait parfois des marques au visage ou sur les bras… Il se battait avec d'autres gamins dans la cour, c'est vrai, mais je pense qu'il prenait aussi des raclées à la maison.

– Il vous a dit qui le frappait ?

– Apparemment, sa mère. Sa sœur parfois. Mais il ne s'éternisait jamais sur le sujet. Il haussait les épaules et il rigolait. Il nous disait qu'il ne se laissait pas faire et que la plupart du temps, il ne l'avait pas volé.

Pour la première fois depuis le début de l'entretien, Guy Marchal prit la parole :

– Mais vous, qu'en pensez-vous : Simon était un enfant battu ?

– Non. Je ne dirais pas ça. C'est juste qu'il en faisait voir de toutes les couleurs à sa mère et à sa sœur et qu'elles devaient parfois craquer, ça se comprend. Simon était vraiment capable des pires bêtises et il pouvait aussi être très violent ou piquer des colères impressionnantes. Honnêtement, notre séparation forcée a finalement été un soulagement pour moi. À plusieurs reprises, j'avais bravé des interdictions uniquement parce que je redoutais la réaction de Simon si je refusais de le suivre. Et Gilles, le troisième de la bande, faisait comme moi. Mais nous ne possédions pas l'aplomb de Simon et nous étions morts de trouille à chaque larcin auquel nous participions.

– Quel type de larcin ?

– Des conneries. Comme voler des bonbons à l'épicerie ou occuper la caissière à la boulangerie pendant que Simon piquait dix francs dans la caisse.

Ça n'allait pas plus loin, mais je dois avouer qu'on était sur la mauvaise pente…

Après cet aveu, Éric Bresson se tut. Il regarda sa montre. Le message semblait clair. Nous nous apprêtions à nous lever et à partir lorsque le P-DG se remit à parler.

– Je me souviens d'un truc bizarre que nous avait dit Simon peu de temps avant sa mort… C'était un jour où il avait tenu tête à sa sœur. Il nous avait raconté qu'il ne voyait pas pourquoi il continuerait à lui obéir puisque ce n'était pas sa vraie sœur.

– Comment cela ? Céline et lui n'auraient pas eu le même père ?

– Attention ! Je vous dis ça mais vous devez savoir que Simon se comportait en véritable affabulateur. C'était même sa spécialité, alors on prenait tout avec des pincettes.

– À quel moment vous a-t-il fait cette révélation ?

– Je ne sais plus le jour exact, mais c'était au cours de l'automne qui a précédé sa mort.

Sur la route du retour, nous commentâmes ce que nous venions d'apprendre. Probablement une énième invention du gamin pour se rendre intéressant. Mais dans le cas contraire… ça voulait dire qu'il y avait un autre homme dans l'équation. Si Henri Dulac n'était pas le père de Céline, ça expliquait notamment qu'au moment du divorce il ait pris Simon avec lui et laissé Céline avec sa mère. Guy Marchal connaissait les rumeurs sur la légèreté de Mme Dulac. Mais ce n'était pas la seule raison de son malaise. Même s'il n'était alors qu'un jeune gendarme, il avait conscience de la désinvolture avec laquelle l'enquête avait été menée à l'époque.

Arrivée à Saintes-Fosses, je décidai de retourner chez Georgette, la tante de l'épicière qui était aussi votre ancienne camarade d'école, la première à avoir partagé avec moi les ragots sur les relations amoureuses de la mère de Simon… Je m'arrêtai en chemin pour acheter des gâteaux et priai pour ne pas tomber pendant son temps de repos. Georgette m'accueillit avec un grand sourire.

– Vous tombez bien, je viens de préparer du café. Nous allons le boire ensemble. Alors ? Vous en êtes où ?

– Honnêtement, je n'avance pas beaucoup. Ce matin, j'ai rencontré un ancien camarade de Simon… Il m'a fait part de rumeurs troublantes. À propos de Céline et de ses parents… La dernière fois, vous avez eu la gentillesse de me rapporter ce qui se disait sur la mère et ses mœurs, disons, un peu légères. Sauriez-vous par hasard qui elle fréquentait avant de tomber enceinte de Céline ?

– Céline ? Et pourquoi pas plutôt Simon ? Le qu'en-dira-t-on visait l'instituteur de Céline, lorsqu'elle était enfant. On disait que le maître recevait beaucoup la mère de la petite alors que celle-ci ne présentait *a priori* aucun problème scolaire. Et ces rendez-vous à l'école s'éternisaient... Ce sont des potins de village, on est d'accord. Mais si vous leur octroyez de l'importance... Ce serait plutôt du côté de la naissance de Simon qu'il faudrait chercher.

– Dans ce cas, au moment du divorce, M. Dulac aurait pris sa fille avec lui, et pas Simon, non ?

– Sauf s'il ne savait rien... Il a pu penser qu'une jeune fille préférait rester avec sa mère. Et puis Céline avait déjà sa voie tracée, elle suivait ses études de coiffure et travaillait au salon du village.

À force de café et de petits gâteaux, nous prolongeâmes notre discussion tout l'après-midi. Sur un ton bon enfant, j'eus accès aux petites anecdotes concernant les uns et les autres.

En quittant Georgette en fin d'après-midi, je fis une escale chez Christophe Houdin qui me laissa entrer sans rien dire, comme s'il s'attendait à ma venue. Il nous servit d'autorité deux verres de vin. Écoutant mon compte rendu détaillé de la journée, il réagit vivement aux propos du jeune Simon. Si sa mère lui avait dit la vérité peu de temps avant son meurtre, avec le caractère belliqueux du garçon, on pouvait présumer qu'il était allé demander des comptes à son *vrai* père...

– Vous voulez dire que ce serait un mobile possible ? Et que le coupable n'aurait jamais été inquiété ni même entendu par vos anciens collègues ?

– C'est juste une éventualité, je n'ai rien lu dans les dossiers à propos d'une liaison entre Mme Dulac et un autre homme.

– Et cet ancien instituteur : il avait une famille ? Une femme, des enfants ?

– OK, Bertille. Je vais me renseigner sur tout ça.

La soirée avançait et en attendant de rejoindre Nadine je finis mon verre en écoutant Christophe me parler de son enfance dans le Sud et de son adolescence difficile à la périphérie de Marseille. Même si le vouvoiement restait de rigueur, nous nous appelions maintenant par nos prénoms et notre relation semblait apaisée. Je restais néanmoins sur mes gardes et le dernier sujet qu'il aborda en me raccompagnant à la porte ne me surprit qu'à moitié.

– J'aurais aimé savoir… À propos de la mort de votre frère… pourquoi y a-t-il eu une enquête de gendarmerie ?

– Je n'en sais rien. N'est-ce pas toujours le cas lorsqu'un enfant se noie ?

– Pas aussi poussée. Pour votre frère, les gendarmes ont interrogé toute la famille mais aussi les voisins, le personnel de l'école, les collègues de votre père…

J'avais ouvert la porte comme si j'allais m'enfuir. Christophe m'attrapa le bras pour me retenir à l'intérieur et je le repoussai sans égards.

– Je vous dis que je ne sais pas ! J'avais dix-sept ans et on ne me disait rien à la maison ! Là aussi, vous voulez reprendre le boulot de vos collègues ?

– Non… Mais si vous vous posez des questions sur sa mort, je peux toujours récupérer le dossier. Je dis ça pour vous, Bertille…

Ce soir-là, il me fut impossible de dormir. Les derniers mots de Christophe me hantaient. J'observais le plafond et j'essayais d'en mémoriser chaque défaut comme je le faisais, enfant, dans ma chambre. Puis je baissais le regard sur le mur face à moi et je tentais de le noyer dans les fleurs mauves de la tapisserie. Je les fixais jusqu'à ce que ma vision en devienne floue et j'attendais. J'attendais que cette brume envahisse mes pensées. Pendant ce temps, les souvenirs de Julien remontaient avec une netteté incroyable.

Le bonheur de sa naissance. J'avais dix ans et il arrivait comme un cadeau. Il était tellement mignon. Le plus adorable des bébés. À trois mois, on lui diagnostiqua un problème cardiaque et il dut faire plusieurs séjours à l'hôpital. C'est là que mes parents commencèrent à crier, le soir. Dans la journée, au contraire, ils ne s'adressaient plus la parole et ce silence épais entravait toute respiration. Nous vivions en apnée et moi, je ne savais pas pourquoi. Lorsque Julien rentra enfin à la maison, je crus que mes parents allaient retrouver le sourire. Ce ne fut pas le cas. Je ne comprenais rien à ce qui se passait sous mon toit. Jusqu'à ce fameux jour. Julien devait avoir six mois. J'étais en CM2, ma meilleure amie s'appelait Judith. Un lundi matin, je l'entendis se disputer avec deux de nos copines. Elle avait l'air vraiment fâché et toutes trois se turent en me voyant approcher. Judith se tourna vers moi et les autres partirent en courant.

– Tu sais ce qu'elles disent, ces pestes ? Que ton frère est mongolien !

Bien sûr, j'éclatai de rire et elle aussi. Elle me promit même de ne plus leur adresser la parole. C'était lamentable d'inventer un truc pareil ! Sans doute, mais ce matin-là, j'eus du mal à suivre la classe. Car c'était Corinne qui avait parlé de mon frère à Judith, Corinne dont la mère travaillait dans l'hôpital où Julien avait subi peu de temps auparavant son intervention cardiaque. Le midi, je rentrai manger à la maison. Pendant tout le repas, j'observai Julien. Je le trouvais tellement beau. Aussi brun que j'étais blonde, ses yeux en amande lui donnaient un air asiatique. Et il souriait tout le temps. À chaque grimace que je lui faisais, à chaque bouchée qu'il avalait, à chaque bruit qu'il entendait…

J'aurais voulu questionner ma mère ; c'était impossible. Je craignais qu'elle ne le prenne mal. Corinne avait dû confondre avec un autre enfant. Le mercredi suivant, je profitai d'un passage à la bibliothèque pour farfouiller dans les rayonnages des documentaires. Lorsque nous étions venus avec la classe, des garçons s'étaient moqués d'un élève qui était bien en chair en lui montrant la page d'un livre où était représenté un enfant mongolien. Goguenards, ils répétaient que c'était son portrait. Depuis ce jour, ils le surnommaient « le gogol ». Je récupérai le livre. À l'abri derrière une étagère, je fixai le visage qui emplissait la page. Bien sûr, il ne ressemblait pas à Julien, mais je reconnus les yeux et l'expression radieuse de mon frère. Est-ce que mes parents s'en doutaient ? Je ne pouvais pas me confier à eux. Alors je décidai d'espionner leurs disputes, le soir. Je n'eus pas à attendre. Dès le lendemain, mon père rentra tard du travail et les cris fusèrent.

– Tu dois arrêter de boire comme ça. Je t'en supplie, Jean, j'ai besoin de ton aide pour élever nos enfants.

– Tu crois quoi ? Que ma présence va le rendre intelligent ? Non. C'est un débile ! Tu dois te mettre ça dans le crâne. Quand je pense à ces connards de médecins qui sont fiers de l'avoir sauvé en l'opérant du cœur… C'est pas eux qui vont se traîner un taré toute leur vie !

– Jean, tu ne peux pas dire ça… Julien est un enfant adorable. Tu sais, je suis allée à cette réunion que nous avait conseillée le médecin et j'ai appris que beaucoup d'entre eux allaient à l'école et apprenaient à lire et à écrire. Certains ont un travail…

– Tais-toi ! Il n'ira pas à l'école ! Il n'ira nulle part, d'ailleurs. Je ne supporterai pas qu'on m'appelle le père du mongol ! C'est facile pour toi, tu restes à la maison, tu n'as pas de relations de travail, tu n'as rien à prouver !

C'était ça. Mes parents savaient. Leurs disputes des derniers mois n'étaient pas dues à la maladie cardiaque de mon frère, mais à ce qu'il était : mongolien. J'avais un petit frère mongolien. En prononçant ces mots, un étrange apaisement m'envahit. J'avais compris, au fond, dès sa naissance que Julien avait quelque chose de spécial. Et en même temps, cette différence faisait que je l'aimais plus que n'importe quel autre frère dont la vie aurait pu me doter. J'allais m'occuper de lui. Il deviendrait l'enfant mongolien le plus intelligent au monde !

Le lendemain, j'en parlai à ma meilleure amie et je l'invitai à la maison. Judith n'avait pas revu Julien depuis sa naissance. Ses problèmes cardiaques puis son hospitalisation l'avaient tenu à l'écart. Elle fut enchantée de cette rencontre. Elle pensait que tous les bébés de cet âge pleuraient sans discontinuer, parce qu'ils ont faim, parce qu'ils veulent qu'on les change, parce qu'ils sont fatigués… Pas Julien. Nous jouâmes avec lui jusqu'à ce qu'il s'endorme paisiblement, sans qu'il se soit plaint une seule fois. Ma mère prépara même un gâteau, ce qu'elle n'avait plus fait depuis la naissance de mon frère. J'étais rassurée, les choses allaient s'arranger et notre famille recouvrerait son équilibre.

C'était compter sans mon père. Et l'alcool, qui entra dans notre vie. Ça avait commencé par un verre ou deux après le travail pour supporter le retour à la maison, et puis, peu à peu, je ne vis plus mon père sans un whisky à la main. Lorsqu'il rôdait dans la maison, j'avais compris qu'il valait mieux éviter de descendre Julien au salon. Avec ma mère, nous le faisions manger plus tôt. De fait, nous ne mettions toujours que trois couverts pour le dîner. Mon père parlait de son travail, comme avant, ma mère et moi faisions mine d'écouter, un œil sur l'escalier. Un jour, elle me donna un livre sur les enfants trisomiques. Je le lus en cachette. J'y appris que le terme de mongolien était péjoratif et je le bannis de mon vocabulaire. Je compris qu'il fallait solliciter Julien encore plus que je ne le faisais. Alors dès qu'il eut un an, je l'entraînai à marcher. Il lui arrivait de tomber et de pleurer, mais avec lui, les larmes ne duraient jamais. Et nous reprenions les exercices. Chaque jour. Chaque heure lorsque je n'avais pas classe. En même temps, je tentais de lui faire répéter des mots. Je me souviens de mon émotion lorsqu'il fit ses premiers pas. Il n'avait même pas deux ans et j'étais si fière que j'étais descendue avec lui au salon pour montrer cette prouesse à mes parents. Maman pleura de joie. Mon père referma son journal, prit son verre à demi-plein et partit s'enfermer dans son bureau après avoir craché son venin :

– Tu crois quoi, Bertille ? Qu'on va l'applaudir ? Toi, tu as marché à un an, comme tous les enfants normaux !

Je me mis à détester mon père. Je considérais sa peur méprisable et sa honte comme une preuve de faiblesse. C'est aussi à partir de ce jour que je commençai à prendre peur pour la vie de Julien. Lorsqu'il avait bu, mon père devenait violent et criait sur lui. Une fois, je le surpris alors qu'il tenait mon frère à bout de bras au-dessus du vide de la mezzanine. Il y eut ce moment où nos regards se croisèrent. Ce moment où je compris. J'attrapai Julien, sans un mot, et me jurai de ne plus le laisser seul avec mon père. Ce ne fut pas si difficile. Il se mit à rentrer de plus en plus tard le soir. Le samedi et le dimanche matin, il se rendait à son club de sport et je n'avais à surveiller étroitement Julien que le dimanche après-midi. Comme je n'avais pas le droit de le sortir de la maison, on restait dans le jardin, ou dans ma chambre s'il pleuvait.

Mon frère prononça son premier mot à trois ans et demi : « Tille ». C'est ainsi qu'il m'appela toute sa vie. Je laissai mon père ignorant de ces progrès, mais en montrant à ma mère que Julien commençait à reproduire des sons, je réussis à la persuader qu'il fallait l'envoyer à l'école. Que son développement en serait accéléré. Ma mère mit six mois à faire accepter cette idée à mon père et je ne sais toujours pas comment elle s'y prit. Toujours est-il qu'à quatre ans, Julien fit son entrée à la maternelle. À partir de là, ses progrès furent étonnants. Il répétait des mots et se mit à tracer des lignes sur des feuilles. Je lui tenais la main pour écrire son prénom et je l'applaudissais lorsqu'il avait réussi. J'étais épatée par son intelligence, par la finesse de sa compréhension. Ainsi, il ne riait jamais lorsque mon père était dans la maison. Il possédait une sorte de sixième sens qui lui murmurait de ne pas se faire remarquer. Par contre, dès que notre père s'éloignait, Julien retrouvait sa joie de vivre et son humour.

Moi, j'avais peur. Tout le temps. Lorsque j'étais au lycée, je me demandais ce qui se passait chez nous. Ma mère parlait de moins en moins et, à deux reprises, j'avais remarqué des bleus sur son visage. Lâchement, je n'avais posé aucune question. J'attendais. Dans mes rêves les plus fous, mon père avait un accident, ou bien il quittait la maison pour ne jamais revenir. Car, malgré tout ce qu'il nous faisait subir, il maintenait l'apparence d'une vie normale à l'extérieur. Une ou deux fois, postée derrière la vitre, j'avais aperçu des collègues le déposer devant notre porte. Là, sur le trottoir qui bordait notre jardin, je découvrais un homme différent, avenant, plaisantant avec ses amis. Puis le masque retombait dès qu'il poussait la porte. Et les hurlements revenaient. Après moi, après ma mère, après Julien quand, par malheur, il le croisait.

À cinq ans et demi, Julien fut battu par des camarades dans la cour de récréation. Des élèves, à peine plus vieux que lui, l'avaient traité de mongol et l'avaient poussé par terre. Comme mon frère ne ripostait pas, d'autres étaient venus le frapper avant que la maîtresse n'intervienne. Mon père se montra étonnamment calme quand on lui rapporta la mésaventure. Il souriait presque quand tomba la sanction.

– Dès demain, tu enlèveras ton fils de l'école, Martine. Il est clair qu'il n'a rien à y faire.

Je revois encore son visage impassible, presque serein tandis qu'il prononçait ces mots. Mais son ton mesuré amplifiait la menace et, à son expression, je compris que Julien n'aurait plus jamais la chance de jouer avec d'autres enfants. Il y eut des cris dans la nuit. Ma mère tenta de riposter et de faire revenir mon père sur sa décision. Elle s'en voulait certainement de lui avoir raconté cette scène. Trop tard. Elle-même dut en subir les conséquences. Ces trajets qu'elle effectuait pour accompagner mon frère lui fournissaient les rares occasions d'échanger quelques mots avec d'autres personnes. Enfin, j'imagine… nous n'en avons jamais parlé.

Dans mon souvenir, c'est à partir de là qu'elle m'abandonna. Le soir, elle allait se coucher dès qu'elle avait fait dîner Julien, bien avant le retour de mon père, et je la détestais de me laisser en tête à tête avec lui pour le repas. Je ne savais pas quoi faire, pas quoi dire. Mon père critiquait toujours férocement mes résultats au lycée et je tremblais lorsqu'il voulait voir mes notes. Un jour, une nouvelle sentence, impitoyable, nous tomba dessus. Et avec, sur ses lèvres, ce même sourire de victoire.

– C'est à cause de ton frère que tu es nulle à l'école ! On va régler ça. Il a plus de six ans, on va lui chercher un centre et on pourra tous reprendre une vie normale.

À 8 h 30, Simon n'était toujours pas arrivé. Je m'en inquiétai. Pas pour lui, non, mais pour Céline. Je passai la matinée de classe à la fenêtre, guettant un membre de la famille Dulac. Céline me prévenait à chaque fois que son frère était malade et Simon n'avait pas parlé de fuguer depuis l'été. Quelque chose n'allait pas. À 11 h 30, j'appelai le domicile des Dulac. Le salon de coiffure était fermé ce jour-là et je tombai directement sur Céline. Elle ne savait rien de l'absence de son frère. Avec sa mère, elles conclurent rapidement que le jeune garçon s'était enfui. Quelques minutes plus tard, Céline confirma qu'il manquait certains de ses vêtements et qu'elle partait sur la route d'Épinal. Je lui promis d'interroger ses camarades, alors à la cantine.

Comme personne ne put dire où se trouvait Simon, tout l'après-midi, je ressassai les dernières discussions que nous avions eues tous les deux. Mais sans succès ; ces derniers jours, je m'étais éloigné de lui. Le pire était que je ne lui avais laissé aucune chance de s'expliquer et qu'il ignorait la raison de mon changement d'attitude. Je me sentais partiellement responsable de cette fugue et me devais de ramener Simon à sa sœur. C'est pour cette raison que je demandai aux élèves de rentrer chez eux avant l'heure de fin d'étude.

Cette décision fut commentée à maintes reprises lors du procès. Pour la première fois, je n'avais pas assuré la surveillance des devoirs alors que Simon avait déjà fait trois fugues depuis qu'il était dans ma classe. Mais pour la première fois également, je ne possédais aucun indice sur son départ et ça, je ne pouvais pas le dire au jury. Il était impensable d'avouer devant Céline que, lors de ses précédentes escapades, son petit frère me prévenait à demi-mot de ses projets et que je le laissais faire. Le regard de Céline aurait été bien plus meurtrier pour moi que la chaise électrique. Pour cette raison, je n'avais pas justifié mon départ en voiture, et cela rajouta, à tous les chefs d'accusation dont on m'accablait, celui de négligence dans la surveillance des enfants qui m'étaient confiés. Un détail ? Sans doute, mais lors d'un procès en assises, on est jugé sur des détails. Lorsque tous ces jurés, qui devaient être de bons parents, avaient entendu que j'avais laissé mes élèves rentrer seuls chez eux bien avant l'heure prévue alors que les plus jeunes n'avaient pas six ans, je lus l'incompréhension dans leurs yeux. Certains me condamnèrent à cet instant, je le sais. Seuls les détails comptent.

Mais, bien sûr, je n'imaginais pas tout ça le 12 novembre, en roulant vers la gare de Saint-Dié.

Simon m'avait expliqué que la route qui menait là-bas était peu fréquentée. Il m'avait parlé d'un raccourci : un sentier qui traversait un petit bois et tombait directement derrière une station essence où il pouvait trouver un conducteur potentiel. J'avais donc pris les chemins vicinaux et erré pendant deux heures sur toutes les routes qu'il aurait pu emprunter pour faire du stop jusqu'à la gare. Arrivé là-bas, je traînai sur le parking et dans les rues adjacentes, mais à aucun moment je ne pensai à me renseigner auprès du personnel de la gare sur l'éventuelle présence d'un gamin. Ce fut une erreur, sûrement, mais je pensais que Simon serait parvenu de toute manière à se faufiler jusqu'au train sans payer. Il n'aurait pas dépensé le peu d'argent qu'il avait en achetant un billet…

Quoi qu'il en soit, le témoignage du livreur de bière qui avait bien vu ma voiture sur le parking de la gare de Saint-Dié avait failli m'innocenter. À tort. Car au moment où je quittai la gare, Simon était encore vivant. Comment le premier légiste a-t-il pu se tromper aussi grossièrement sur l'heure du décès ? Je l'ignore, mais cette erreur avait failli m'éviter la prison… si l'accusation n'avait pas retourné le livreur de bière comme une crêpe.

Carnet de Bertille

Vendredi 5 janvier 2018
Onzième journée à Saintes-Fosses

Eh oui, nous étions le 5 janvier, date du billet retour que vous m'aviez réservé… Mais j'avais déjà prévenu Nadine que j'allais garder la chambre quelques jours de plus. Après tout, il me restait une semaine de congé à écouler et, curieusement, je préférais la vivre à Saintes-Fosses que chez moi. Je prolongeai donc la location de ma voiture jusqu'au mercredi et décalai mon billet de TGV avant de repenser à ce qu'avait dit Simon à ses copains. Céline n'était pas sa sœur. Lequel des deux enfants était illégitime ? Si c'était Simon, on avait un « mobile de meurtre », comme on dit dans les séries télé, surtout s'il s'était soucié de rencontrer son père biologique. Depuis vingt-quatre heures, il existait une nouvelle piste sans lien avec vous, Victor, et je ne savais même pas si c'était une bonne ou une mauvaise nouvelle. Et puis, si vous étiez innocent, quel était le pire ? Que vous ayez passé trente ans derrière les barreaux pour rien ou que le meurtrier d'un enfant ait échappé à la justice ?

Concernant un possible amant de Mme Dulac, Christophe me transmit les premiers renseignements obtenus en fin de matinée. Il avait retrouvé la trace de l'ancien instituteur de Saintes-Fosses. Je ne sais pas si vous l'avez su, mais M. Vigneault est mort en 1983, lors d'un cambriolage perpétré à son domicile. Il s'était levé dans la nuit, était tombé sur un voleur qui n'avait pas hésité à le poignarder avant de prendre la fuite. Sa femme, sous somnifères, n'avait rien entendu et avait découvert le corps de son mari au petit matin, baignant dans son sang sur le sol de la cuisine. Un meurtre impuni. Un de plus. Quant à Mme Vigneault, elle était décédée des suites d'une longue maladie dix-sept ans plus tard, en 2000. Le couple avait eu deux filles : l'aînée habitait Strasbourg, et Christophe Houdin n'avait pas encore localisé la cadette.

Comme je n'avais pas envie de me rendre seule jusqu'à Strasbourg, j'attendis qu'il finisse son service à la gendarmerie, à 15 heures. Bien sûr, j'avais appelé la fille aînée de l'ancien instituteur sans préciser la profession de l'homme qui m'accompagnerait. J'avais parlé d'un collègue de la télévision. Si le premier réflexe de Sylvie Vigneault fut de refuser notre visite, elle accepta finalement de nous recevoir à 19 heures quand elle comprit que son refus nous conduirait vers sa sœur. Elle me prévint toutefois qu'elle avait un rendez-vous dans la soirée, à l'autre bout de la ville.

À l'heure dite, Sylvie Vigneault nous attendait dans son appartement. Je n'aurais pas imaginé qu'elle avait soixante-six ans si Christophe ne m'avait pas récité son état civil pendant le trajet. Je l'observai. Très droite, ses cheveux teints en blond, on lui aurait donné une ascendance suédoise ou norvégienne. Son regard bleu resta braqué sur moi pendant que je débitais mon discours et j'eus du mal à le soutenir tandis que j'évoquai les rumeurs concernant son père et Mme Dulac. Je compris qu'elle était déjà au courant en la voyant hocher la tête d'un air impatient.

– Et alors ? Vous souhaitez lier cette histoire au meurtre de ce gamin ? Ça ne rime à rien. Je ne vois pas ce que vous attendez de moi.

– Nous cherchons juste à cerner la personnalité de Mme Dulac. Voyez-vous, nous avons appris que Simon avait subi des violences chez lui et nous nous demandons si sa mère pourrait être responsable de cette maltraitance.

Au jeu du mensonge, Christophe Houdin disposait apparemment d'une longueur d'avance sur moi. Il avait émis ces derniers mots en souriant avec douceur, sur un ton que je ne lui connaissais pas. Sylvie Vigneault avait acquiescé et s'était tournée ostensiblement vers lui pour répondre.

– J'étais jeune et je ne peux pas vous parler des Dulac. Par contre, je sais très bien ce qui se passait chez moi. Mon père couchait avec cette femme, ça, ça ne fait aucun doute. Je les ai surpris une fois dans la classe. Je me tenais dans le couloir du haut, sur la mezzanine qui surplombait l'entrée commune au logement et à la classe. Mme Dulac est entrée en se faufilant et s'est jetée dans les bras de mon père. Ils ne savaient pas que je me trouvais juste au-dessus de leur tête, ils se sont glissés dans la réserve et ont fermé la porte. Ça a été un vrai choc pour moi, surtout lorsque j'ai compris que ma mère était au courant, elle aussi, et qu'elle ne disait rien. Je ne sais pas combien de temps a duré leur relation.

Comme l'enregistreur tournait dans ma poche, je laissai mon soi-disant collègue mener la discussion et j'étudiai le visage de Sylvie Vigneault. Ses traits s'étaient détendus. Elle avait cessé de tapoter nerveusement sur l'accoudoir de son fauteuil et avait oublié son rendez-vous. Elle nous offrit même à boire. Elle apporta une bouteille de vin blanc déjà entamée et servit trois verres qu'elle disposa en triangle sur la table qui nous séparait. Christophe la remercia et je hochai la tête par réflexe avant de tremper mes lèvres.

– Quel âge aviez-vous au moment de cette liaison ?

– Dix ans, j'étais dans la classe de mon père avec Céline. C'était notre dernière année en primaire.

– Vous en avez parlé à Céline ?

– Bien sûr que non ! J'avais tellement honte... je l'évitais plutôt. Je ne savais pas si elle était au courant pour nos parents. Quelques mois plus tard, je crois que ça a cessé, en tout cas, je ne les ai plus jamais vus ensemble.

Je retins mon souffle, en priant pour que notre hôtesse continue à se confier, et j'admirai Christophe qui sirotait son vin en souriant tranquillement à Sylvie Vigneault comme s'il n'avait aucun doute sur ce qui allait suivre. Elle sembla hésiter. Pas au sujet de ce qu'elle voulait raconter, non, mais plutôt sur la façon de le dire. Elle se mordillait les lèvres en cherchant ses mots.

– À la mort de Simon, j'avais vingt ans... Je vivais encore chez mes parents pendant les week-ends et les vacances. Le reste du temps, j'étais en internat à une centaine de kilomètres de Saintes-Fosses. Cette mort a créé un cataclysme dans la région, mais plus encore chez moi. Lors des fêtes de Noël qui ont suivi la mort de Simon, mes parents se sont souvent disputés et il a fallu que j'entende ma mère traiter le gamin de bâtard pour que le déclic se produise enfin dans mon esprit. Que voulez-vous, je n'étais pas très mûre dans ce domaine, et la naissance de Simon dans l'année qui avait suivi la liaison entre Mme Dulac et mon père n'avait pas fait tilt. Ou peut-être était-ce ma façon de me préserver… Quoi qu'il en soit, je n'ai réalisé qu'en décembre 1973 que le jeune garçon assassiné dont tout le monde parlait possédait la moitié de mon patrimoine génétique.

– Vous n'avez pas effectué de lien entre ce meurtre et disons « les origines » de Simon ?

– Non, heureusement. Lorsque j'ai compris qui était Simon par rapport à ma famille, le coupable dormait déjà en prison et le mobile avancé n'avait rien à voir avec les circonstances de sa naissance. Et puis les deux personnes susceptibles de demander des comptes, je veux dire ma mère et le père officiel de Simon, c'est-à-dire les deux « trompés » de l'affaire, connaissaient probablement la vérité depuis longtemps. Par contre, dans le village, je n'ai jamais entendu le moindre ragot à ce sujet et on n'a jamais fouillé de ce côté-là lors de l'enquête en 1973-1974.

– Vous pensez que Simon était au courant ?

– Aucune idée, mais Céline, elle, très certainement. Lorsqu'on est entrées au collège, nous n'étions que trois filles à venir de Saintes-Fosses. On aurait dû logiquement se rapprocher, pourtant elle m'évitait. Elle ne se montrait pas désagréable envers moi, mais il est clair qu'elle ne souhaitait pas qu'on se fréquente. Pour moi, c'est le signe qu'elle savait.

– Merci beaucoup, madame Vigneault, pour votre franchise. Nous nous excusons encore pour avoir abordé ce sujet douloureux.

– Oh ! pour moi, tout cela est ancien ; mon père n'est plus de ce monde depuis trente-cinq ans. Mais surtout, laissez ma sœur en paix. Vous voyez, elle est plus jeune que moi et elle n'a jamais rien su de tout ça. J'aimerais que ça continue. Elle chérit le souvenir de notre père et cette admiration n'a pas besoin d'être écornée.

– N'ayez aucune inquiétude, madame Vigneault, nous laisserons votre sœur de côté. Nous ne souhaitons causer de préjudice à personne.

– Et pourtant, vous savez très bien que c'est ce qui va arriver, n'est-ce pas ? On ne remue pas le passé sans bousculer le présent.

C'est en repartant de la gare de Saint-Dié que je croisai Simon qui, lui, entrait dans la ville. Bien sûr, en apercevant ma voiture si reconnaissable, il tenta de fuir, mais je le rattrapai un peu plus loin. J'étais furieux. Je le saisis et le jetai dans mon véhicule sans m'inquiéter des éventuels passants qui pourraient s'effrayer d'une telle démonstration de force. À cet instant, ce n'était pas encore mon problème, les témoins. J'ai découvert lors du procès que personne n'avait assisté à cette scène. Il faut dire qu'il faisait déjà bien nuit lorsque j'avais récupéré Simon.

Aujourd'hui, je repense à la façon dont j'ai agi ce soir-là et je m'en veux. Ça ne me ressemblait pas de malmener un enfant. Je ne l'avais jamais fait. Mais en le voyant marcher tranquillement sur le bord de la route alors que sa sœur se désespérait de son sort, j'avais éprouvé, réellement, des envies de meurtre. Il pleurait lorsque je me rassis au volant et c'était la première fois que je le voyais craquer ainsi depuis qu'il était revenu à Saintes-Fosses. Je criai néanmoins ma colère et je l'accusai de frapper sa sœur. Il riposta. Tous les deux se disputaient régulièrement et si ça finissait par des coups, ce n'était jamais lui qui commençait à les donner. Il ôta alors son tee-shirt sans que j'aie le temps de réagir et je vis les marques sur son torse. Ce ne fut pas la quantité de bleus qui me choqua, mais leur forme, car il était clair qu'il s'agissait de traces de coups de poing. Je le reconduisis chez lui sans prononcer un mot. Arrivé à l'entrée de sa rue, je le laissai descendre, sans prendre la peine de le raccompagner jusqu'à la porte. Quelques pas qui auraient changé le cours de l'histoire... Mais après cette longue journée, je ne me voyais pas affronter Céline et sa mère, leur demander des comptes sur les hématomes découverts sur le corps de Simon. Et il n'était pas question non plus de faire comme si je n'étais pas au courant. Le jeune garçon dut le comprendre car, avant de fermer la portière, il se pencha et tenta d'apaiser les choses.

– C'est rien tout ça. Ça va aller, je vous le promets. Laissez tomber, s'il vous plaît.

Ces mots me chamboulèrent et je ne savais plus où j'en étais en arrivant chez moi. Il était 20 h 24. Je ne risque pas d'oublier cet horaire corroboré par plusieurs voisins et objet de tant de tergiversations lors du procès. Le procureur parla de remords qui m'auraient conduit à errer un temps autour du lac avant de regagner mon domicile. La défense tenta de démontrer qu'un tueur se serait forgé un alibi, ou bien qu'il serait rentré chez lui plus tôt dans la soirée. En vain.

Pendant mes premières années d'incarcération, je me plaisais à croire que j'avais les cartes en main. Qu'il me suffisait de dévoiler que j'avais vu Simon ce soir-là et que je l'avais ramené chez lui pour que la machine juridique se remette en branle à la recherche d'un nouveau scénario et d'un nouveau coupable. Cette illusion me permit de tenir. Le joker qui était dans ma manche représentait mon assurance, ma carte « vous êtes libéré de prison ». Avec Régis, mon codétenu, nous refaisions le procès, nous imaginions la stupeur provoquée par cette révélation... Et les années défilaient. Céline venait régulièrement au parloir, me souriait, évoquant elle aussi le jour où je sortirais comme s'il était imminent. Elle pensait curieusement qu'on trouverait de nouvelles preuves, de nouveaux témoignages, alors que l'enquête était close depuis des mois, puis des années.

Au début, par mon avocat, j'appris qu'elle tentait de me disculper, qu'elle interrogeait les villageois dont les maisons étaient les plus proches du lac... Elle avait même contacté mes parents. C'était incompréhensible pour moi. Surtout que nous n'avions jamais abordé le retour de Simon chez lui ce soir-là. Était-elle au courant que c'était moi qui l'avais ramené ? Son frère lui avait-il dit ce qui s'était passé entre nous ? Avait-elle étrangement tout oublié ?

C'est ce que je crus, pendant les premières années où nous vécûmes notre relation de part et d'autre d'une paroi de Plexiglas. Car, durant cette heure hebdomadaire, nous parlions de tout et de rien. De la vie, de nos rêves, de ce que nous ferions plus tard... Jamais nous n'évoquions la mort de Simon, la possibilité de ma culpabilité, ou mes conditions de vie en prison. Derrière les murs, les retombées de Mai 68 créèrent une vague de mutineries à partir de 1971, qui atteignirent leur paroxysme en juillet et août 1974. Ces soulèvements furent à l'origine de la réforme pénitentiaire de 1975 et, peu à peu, les parois entre détenus et visiteurs tombèrent. Je pus toucher Céline. Notre premier vrai baiser eut lieu dans la salle réservée aux visites. Le contact était limité aux mains, mais le surveillant à l'entrée de la salle tolérait que Céline me prenne dans ses bras et m'embrasse pour me dire au revoir. Sa beauté irradiait au point de gommer la saleté du lieu et d'envelopper chaque détenu qui la croisait. Lorsqu'elle se détachait de moi, c'était à chaque fois la même déchirure, cette peur de ne jamais la revoir.

Carnet de Bertille

Samedi 6 janvier 2018
Douzième journée à Saintes-Fosses

À peine levée, je réécoutai l'enregistrement de la conversation volée la veille chez Sylvie Vigneault. Même Christophe Houdin ignorait que je conservais des traces de toutes mes discussions, y compris avec lui. Une vraie déformation professionnelle. Je découvrais une nouvelle réalité lorsque les mots résonnaient dans ma chambre. Les silences, les bredouillements livraient autant d'indices que les mots eux-mêmes. La veille, j'avais rencontré une femme forte et déterminée qui m'avait impressionnée et là, alors que le petit appareil recrachait son monologue, je distinguais une sœur de cœur. Derrière la femme de soixante-six ans, je reconnaissais l'enfant qui, pour la première fois, est percutée par les faiblesses des adultes. Lorsque le monde s'écroule et révèle un chaos effrayant. Lorsque les géants descendent de leur piédestal et s'écrasent à nos pieds. Lorsqu'ils perdent à la fois leur infaillibilité et notre confiance. Lorsqu'ils déchirent de leurs ongles la ligne jusque-là intacte de notre horizon. Cette ligne, que l'on tente toute sa vie de reconstruire. En vain.

Comme moi, la petite Sylvie Vigneault avait découvert un matin qui était réellement son père. Je savais qu'après cette scène surprise du haut d'un escalier, elle n'avait plus jamais été en sécurité dans le monde des hommes. Les hésitations qui ponctuaient certaines phrases dénonçaient ses peurs. Ses syllabes martelées à un rythme trop rapide, la violence qu'elle essayait de taire.

Eh oui, Victor. Arrivé à ce point de mon récit, vous vous posez des questions sur les douleurs de mon enfance, sur la façon dont mon frère est mort. Officiellement, mon frère n'a pas été assassiné, il s'est noyé, c'est en tout cas la conclusion des gendarmes. Sauf que Julien n'avait jamais quitté la maison tout seul. Sauf que, ce jour-là, il est sorti à peu près à la même heure que mon père pour rejoindre un lieu où il n'était jamais allé sans moi. Vous savez, mon frère était craintif, il avait peur de l'eau. Il ne mettait pas un pied dans le ruisseau si je ne lui donnais pas la main. Et encore, il s'agissait juste pour lui de mouiller ses orteils. Pour sa toilette, il était impossible de lui faire prendre un bain, nous devions le laver à l'aide d'un gant et le rincer avec le filet d'eau de la douchette. Alors comment aurais-je pu accepter la version de la gendarmerie selon laquelle mon frère serait parti tout seul de la maison, aurait traversé le bois pour jouer dans un ruisseau en abandonnant Book, son petit dinosaure en peluche qu'il ne quittait jamais et que nous devions laver devant lui pour qu'il le récupère encore mouillé ?

Je pense que mon frère a été tué, Victor. Par quelqu'un qui souhaitait sa mort depuis très longtemps. Par quelqu'un qui le haïssait et ne pouvait concevoir sa vie avec un enfant comme lui. Aucune certitude, bien sûr. Encore moins de preuve. D'ailleurs, je n'ai jamais parlé à mon père après la mort de Julien. Il fuyait la maison, moi aussi. Puis je suis partie pour l'université et, le week-end, j'allais me ressourcer chez ma tante. Ma mère restait seule à pleurer son fils. Je lui en voulais de ne pas se battre pour la vérité. Jusqu'à ce qu'on apprenne sa maladie. Alors j'ai tout quitté et je suis revenue auprès d'elle pour la soigner pendant près de trois ans. Lorsqu'elle est morte, je n'ai même pas attendu l'enterrement. Soutenue par ma tante, j'ai fait un sac, j'ai pris l'argent qu'elle me donnait et j'ai disparu.

❖

Ce samedi-là, pour la première fois, Christophe Houdin passa à la pension et je sus qu'il avait une information importante dès que Nadine le fit entrer dans la cuisine. Elle avança une chaise. Le temps qu'elle nous serve un café, le gendarme avait sorti une feuille de sa poche et Nadine se leva pour nous laisser. Mais il secoua la tête. Il savait qu'elle suivait mon enquête depuis le début. Je découvris alors les coordonnées d'un docteur : Hervé Dantin. Un nom inconnu.

– Qui est-ce ?

– Dans le dossier que je vous ai prêté, je relatais ma discussion en 1999 avec le thérapeute qui avait suivi Céline à partir de 1981. Il m'a semblé utile que vous le rencontriez et j'ai tenté de le joindre dans la clinique de Saint-Dié où il exerçait à l'époque. Mais il a pris sa retraite. C'est le nouveau chef de service qui m'a renseigné. Par chance, en 1983, lui-même faisait un stage sous la tutelle du psychiatre de Céline. Comme il se souvient d'elle, il a accepté de vous recevoir. J'ai pris rendez-vous cet après-midi.

– Je vois, nous partons à quelle heure ?

– *Vous* partez dans dix minutes… Moi, je suis d'astreinte jusqu'à ce soir.

– Vous auriez pu me demander mon avis !

– Vous auriez dit non ? Allons, ça peut être un témoignage capital !

Si Nadine vit le regard meurtrier que je lançai

au gendarme, elle n'en montra rien. Lui restait paisible, en apparence, et seule son amorce de sourire trahissait son contentement devant le piège qu'il m'avait tendu. Je compris pourquoi il avait invité Nadine à rester avec nous. Sans sa présence, je l'aurais peut-être envoyé promener. Je lui arrachai la feuille des mains et je montai prendre mon sac.

Ce samedi après-midi, je découvris donc l'hôpital dans lequel Céline avait été suivie de façon plus ou moins régulière entre mars 1981 et janvier 1984. Je ne sais pas si le cadre a changé en trente-cinq ans. Aujourd'hui, en tout cas, on accède au bâtiment de plain-pied après la traversée d'un grand parc paysager à la française. Les arbustes sont taillés au millimètre près et forment deux haies symétriques de chaque côté de l'allée centrale. Je ne suis pas certaine qu'en pliant la nature à des règles géométriques, on convainque les patients d'entrer dans la norme, mais je ne suis pas la mieux placée pour savoir ce qui peut soigner un esprit tortueux.

Autant vous le dire, je n'aime pas les psychiatres. Celui qui m'avait suivie après l'arrestation de Nicolas était réputé. Soit. Il cherchait dans mon enfance les prémices de la relation perverse et déséquilibrée que j'avais connue avec mon mari. Ses phrases s'alignaient sur un ton neutre, tellement détaché qu'il aurait pu discourir de façon identique sur l'intérêt de manger cinq fruits et légumes par jour. J'avais fini par suivre ses séances de façon passive, reproduisant avec lui, grâce à son expertise, le type de rapport que j'étais censée combattre. Le psychiatre qui me reçut à Saint-Dié lui ressemblait un peu. Un visage rond et clair, encadré par des cheveux blancs trop longs. Des yeux verts, à la fois attentifs et inexpressifs, car l'absence de rides autour des yeux prouvait que son sourire était souvent factice. Lorsqu'il m'accueillit, il portait une blouse blanche avec son nom brodé dessus ; pourtant, son bureau ressemblait à celui d'un administrateur. Mon travail l'intéressa immédiatement. Aurait-il l'occasion de participer à l'émission que je préparais ? Je lui répondis que c'était effectivement une possibilité. À partir de là, il ne quitta plus sa jovialité de façade. Il accepta de me répondre avec un certain enthousiasme. Depuis que j'use de ce petit stratagème, je suis frappée de constater que le petit écran ne laisse personne indifférent. Il y a ceux qui craignent d'y faire une apparition et ceux qui l'espèrent. Heureusement pour moi, le Dr Dantin appartenait à la seconde catégorie.

– J'ai rencontré Céline la dernière année de son suivi ici. J'étais en stage, pas encore assistant, et on m'avait confié les enregistrements des séances avec trois patients. Elle en faisait partie.

– En 1999, votre prédécesseur, l'ancien chef de

service, avait été entendu par un gendarme et avait mentionné un syndrome post-traumatique survenu après la mort de son frère.

– Oui, j'ai relu son dossier ce matin et il y est bien question de SPT. Toutefois, ce n'était pas lié au meurtre de son jeune frère. Le traumatisme remontait bien plus loin, durant son enfance à elle. Le refoulement a vraisemblablement commencé après son viol.

– Un viol ?

– Oui. Elle a été abusée sexuellement, vous l'ignoriez ? Il est vrai que son cas était difficile et qu'il fallait démêler le vrai du faux car elle se contredisait d'une séance à l'autre. C'est la raison pour laquelle j'avais choisi précisément son cas pour mon rapport de stage.

– Mais cette agression, vous savez de quand elle datait ?

– Céline devait avoir une dizaine d'années. Il s'agissait d'un homme de son entourage. Son refus de révéler les circonstances ou d'évoquer ses parents nous avait conduits à suspecter naturellement le père. D'autant que celui-ci avait quitté la maison plus tard, lorsque Céline avait grandi, et c'est ce qui arrive habituellement lorsque la victime commence à parler.

– Vous voulez dire qu'il serait parti parce qu'il redoutait qu'elle ne le dénonce ?

En exprimant cette possibilité à voix haute, je me demandai ce que j'allais raconter à Christophe. Le père de Céline était aussi le sien. Aurais-je le cran de lui annoncer qu'il était certainement coupable de viol sur une mineure de dix ans ? Est-ce que j'avais le droit de me taire et de lui dire en le regardant dans les yeux que je n'avais rien appris ? Le psychiatre dissipa mon dilemme.

– Non, attendez ! Ne tirez pas de conclusion hâtive. Rien ne dit qu'il était coupable. La seule certitude que nous avions, c'est que Céline avait été victime d'attouchements répétés alors qu'elle était enfant. À l'adolescence, même si Céline avait refoulé ce passage de sa vie, comme le font souvent les jeunes victimes d'abus sexuel, elle a développé une méfiance instinctive envers les hommes. Cette méfiance était d'autant plus forte qu'elle en ignorait certainement l'origine, et les relations avec son père sont devenues conflictuelles, voire violentes. Sa première crise de dépression, en 1981, s'est manifestée parce que des souvenirs étaient remontés de façon confuse. Pendant son suivi, le Dr Siebert lui avait conseillé de révéler le nom de son persécuteur. Même sans porter plainte, cela pouvait lui apporter un réel soulagement. Et elle a fini par le faire.

– Vous savez à qui ?

– Pas à nous, mais à un ami proche. Oui, même si cela risque de vous choquer… Elle s'est confiée à l'homme qu'on avait arrêté pour le meurtre de son frère. Curieusement, elle disait que c'était la seule personne auprès de laquelle elle pouvait s'épancher. Son psychiatre a continué à ignorer l'identité du responsable.

J'appris ainsi que vous m'aviez bernée. Vous possédiez déjà cette information depuis longtemps et moi, je m'évertuais à avancer dans le noir. À cet instant, je m'estimai trahie et je décidai de tout arrêter, de rentrer à Paris et de ne jamais remettre un pied dans les Vosges. Sur le retour, je m'arrêtai chez Christophe Houdin pour l'informer de ma décision. Il n'était pas rentré et je l'attendis dans ma voiture, garée à l'entrée du sentier en face de son domicile. Il arriva une demi-heure plus tard. La taille haute, les épaules larges, je le vis s'avancer avec un léger dandinement, sûrement accentué par ses chaussures montantes. Il aurait pu être beau sans cette cicatrice qui fendait son visage en deux et cet air contrarié qui ne le quittait jamais. J'allais descendre pour le rejoindre quand il se tourna vers moi et m'adressa un signe. Comme s'il savait depuis le début que je me tenais là à l'observer.

Contrairement à son habitude, il ne me pressa pas de questions sur ma rencontre avec le Dr Dantin. Ressentait-il ma déception, mon énervement ? Je ne sais pas. Il me raconta son intervention sur les lieux d'un accident de la route qui, heureusement, n'avait fait aucune victime. Je l'écoutais distraitement, je me détendais en buvant mon thé et je cherchais comment lui énoncer simplement ce que j'avais appris. Puis je me lançai. En m'écoutant, il hocha la tête, ne fit aucun commentaire. Quand je lui annonçai mon départ, sa voix se cassa et son ton redevint brutal.

– Vous ne pouvez pas laisser tomber alors que nous avançons à grands pas ! Vous allez appeler Victor Kessler et le forcer à vous révéler le nom du violeur.

– Il n'a pas le téléphone... J'ai bien une adresse mail, il s'en est servi pour toutes les réservations... Mais je ne me vois pas parler de ça dans un e-mail !

– Pourquoi ça ? Vous pensez que les renseignements généraux vous surveillent ?

Tout en prononçant cette phrase sur un ton moqueur, il avait posé son ordinateur portable devant moi sur la table du salon. C'est donc de chez lui que je vous envoyai le message. Puis Christophe passa le reste de la soirée à me convaincre d'attendre quelques jours avant de tout abandonner. Quand il pensa être parvenu à ses fins, il me proposa de boire un verre. Et il réussit à orienter la discussion sur le sujet de Nicolas. Il ne posa aucune question et se contenta d'écouter, même quand je m'arrêtais lorsque ça devenait trop difficile. D'une douleur à l'autre, je finis avec la mort de Julien. Mes soupçons… Il ne me conseilla pas d'interroger mon père, pas plus qu'il ne jugea mes accusations idiotes. Au contraire, c'est avec un grand sérieux qu'il me demanda si ce que j'attendais depuis toujours n'était pas au fond de voir mon père accusé publiquement du meurtre de mon frère.

Ce soir-là, pour la première fois, j'entendis cette phrase à voix haute et vous ne pouvez pas imaginer quel bien cela me fit.

Dimanche 7 janvier 2018
Treizième journée à Saintes-Fosses

C'est à 6 h 30 que je découvris votre réponse. J'en pleurai. Si un jour vous avez accès à ce journal, vous découvrirez à quel point mon enfance et mon adolescence ont été difficiles. Pourtant, rien de ce que j'ai dû subir n'est comparable à l'horreur qu'a connue Céline.

J'avais besoin de respirer ; je partis en voiture. Quand je reçus un SMS de Christophe, je coupai mon téléphone portable. Je me garai finalement sur un parking, près d'une forêt, et j'allai marcher. Les arbres étaient les mêmes que ceux qui protégeaient l'arrière de notre jardin. Je revis ces jours où j'avançais dans le bois, la petite main de Julien recroquevillée dans la mienne, son impatience à ramasser ses cailloux et ses bâtons au bord de l'eau, et le bonheur, oui, un vrai bonheur qui m'emplissait lorsque nous étions tous les deux, seuls. Loin de la tristesse et de la soumission de ma mère. Loin de la colère et de la condamnation de mon père.

À l'époque, un projet me permettait de tenir. Celui de trouver du travail dès ma majorité et d'emmener mon frère. Je n'avais plus qu'un an et demi à tenir. Peut-être ma mère viendrait-elle nous rejoindre. La guerre qu'elle avait livrée lorsque mon père avait voulu placer Julien en maison spécialisée avait eu raison de ses dernières forces. À présent, elle subissait. En silence.

Je croyais fort à ce projet. Mais lorsque mes dix-huit ans arrivèrent, mon frère était mort et ma mère entamait sa longue descente aux enfers.

Je restai trois heures au milieu des arbres. Au fur et à mesure que je m'enfonçais au cœur de cette nature, mes pensées voguaient à leur guise. Mon enfance, ma vie de femme, toutes ces années pendant lesquelles j'avais attendu la liberté. Et vous savez quoi ? Depuis mon arrivée dans les Vosges, j'avais l'impression de la toucher du doigt. C'est en fouillant dans votre propre passé que je parvenais peu à peu à me débarrasser du mien. Mais, bien sûr, vous le saviez…

Lorsque je rallumai mon portable, j'avais cinq messages de Nadine. Très inquiète de ne pas m'avoir vue à son réveil, alors que ma voiture avait disparu du parking. Je regrettais de lui avoir causé cette frayeur, elle qui veillait si tendrement sur moi depuis mon arrivée. Mais, au moins, ma décision était prise. Je resterais et j'allais utiliser du mieux possible les trois jours avant mon départ.

Je me souviens bien de ce soir-là. Je l'ai revécu tant de fois lors du procès et dans tant de versions différentes. Toutes fausses, bien sûr. Le 12 novembre, en rentrant chez moi, je me servis un verre. Je tournai en rond en attendant l'appel de Céline, ses remerciements pour avoir pris soin de son frère. Mais le téléphone resta muet. Sur le coup, j'appréciai ce silence qui me permettait de réfléchir. Rien ne pouvait justifier qu'on frappe un enfant. Si Céline et sa mère ne parvenaient pas à gérer le jeune garçon, il fallait qu'elles demandent de l'aide, j'étais prêt à la leur fournir. Je rêvai à cette éventualité, à ce rôle de sauveur, jusqu'à une heure avancée. En fait, j'y pensais encore lorsqu'on frappa à la porte. Il était presque 3 heures du matin, on était monté sans sonner au portail, ce qui était assez inhabituel, même si j'omettais fréquemment de verrouiller cette entrée qui donnait sur la classe et mon appartement.

Le visage ravagé de Mme Dulac me glaça le sang. Essoufflée, elle parlait de Céline, de Simon, de bagarre.

Ses enfants avaient besoin de moi, de toute urgence, j'étais le seul à pouvoir les aider.

Elle était venue à pied et nous prîmes ma voiture pour repartir. Elle n'était pas en mesure de répondre à mes questions. Elle m'enjoignit de me garer à l'arrière de la maison pour ne pas réveiller les voisins. En l'absence de lune, on n'y voyait rien. Nous approchâmes de l'entrée, je m'attendais à entendre des cris, des pleurs. Rien. Le silence était aussi dense que l'obscurité. Sans éclairage public, tout le quartier était plongé dans la pénombre. Plus curieux encore, chez les Dulac, on ne percevait aucune lueur, malgré la présence de Céline et Simon à l'intérieur. Je supposai alors que Simon s'était sauvé et que Céline s'était lancée à sa poursuite. Pourtant Mme Dulac ouvrit la porte sans faire de bruit comme si elle avait peur de réveiller quelqu'un. Confirmant cette impression, elle posa le doigt sur ses lèvres et me dit qu'après la crise que Céline avait piquée contre son frère, elle devait dormir. Je la suivis dans la cuisine et elle commençait à se perdre dans une histoire de dispute qui aurait mal tourné lorsque je vis Simon couché sur le sol. Je me précipitai pour le relever mais je compris avant même de le toucher qu'il était mort. Je sentis alors sur mes doigts le liquide gluant qui imprégnait ses cheveux et j'aperçus la tache rouge sur le sol. Il était trop tard, mais je me tournai vers Mme Dulac et lui intimai d'appeler les secours. Elle ne réagit pas, se balançant d'avant en arrière en se tordant les mains, et je partis seul en quête du téléphone. Je le tenais lorsqu'elle me rejoignit dans la salle et me reprit le combiné des mains. Elle pleurait. Elle ne voulait pas que sa fille aille en prison alors que son fils venait de mourir. Ce n'était qu'une bagarre entre frère et sœur qui avait dégénéré et je ne pouvais pas la laisser condamner. Pas moi.

Des années plus tard, assis sur la chaise métallique de ma cellule, les choses me paraissent évidentes. J'aurais dû appeler la police. En expliquant comment la scène s'était déroulée, Céline aurait été accusée d'homicide involontaire, certes, mais il aurait été aisé de recueillir des dizaines de témoignages en sa faveur. Au point que la mort de Simon aurait pu passer officiellement pour ce qu'elle était encore à ce moment-là : un accident. Il s'était débattu et était tombé sur le carrelage. Le choc avait été fatal. Aujourd'hui, je sais qu'elle s'en serait sortie avec une peine minime. L'aurait-elle supportée toutefois ?

Cette nuit-là, la vision du visage de Céline derrière les barreaux était tout simplement intolérable. J'en eus le souffle coupé, et en même temps, mon cerveau se mit à fonctionner de manière autonome, faisant défiler toutes les options possibles pour sauver celle que j'aimais. J'analysai la situation avec un sang-froid qui m'inquiète encore aujourd'hui. Les voisins savaient-ils que Simon était revenu à la maison ? Mme Dulac secoua la tête. La dispute entre Céline et son frère avait-elle été assez violente pour être entendue de la rue ? Elle pensait que non, tout était allé très vite et il n'y avait eu que quelques cris. Je réalisai alors que la mère de Simon avait recouvré tout son calme, elle aussi, et qu'elle se reposait entièrement sur la décision que j'allais prendre. Bien sûr, onze ans plus tard, il est facile de comprendre qu'elle n'avait pas frappé à ma porte sous le coup de la panique, mais qu'elle avait fait le choix d'un bouc émissaire. Qui, à part moi, aurait accepté d'envelopper le corps de Simon dans une couverture, de le porter jusqu'au coffre de sa voiture, de nettoyer le sol de la cuisine puis d'aller jeter un enfant de dix ans dans un lac, attendant que l'eau noire aspire jusqu'à la dernière trace de son existence ? Qui pouvait aimer Céline au point de transformer un accident terrible en meurtre et d'en endosser la seule responsabilité ?

Avant d'emporter son frère, j'avais demandé à voir Céline. Je voulais m'assurer qu'elle savait que j'étais là, lui dire que j'étais prêt à tout pour elle, quel que soit le prix à payer. Mme Dulac m'avait accompagné à l'étage et avait entrouvert la porte de sa chambre : Céline dormait. Pour justifier cette tranquillité incompréhensible après un tel drame, sa mère m'expliqua qu'elle avait dû lui donner des calmants. Elle avait alors précisé que Céline était une jeune fille « très sensible », comme si seule une sensibilité hors du commun pouvait expliquer qu'on soit agité après avoir tué son frère…

Avant mon départ, nous n'échangeâmes que trois phrases avec Mme Dulac. Nous convînmes que Simon n'était pas rentré et que nous étions sans nouvelles de lui depuis le matin. Nous ne parlâmes ni d'enquête ni de police. Je n'étais pas encore en état de mettre des mots sur ce que j'étais en train de faire.

Carnet de Bertille

Lundi 8 janvier 2018
Quatorzième journée à Saintes-Fosses

J'avais finalement rappelé Sylvie Vigneault pour la rencontrer avant mon départ, prévu le 10 janvier. Elle avait accepté de me recevoir rapidement et, le lundi matin, je m'étais présentée à sa porte à 10 h 30, sans Christophe. Nous nous assîmes aux mêmes places que la fois précédente et, quand je la vis regarder le fauteuil vide à côté du mien, je lui avouai que j'avais choisi de la voir seule. J'arrivais avec une révélation trop douloureuse pour être exposée.

– C'est à propos de mon père ? Je sais déjà que ce n'était pas quelqu'un de bien…

– Il s'agit de Céline, la sœur de Simon, une de ses anciennes élèves…

– Taisez-vous. Je sais déjà tout ça.

Elle se leva pour rejoindre le meuble derrière elle

et en sortit une bouteille de whisky. Elle versa le liquide ambré dans deux verres avant d'en poser un devant moi. Il était bien trop tôt pour boire, mais je pris le verre.

– C'est dur d'apprendre d'où on vient. On ne devrait jamais connaître ses parents. Je veux dire en tant que personnes… Ils devraient rester tels qu'on les voyait enfant. Ou alors, si l'on est confronté à la vérité, il faudrait avoir la possibilité de partir loin pour redémarrer sa vie de zéro…

– Ça ne marche pas, je peux vous le dire.

Ma réponse avait fusé. Sylvie Vigneault leva la tête et m'observa attentivement, puis elle tendit son verre devant elle jusqu'à ce que je l'imite et que leur contact produise ce *gling* caractéristique des événements que l'on fête. Que fêtions-nous en cet instant ? Une forme de gémellité j'imagine, une reconnaissance mutuelle. Je trempai mes lèvres dans le liquide fort et fruité. Et Sylvie se mit à parler.

– Lorsque vous êtes venus m'interroger la dernière fois, beaucoup de choses sont remontées à la surface. Mon père tenait un journal sur des petits carnets dans lesquels il écrivait des anecdotes de la vie familiale. À sa mort, ma mère a tout remisé au grenier. Elle ne voulait pas les lire mais se refusait à les jeter. Puis elle est partie et, à mon tour, j'ai laissé les carnets au fond de vieux cartons au milieu de tout un bric-à-brac. Lorsque ma petite sœur m'a demandé ce qu'ils étaient devenus, j'ai menti, j'ai dit que je ne les avais pas, que maman avait dû s'en débarrasser… Pendant des années, je les ai ignorés. Le simple fait d'y penser me mettait mal à l'aise, comme si j'en appréhendais déjà intuitivement le contenu. Vendredi, après votre départ, j'en ai retrouvé certains à la cave. J'ai mis la main sur celui qui correspondait à l'année 1963. Tout y était. Non seulement ses rendez-vous clandestins avec la mère de Céline, mais aussi l'attirance qu'il éprouvait pour sa fille, qui était alors dans sa classe. Il se livrait sans aucune pudeur, il détaillait ce qu'il lui disait lorsqu'ils étaient seuls après l'étude et, quelques pages plus loin, sans autre précaution, ce qu'il lui avait fait subir pendant l'été. C'était immonde. Je vous jure que je ne savais rien tout ce temps… Ma mère non plus. Juste un odieux pressentiment. Et le pire, c'est que ses cahiers traînaient toujours dans son bureau, à la vue de tous. N'importe qui aurait pu les lire. Pourquoi ne l'avons-nous pas fait ? Je l'ignore. Maintenant, vous allez apprendre ce qui s'est vraiment passé : mon père ne s'est pas arrêté là. En parcourant un autre journal, celui de 1972, j'ai compris qu'il était l'auteur des viols qui ont eu lieu dans la région cette année-là. Il ne l'écrit pas ainsi, mais évoque chacune de ces jeunes filles. La première était une de ses anciennes élèves, les deux autres avaient de la famille dans le village.

Il les suivait pendant des jours et racontait chaque détail de ce qu'il appelait ses « promenades » dans son journal. Puis elles disparaissent soudainement de son récit. J'ai vérifié : cela correspond toujours à la date à laquelle l'adolescente en question s'est fait agresser. À la mort de Simon, il a dû prendre peur avec l'enquête. Lorsque les élèves ont accusé Victor Kessler de comportements suspects, il a dû croire qu'on allait faire le lien. Mais les gens n'ont jamais pensé à lui…

À aucun moment Sylvie Vigneault ne prêta attention aux larmes qui glissaient le long de ses joues pour s'évanouir doucement derrière le col de son chemisier. Elle ne s'inquiéta pas non plus de ce que j'allais faire de ces informations ; depuis mon deuxième coup de fil, elle avait pris le parti de tout livrer. Je réalisai alors qu'elle était en train de céder à une tierce personne la responsabilité de dénoncer ou de se taire. En lui serrant la main pour lui dire au revoir, j'ignorais encore ce que j'allais faire de tout ça.

Et vous ? Pourquoi avez-vous tu ce que Vigneault, votre ancien enseignant et aussi votre prédécesseur, avait fait subir à Céline ? Vous étiez la seule personne à qui elle avait parlé de ce traumatisme : qu'en avez-vous fait ?

Ce fut plus tard, alors que j'avalai un sandwich dans un troquet, que je pris conscience d'une coïncidence troublante. L'instituteur était mort en 1983. Quelques mois seulement après la révélation qu'était venue vous faire Céline...

Bien sûr, quand je passai chez Christophe, je fus reçue froidement. Il me reprocha mon départ sans lui, sur un coup de tête. Il se calma néanmoins en entendant la douleur de Sylvie Vigneault. Ses larmes silencieuses. Et pis encore, le détachement avec lequel elle s'était épanchée pendant une heure et demie. Il se montra presque compatissant.

– Quel choc elle a dû recevoir en lisant le journal de son père !

– Je sais.

Mon ton sec lui fit lever la tête.

– Désolé, tout cela vous touche et c'est la raison pour laquelle vous n'auriez pas dû vous rendre là-bas toute seule. Et si vous aviez fait un malaise sans que je sois là pour vous ramasser ?

Il tenta un sourire de réconfort. Raté. Il continua :

– Vous savez que le nom de Vigneault n'a jamais été évoqué pendant le procès ? Je n'en reviens pas. Ce type a eu une relation extraconjugale avec la mère de la victime, il était *a priori* le père de Simon, il a agressé sa sœur alors qu'elle avait une dizaine d'années et violé trois jeunes filles dix ans plus tard. Avec tout ça, l'instit est resté droit dans ses bottes, il a eu une retraite heureuse à quelques kilomètres du lieu de ses crimes et n'a jamais été soupçonné de quoi que ce soit ! Et sa mort ? Si elle était liée à tout ça ?

– Victor Kessler a dit que Céline lui avait révélé les faits en janvier 1983 et l'enseignant a été assassiné quelques mois plus tard lors d'un vol où le voleur n'a rien dérobé ! Vous en pensez quoi ?

– Rien. Kessler était déjà en prison... Je ne vois pas ce qu'il pouvait faire...

– Je sais. Et puis, ça fait trop d'informations pour la journée, il faut que je rentre. Nadine doit m'attendre pour dîner. J'ai l'impression qu'on part dans tous les sens mais que rien ne nous permettra de savoir ce qui est réellement arrivé à Simon. Et je quitte Saintes-Fosses après-demain...

– Ne vous dénigrez pas, Bertille. En quinze jours, vous êtes allée plus loin que les gendarmes de l'époque et bien plus que moi en plusieurs années. Vous avez recueilli les confidences de personnes qui n'avaient jamais parlé et avec des preuves plus tangibles, vous auriez permis à votre ami de demander la révision de son procès.

– Ce n'est pas mon ami. Et nous avons des preuves. Le directeur de la clinique psychiatrique accepterait certainement de témoigner concernant les attouchements subis par Céline. Sylvie Vigneault pourrait aussi nous livrer le journal de son père.

– Mais il n’a pas écrit noir sur blanc qu’il avait tué Simon, si ? D’ailleurs, vous savez ce qu’il a noté dans son journal en novembre 1973 ?

– Non. Elle dit que certains carnets sont manquants. Elle a promis de tout faire pour les retrouver et on peut lui faire confiance.

– Vous vous rendez compte : en 1973, si mes collègues avaient découvert ce que nous savons aujourd’hui, Vigneault aurait été le principal suspect. Et ce salopard aurait payé, au moins pour ce qu’il a fait subir à ces enfants.

– Il a finalement payé. Dix ans plus tard.

Lors du procès, aucun témoin n'évoqua mes allées et venues dans la nuit du 12 au 13 novembre. Les avocats ont longuement débattu au sujet de ce retour chez moi à 20 h 24, mais entre 3 heures et 4 h 30 du matin, alors que je circulais en voiture sans prendre aucune précaution, il semblerait que tout le village ait été profondément endormi.

En 1973, même si la France venait de se doter d'une troisième chaîne de télévision, seuls les premiers pas de Neil Amstrong sur la Lune avaient été retransmis en direct pendant la nuit ; les émissions nocturnes n'existaient pas. Alors, entre 3 heures et 4 h 30, le Français moyen n'avait rien d'autre à faire que dormir.

Plus fort encore, les jours suivants, la couverture donnée par Mme Dulac pour emporter le corps de Simon n'avait pas quitté mon appartement. Pliée. Entre deux autres couvertures en laine données par ma mère en guise de trousseau pour le célibataire que je suis toujours resté. Mon logement ne subit aucune fouille. Les premiers jours, parce que j'étais innocent aux yeux de tous. Ensuite, parce que ma culpabilité était entérinée et que les preuves devenaient somme toute superflues... En fait, je n'ai lu nulle part que le corps de Simon avait été enveloppé dans une couverture. J'imagine qu'en cinq jours les fibres résiduelles s'étaient disséminées dans l'eau du lac...

Tout cela pour expliquer que le 13 au matin, j'attendais, résigné, qu'on vienne perquisitionner mon appartement au-dessus de l'école. Mais aucun gendarme ne vint sonner à ma porte. Je restai prostré dans mon fauteuil, guettant les premières lueurs du jour par la fenêtre qui donnait sur la cour. Puis, la tête embrumée et les yeux cernés, à 8 h 30, je descendis ouvrir la classe. La chaise vide de Simon face à moi. Sans avoir eu aucune nouvelle de Céline ni de sa mère.

Dans le village, la nouvelle fugue du petit Dulac n'alimentait pas encore les conversations. Après quelques remarques bien senties sur l'incapacité de la mère à s'occuper de son fils, les commères et les piliers de bar avaient préféré se rabattre sur le discours du chancelier allemand Willy Brandt sur la construction européenne ou sur la vague de froid qui arrivait par l'est.

J'aimerais me souvenir du moindre détail, mais les jours qui ont suivi la mort de Simon et précédé la découverte de son corps sont flous. Tous mes gestes étaient devenus mécaniques et mon cerveau n'intégrait pas encore la portée de mon acte. À plusieurs reprises, je m'étais surpris à fixer la porte de la classe comme si Simon allait arriver et regagner sa place. À d'autres moments, je pensais à son cadavre et je me demandais si le lac allait geler. Car, le lendemain de sa mort, une pluie mêlée de neige était tombée sans discontinuer alors que la température avoisinait les deux degrés.

Il fallut attendre deux jours pour que les gendarmes commencent à interroger les copains de Simon. J'appris lors du procès qu'ils avaient également fait le tour du personnel des gares environnantes. Je pensai alors à l'éventualité qu'on présente un témoin de mon altercation avec Simon, lorsque je l'avais récupéré à la sortie de Saint-Dié-des-Vosges. Mais là non plus, personne ne m'avait vu.

Pendant l'enquête, j'ai constaté que les témoins sont rares. La plupart des gens ne voient rien, ne remarquent rien, n'entendent rien. Ils suivent leur bonhomme de chemin, l'esprit focalisé sur leur propre existence. En prison, on ne peut qu'aspirer à cette insouciance. Ici, le moindre prisonnier est à l'affût. Nous nous observons tous du matin au soir. Nous parvenons à saisir d'un coup d'œil dans quel état d'esprit se trouvent notre voisin de cellule, le maton de service, le dernier caïd incarcéré… C'est une question de survie. Alors que je contemple ce carré de ciel auquel j'ai accès depuis ma cellule, j'ignore si je sortirai d'ici. Et quand bien même, aurai-je alors l'innocence du badaud qui déambule dans les rues sans dévisager chaque être humain qu'il croise ? Probablement pas. Je continuerai à chercher derrière les regards les indices de peur et de culpabilité qui révèlent les individus plus sûrement que la marque de leur voiture ou la coupe de leurs vêtements.

Carnet de Bertille

Mardi 9 janvier 2018
Quinzième journée à Saintes-Fosses

Je rédige ces notes en pensant à vous. Est-ce que l'idée de ne jamais remettre les pieds dans votre région vous pèse ? Lorsque je vivais à Paris, je croyais avoir fait une croix définitive sur mon passé, sur l'endroit où j'avais grandi. Ce n'est pas si simple. Mes rêves m'ont souvent ramenée ici. Dans ce lieu où chaque arbre s'oppose au vent jusqu'à le faire hurler. Où chaque hiver blanc recouvre les secrets d'une guerre que nul n'a oubliée. Où chaque torrent de printemps défie le lit qui devrait le contenir. Où chaque été enveloppe de brume des sommets usés par le temps… Ici, la nature est reine, et seule sa force implacable est à même de laver cette terre des péchés commis par les hommes.

Je m'apprêtais à faire un nouvel adieu à cette région. C'était mon avant-dernier jour à

Saintes-Fosses. Pouvais-je quitter définitivement le sol vosgien sans faire un signe à ma tante ? Depuis que je l'avais aperçue dans sa rue, une image m'obsédait. Celle d'une petite femme courbée par le poids des ans, ignorant tout de la vie de sa nièce. J'avais découvert son numéro, simplement, sur les pages blanches. Pourquoi se serait-elle cachée ? De qui ? De quoi ? Une vie sans histoire. Je restai là, à contempler ce numéro que je venais d'enregistrer dans mes contacts, à l'affût du moindre signe qui me convaincrait d'appeler. C'est alors que mon téléphone vibra dans ma paume. Christophe.

– J'ai retrouvé Pascal Mangeot.

– C'est qui ?

– L'instituteur qui a fait l'École normale avec Kessler, celui qui était son copain pendant toute leur adolescence. Il habite à une heure d'ici. Je l'ai appelé et je lui ai parlé de vous. Il accepte de nous recevoir cet après-midi.

L'image de ma tante. Son sac-poubelle à la main. Seule. Abandonnée, une nouvelle fois.

– Non.

– Quoi, non ?

– J'ai prévu autre chose. Je ne suis pas à vos ordres que je sache. Vous n'avez qu'à y aller tout seul.

Je venais de raccrocher quand Nadine entra dans ma chambre. J'avais laissé la porte ouverte. Il n'y avait pas de clients, elle faisait un peu de ménage à l'étage.

– Vous allez bien, Bertille ?

– Oui, très bien.

– Je vous ai entendue... Est-il indiscret de vous demander qui vous avez éconduit de la sorte ?

– Non. C'est Christophe, il veut décider de mon temps alors que je n'ai aucun compte à lui rendre. Il est gendarme après tout, il peut bien se débrouiller sans moi.

– Alors, si c'était vraiment le seul motif de son appel, vous avez bien fait de l'envoyer promener.

Néanmoins, je n'avais pas l'habitude de répondre à un homme. Quand j'étais enfant, mon père me terrifiait, et, plus tard, par réflexe, j'avais obéi à tous les hommes qui avaient croisé ma route. J'avais laissé Nicolas décider de ma vie et, même après lui, les rares représentants de la gent masculine que je fréquentais étaient des supérieurs hiérarchiques dont je me contentais de suivre les ordres. Réalisant la portée symbolique de mon geste, j'attrapai Nadine et esquissai quelques pas de danse avec elle. Jusqu'à ce qu'on sonne à la porte d'entrée. Nadine descendit ouvrir, je reconnus la voix et me précipitai en bas. Cette nouvelle liberté me donnait des ailes.

– Bertille, je suis désolé, je me suis montré un peu autoritaire tout à l'heure. Je vous prie de m'excuser. J'ai *vraiment* besoin de vous. Cet homme,

Pascal Mangeot, a côtoyé Kessler et Céline tout au long de leur adolescence, puis pendant toute l'affaire. Il peut certainement nous apporter un nouveau point de vue. Si je m'y rends seul, il ne me dira rien ; je n'ai aucun statut officiel… Vous, vous avez votre carte de journaliste… Si vous acceptez, je vous conduis là-bas. J'ai pris ma journée. Au retour, nous nous arrêterons manger quelque part, je vous invite. Après tout, c'est votre dernière soirée parmi nous.

Il était réellement touchant. Pourtant, derrière sa gentillesse, je ne pus m'empêcher d'apposer en filigrane l'air conciliant de Nicolas lorsqu'il tentait de m'apprivoiser. Et je revis également tout ce qui suivait.

– Entendu, je vous accompagne, mais je rentrerai dîner ici.

Christophe baissa la tête, mais acquiesça sans discuter.

– Comme vous voulez. Je passe vous prendre à 15 heures ?

Je hochai la tête et il se retira. Bien sûr, Nadine l'avait trouvé charmant. Mais elle ne savait rien des hommes trop charmants. Elle avait épousé un ami d'enfance qui était mort d'un cancer cinq ans plus tôt. Leur couple s'était construit sur un pied d'égalité et leur vie de famille s'était déroulée sans accrocs ni heurts. Elle parut gênée de m'avouer que, le soir même, elle dînait avec Gabin qui tenait à la remercier pour son aide, et que je serais donc seule à la pension. Je ne résistai pas au plaisir de lui demander pourquoi je n'étais pas invitée et la laissai rougir en regagnant l'étage.

À 14 h 50, Christophe se présenta dans l'entrée. J'étais prête, mais nullement décidée à faciliter nos échanges. Je l'accompagnai à la voiture sans un mot. Je pensais à ma tante.

Sur la route, les premières minutes s'écoulèrent silencieusement, chargées d'une certaine tension. Puis, petit à petit, nous nous mîmes à bavarder. Du paysage, des Vosges, de son enfance dans le sud de la France, de la mienne et de mon frère. Je lui avouai que Julien me manquait tous les jours, bien plus que cette petite fille que j'avais perdue et à qui je n'avais jamais donné de prénom. Ça ne le choqua pas. Je lui racontai alors nos moments de complicité, et Julien s'installa entre nous. Il nous accompagnait, sur cette route bordée des sapins qu'il aimait tant. C'était un petit garçon tellement intelligent. Tellement sensible aussi. Il devinait tout. On pouvait lire dans ses yeux tout ce qui allait advenir de meilleur ou de pire dans notre famille. Parfois, je pressentais une colère de mon père rien qu'à l'inquiétude qui voilait son regard. Avec la même acuité, il percevait toujours lorsque j'allais mal. Au moindre souci, il s'approchait de moi et me faisait des grimaces jusqu'à ce que j'éclate de rire. Il formait un véritable paravent à la laideur du monde. Ensemble, nous étions forts, malgré la lâcheté de ma mère, malgré la brutalité de mon père.

– Vous pensez que votre mère était faible ?

– Peut-être pas. Mais j'ai regretté qu'elle n'ait pas eu le courage de partir avec nous. Elle devait nous protéger et elle ne l'a pas fait.

Au cours de la minute qui suivit, les doigts de Christophe blanchirent sur le volant et j'appréhendai la question suivante.

– Est-ce que Nicolas ressemblait à votre père ? Je veux dire, dans son comportement.

Curieusement, je n'eus aucune difficulté à répondre. Les mots se disséminaient dans l'habitacle, mais je me sentais en confiance. Ils ne sortiraient pas d'ici.

– Non, pas vraiment. Avant la naissance de Julien, je voyais mon père comme quelqu'un de formidable. Nous sortions beaucoup tous les trois, et nous riions souvent à la maison. Nous fêtions chaque événement familial, chaque anniversaire. Ensuite… tout a changé. Il criait et s'énervait pour un rien. Peu à peu, ma mère et moi avons fini par nous taire en sa présence. À l'éviter dans les couloirs et à changer de pièce lorsqu'il y pénétrait. Dans la journée, ça allait, mais le soir on n'échappait pas au repas. Il y avait toujours trop à manger parce que ma mère et moi n'avalions rien. On chipotait dans nos assiettes, la tête baissée, essayant de ne pas croiser ses yeux, mais chaque bouchée était un calvaire. J'avais l'impression que ces moments duraient une éternité... Avec Nicolas, les choses étaient différentes. Lui changeait d'humeur constamment. Il pouvait se montrer prévenant, charmant, adorable avec moi. S'inquiéter de ce que je ressentais, chercher à me faire plaisir. Puis soudainement, il se transformait. Pour une phrase ou un geste esquissé, pour un sourire ébauché sans raison. Alors il devenait violent. D'abord avec les mots. Vous connaissez le pouvoir des mots ? Ils peuvent être aussi tranchants qu'une arme blanche, ils vous tailladent dans le vif et leurs plaies vous laissent des cicatrices à vie. Ils peuvent tout dévaster, comme une arme à feu : un flash blanc et ça explose à l'intérieur, vous n'existez plus. Ils peuvent aussi vous pilonner, comme des coups de poing qui vous prennent par surprise et dont on ne découvre la violence que plus tard en voyant les hématomes s'épanouir sur votre peau. Pendant les années où j'ai vécues avec Nicolas, les mots se sont révélés plus douloureux que les corrections. Et eux sont restés, quand se sont résorbés les fractures et les points de suture...

Je tournai la tête vers Christophe qui gardait les yeux rivés sur la route. Seule sa mâchoire se contractait à intervalles réguliers, révélant qu'il avait enregistré ma réponse.

– C'était un malade, Bertille. Vous méritez de rencontrer quelqu'un de bien, quelqu'un qui vous aimera comme vous le valez.

– Je ne crois pas. Vous savez, certaines traces demeurent indélébiles. Je ne pourrai jamais regarder un homme sans voir l'image de Nicolas en arrière-plan.

– J'en suis vraiment désolé... Tous les hommes ne sont pas comme lui...

Je réalisai alors que la voiture avait considérablement ralenti et je me concentrai sur le paysage. Christophe me jeta un coup d'œil avant de reprendre une vitesse normale et de se racler la gorge.

– Pouvez-vous entrer l'adresse de Pascal Mangeot dans le GPS ? Nous approchons du village.

Votre ami Pascal nous attendait dans son jardin. Sa maison était grande, de plain-pied, tapie au cœur de la nature. Les fenêtres étaient closes de part et d'autre d'une porte d'entrée demeurée grande ouverte et qui béait telle une bouche attendant sa proie. On arrivait ici comme dans un piège, sans doute son isolement en cul-de-sac appuyait-il cette impression. À l'intérieur, curieusement, on respirait mieux. Les murs de la salle disparaissaient sous les photos de famille. D'après la qualité inégale des clichés, je compris qu'ils s'étalaient sur deux générations : ses propres enfants quand ils étaient petits, et plus tard, ses petits-enfants capturés aux mêmes âges. Une jolie famille, un peu comme celles que l'on nous présente dans les publicités à la télé. Il nous confirma qu'il était seul et que nous serions tranquilles pour parler. Puis il fixa Christophe et l'attaqua sans détours.

– Votre cicatrice, c'est un accident ?

– Une agression plutôt. Lorsque j'avais quatorze ans. Je venais de recevoir un des premiers VTT en cadeau et il a fait des envieux… C'est loin maintenant. Comme je vous l'ai expliqué au téléphone, nous sommes venus pour interroger des souvenirs encore plus anciens puisque nous travaillons sur l'affaire Dulac. Victor Kessler était votre meilleur ami, non ?

– Oui, c'est vrai. C'était un gars bien. Droit, franc, honnête. J'ai encore du mal à croire qu'il ait pu…

– Vous le pensez coupable ?

Pascal Mangeot haussa les épaules.

– Pourquoi faire trente ans de prison sans broncher sinon ?

– Vous savez ce qu'est devenue Céline ?

J'étais intervenue sans réfléchir, mais votre ancien camarade se décomposa sous nos yeux. Il sembla hésiter en nous regardant tour à tour, comme s'il doutait de notre fiabilité. Puis il se leva et avança vers la baie vitrée avant de se tourner pour nous parler. De cette façon, il bénéficiait du contrejour et je compris qu'il avait volontairement choisi l'ombre pour répondre.

– Elle… Elle va bien.

– Vous avez donc conservé des contacts après son départ de Saintes-Fosses ?

– Oui. Je l'avais promis à Victor lorsqu'il était en prison. Il voulait que je garde un œil sur elle et que je l'aide du mieux que je pouvais. Je l'ai fait. Quand elle a quitté les Vosges en 1984, je lui ai trouvé du travail dans le salon de coiffure du village où habitait ma cousine. Elle a logé un temps chez elle avant de prendre un studio. Pendant les années qui ont suivi la mort de Simon, les journalistes n'avaient cessé de l'importuner. Et puis, à Saintes-Fosses, elle serait restée à jamais la sœur de l'enfant du lac, toute vie personnelle aurait été utopique. En partant loin des Vosges, elle a pu se reconstruire, se marier, même si je sais que son retour à la vie a été très difficile. Il lui a fallu des années de thérapie pour passer à autre chose.

Tout en écoutant notre hôte, mon esprit vagabondait. Il voguait sur ces points communs qui nous liaient, Céline et moi, et Christophe poursuivit seul l'entretien. Pascal Mangeot ne s'en formalisa pas.

– Vous avez ses coordonnées ?

– Oui. Mais vous pensez bien que je ne vais pas vous les donner. J'ai tenu ma promesse et je continuerai. J'ai veillé sur Céline, et je protégerai toujours son anonymat. C'est la raison pour laquelle je vous reçois aujourd'hui. Si vous avez des questions, je ferai mon possible pour y répondre. Je sais qu'elle me donnerait son accord pour m'exprimer en son nom. Mais vous ne la rencontrerez pas.

– On nous a affirmé qu'elle ne croyait pas à la culpabilité de Victor. Elle vous en a touché un mot ?

– Bien sûr. Au début, nous en discutions souvent. Elle n'acceptait pas la version selon laquelle Victor aurait agi de façon préméditée et conduit sciemment Simon au bord du lac. Mais moi, j'ai assisté à la reconstitution. Lorsqu'on lui a demandé de jeter le mannequin dans le lac, il l'a fait avec un naturel déconcertant. D'un coup, l'horreur est devenue possible. Pas le mobile. Victor adorait Simon et il n'avait rien d'un pédophile, je peux vous l'assurer. Il n'a jamais voulu le tuer, je le sais.

Pascal Mangeot avait repris de l'assurance, il progressa vers la lumière et se rapprocha de nous tout en continuant à parler.

– Des années plus tard, Céline m'a confié que, peu de temps avant le meurtre, elle s'était battue avec son frère. En découvrant les marques sur ses bras, Victor était devenu fou. Si mobile il y a, c'est là qu'il faut chercher. Victor se sera énervé après Simon parce qu'il frappait sa sœur. C'est la seule explication qui tienne la route.

– Vous connaissiez l'ancien instit de Saintes-Fosses, celui auquel a succédé Victor Kessler ?

– Non, pas vraiment. Je n'habitais pas à Saintes-Fosses lorsque j'étais enfant mais dans un village à quelques kilomètres de là. Je n'ai fréquenté Victor, Céline et les autres qu'au collège et c'est à partir de la seconde que nous avons pris nos habitudes au café de Saintes-Fosses. Nos mobylettes nous permettaient d'aller et venir d'un village à l'autre. Ce type, je ne l'ai rencontré que plus tard quand il a aidé Victor lors de ses débuts en classe. Et moi qui pensais que c'était quelqu'un de bien…

Christophe attendit un peu avant de dévoiler la suite, inévitable.

– Vous savez ce qu'il avait fait subir à Céline ?

– Oui. Elle l'avait évoqué, longtemps après. Elle commençait à se remettre et l'instit était mort. À trente ans, elle avait vu un psy qui expérimentait l'hypnose. C'était assez rare à l'époque, mais grâce à ces séances, elle s'est enfin acceptée comme une victime. Et a admis l'intolérable : enfant, elle était passée dans la classe d'un pervers qui avait abusé d'elle. L'enseignant menaçait de prévenir sa mère si elle ne se pliait pas à ses caprices. Du coup, Céline a toujours cru que ce qui lui arrivait était de sa faute. Une seule fois, elle a tenté de se confier à sa mère. Celle-ci l'a traitée de menteuse et l'a giflée. À partir de ce moment, elle a changé, elle est devenue agressive, non seulement avec sa fille mais aussi avec son mari. Vous imaginez la culpabilité de la petite fille ? C'est grâce à la thérapie que Céline a réalisé que son père avait quitté la maison parce qu'il était battu. Il a emmené Simon parce que sa femme commençait à s'en prendre à lui. Il ignorait qu'elle malmenait aussi Céline car c'était fait de manière plus discrète. Après le départ du père, les choses ont changé et tout s'est apaisé entre elles deux. À mon avis, la maltraitance persistait mais plus sournoisement, au point que Céline n'en avait pas conscience. Jusqu'au retour de Simon à Saintes-Fosses… En quelques mois, la violence physique est revenue dans la maison. Elle était principalement dirigée sur Simon, mais contrairement à sa sœur, lui ripostait. Enfant colérique, il piquait des crises qui le rendaient difficilement maîtrisable. Après ses séances, Céline a admis que sa mère et son frère étaient malades et qu'elle n'était pas responsable de leurs crises. Bien sûr, elle a continué à porter la culpabilité de la mort de son frère, surtout lorsqu'elle a réalisé que Victor l'avait probablement tué pour la protéger…

– Elle a pourtant continué à voir Kessler après son incarcération…

– Oui, pendant plusieurs années. Ensuite, lorsqu'elle a quitté Saintes-Fosses, elle a continué à lui écrire depuis la Corrèze. Mais je crois qu'elle a cessé tout contact après ses séances d'hypnose. Certains souvenirs remontaient qui validaient l'implication de Victor. Elle ne le blâmait pas, mais elle ne se sentait plus en état de correspondre avec le meurtrier de son frère. Et son psy l'avait convaincue que ce lien pervers l'empêchait d'avancer.

– Et vous ?

– Moi, j'ai abandonné Victor beaucoup plus tôt, je dois l'avouer. Je ne lui ai rendu visite qu'une seule fois, après la reconstitution. Je ne savais pas quoi lui dire. C'était mon ami, mais je ne pouvais pas cautionner ses actes. Alors je me suis protégé et j'ai fui. Jusqu'au jour où il m'a recontacté, presque dix ans plus tard, pour que j'aide Céline. Le suivi psychiatrique qu'elle avait amorcé en 1981 avait fait remonter ses traumatismes d'enfant. Bien sûr, sur le coup, il n'a pas détaillé ce qu'elle avait subi mais j'ai tout de même contribué à l'éloigner de Saintes-Fosses et je lui ai proposé de rejoindre ma cousine Françoise en Corrèze. Elles se connaissaient un peu ; Françoise passait une partie de l'été chez nous lorsqu'elle était adolescente.

– Vous dites qu'elle a accepté de quitter Saintes-Fosses en 1984… C'était donc après la mort de l'ancien instituteur ?

– C'est drôle que vous me demandiez ça. C'est peu après sa mort qu'elle est partie. Il faut dire qu'à

Saintes-Fosses, tout le monde avait appris comment avait été tué M. Vigneault : poignardé par un cambrioleur… Tous les habitants le plaignaient. Il avait fait une grande partie de sa carrière là-bas et beaucoup avaient été ses élèves. Pensez comme c'était difficile pour Céline d'entendre tout le bien que chacun pensait du vieil instituteur !

– Elle n'a jamais envisagé de le dénoncer ?

La question de Christophe me fit lever la tête et je croisai son regard. Je compris qu'il mesurait ses mots pour me ménager, comme s'il craignait que je ne sois trop fragile pour participer à cette discussion. Je lui souris. J'allais bien. Pascal Mangeot continuait.

– Non, je ne crois pas. Le plus dur à admettre pour elle était qu'elle avait été, apparemment, son unique victime. Avec tous les enfants qui étaient passés dans sa classe, il aurait eu la possibilité de s'attaquer à d'autres gamines, non ? De fait, elle ne pouvait s'empêcher de penser qu'elle s'était mal comportée, d'une façon qu'elle n'aurait pas dû…

– D'autres victimes ont pu se taire, comme Céline… Nous pouvons déjà affirmer que Vigneault est coupable des viols qui ont été perpétrés aux alentours de Saintes-Fosses en 1972 et 1973, quand il a pris sa retraite.

– Vous plaisantez ? C'est ce vieux pervers qui a violé les trois gamines ?

Pascal Mangeot ferma les yeux comme s'il replongeait des années en arrière.

– On était des petits cons, vous savez. On parlait des filles violées en mettant en doute leurs témoignages ; au café, certains disaient qu'elles l'avaient cherché et nous, on rigolait, notre verre de bière à la main… Des minables… Et puis il y a eu l'été 1973 et plus rien n'a été pareil.

– Pourquoi ? Qu'y a-t-il eu cet été-là ?

– Le passage à l'âge adulte, j'imagine. Cette grande claque qu'on prend et dont on ne se remet jamais tout à fait. À l'automne, la mort de Simon s'est chargée de nous ôter nos dernières illusions. On se plaignait d'avoir grandi dans un coin perdu où il n'arrivait jamais rien, mais, sans le savoir, nous avions vécu une belle adolescence. Autour de nous, certains avaient connu une jeunesse de souffrance, comme Céline. Mais nous, on ne voyait pas plus loin que le bout de notre nez. Finalement, même si c'était la fille la plus courtisée des environs, personne ne s'est jamais vraiment intéressé à elle.

Le retour eut lieu dans le silence. C'était une journée grisâtre comme il y en a tant dans l'est de la France. La nuit descendait pendant que nous roulions, mais la lumière des villes diffusait encore des lueurs fantomatiques à travers la brume. Peu avant

Saintes-Fosses, le gendarme m'invita une nouvelle fois à dîner.

– J'ai entendu Nadine. Vous êtes seule ce soir. Et après ce que nous avons appris, un petit débriefing s'impose, non ? Surtout que vous partez demain…

Je sentais le regard de Christophe sur moi. Son inquiétude aussi, concernant mon état psychologique. Même si je m'estimais assez forte pour passer la soirée seule, j'acceptai qu'il m'aide à digérer tout ça. Comme je ne souhaitais pas parler dans une salle de restaurant, nous choisîmes de rentrer chez lui. Pendant que Christophe préparait à manger, je lui demandai s'il y avait encore une dernière chance que nous prouvions votre innocence.

– Difficile à croire après ce que nous avons entendu. Honnêtement, j'aurais bien vu Vigneault dans le rôle du tueur d'enfant. Mais dans ce cas, Kessler se serait battu, non ? Surtout après les aveux de Céline sur ce que l'ancien instit lui avait fait subir ! Je suis désolé, Bertille, mais je crois que Kessler a accepté cette peine parce qu'il était réellement coupable.

– Alors pourquoi m'avoir laissée venir ? Comme s'il voulait que je trouve quelque chose. Lorsqu'il a effectué les réservations, j'ai vu une lueur d'espoir dans ses yeux. Il se défendait d'y croire et pourtant c'était le cas.

– Il n'a pas été honnête avec vous. Il ne vous

aurait pas caché des éléments essentiels s'il souhaitait la vérité. Il était peut-être tout simplement heureux que vous vous intéressiez à lui. C'est un homme très seul, non ?

– Oui, mais vous n'y êtes pas. Si vous l'aviez rencontré, vous seriez de mon avis : il n'a pas tué Simon. Il n'aurait pas cette attitude s'il était coupable ! Et puis, vous êtes d'accord qu'il y a des choses qui clochent… On sait qu'il n'avait rien d'un pédophile et là non plus, il ne s'est pas défendu. Et tous ces témoignages sur l'homme qu'il était : calme, doux, à l'écoute des enfants… Ça ne colle pas avec un accès de colère qui l'aurait transformé en meurtrier…

– Bertille, vous allez me dire que je fais de la psychologie de bas étage… mais Victor Kessler… Il a presque l'âge de votre ancien patron à Paris, non ? Est-ce que cette sympathie que vous avez ressentie ne peut s'expliquer ainsi ? Tout comme ce contact particulier que vous avez eu avec Gabin…

– Qu'est-ce que vous tentez de me dire ? Qu'ils me font penser à mon père ? Ou qu'ils le remplacent avantageusement ? Et vous alors ? Vous n'avez pas leur âge, et pourtant, je vous fais bien confiance…

J'ignore tout des jeux de séduction entre les hommes et les femmes. Mes dernières expériences sont trop lointaines et faussées par la personnalité atypique de Nicolas. Mais lorsque Christophe se retourna vers moi avec un sourire que je ne lui connaissais pas, je compris que je venais d'avouer un sentiment dont il tirait une certaine satisfaction.

Partie III

1

Bertille glisse le carnet dans sa valise.

C'est terminé. Elle a tout écrit. Sans censure, sans relecture. À aucun moment elle n'a pensé au lecteur de ces pages. D'ailleurs, il n'y en aura peut-être pas. Cette intimité dans l'écriture, elle la découvre et elle comprend maintenant la douleur de Victor lorsqu'elle lui a dérobé sa confession. On n'écrit que pour soi. Elle devait raconter son histoire à lui, elle s'aperçoit qu'elle n'a parlé que d'elle, leurs destins liés par un sentiment de culpabilité commun.

Elle se souvient de son malaise lorsqu'il s'est écroulé à ses pieds. Ces dernières semaines, il lui est arrivé de tomber, elle aussi. Deux ou trois évanouissements sans gravité et plus récemment des faux pas. Elle trébuche, elle rate une marche, elle glisse sur la neige, elle évalue mal la distance à l'obstacle… Le sol se dérobe comme pour lui rappeler sa vulnérabilité face aux événements, sa fragilité devant les difficultés. Durant son séjour, elle a observé plus attentivement les gens autour d'elle et elle a souvent envié leur progression dans la rue, au café, à la pension.

Ils avancent.

Sans buter dans un meuble. Sans renverser d'objets. Sans heurter le chambranle des portes. Ils avancent. Confiants.

Qu'est-ce qu'ils ont qu'elle n'a pas ? D'où leur vient cette certitude d'être à leur place, cette légitimité dans l'existence ? Et de quelle blessure ancienne garde-t-elle cette maladresse qui traduit à tout instant son incapacité à être ?

Au moins ces dernières semaines lui auront permis de comprendre pourquoi elle s'est toujours sentie bouleversée par les personnes qui s'évanouissent. Le double sens de ce mot lui permet de repérer ses semblables.

Unis, dans un même besoin d'invisibilité…

2

Bertille se laissa tomber sur son canapé. Rentrée à Paris mercredi soir, elle avait attendu le week-end pour reprendre contact avec Victor. Pendant deux jours, elle avait relu les notes qu'elle avait rédigées à Saintes-Fosses et hésité à lui livrer ainsi la moindre de ses pensées. Puis, en début d'après-midi, elle s'était préparée à le rejoindre. Elle avait sonné à la porte de son appartement en mettant de côté toute appréhension. Elle se sentait apaisée, comme lorsqu'on a fait ce qui était à faire et qu'il est trop tard désormais pour réfléchir. Alors qu'elle venait de s'asseoir, il lui avait tendu cette confession inachevée, entamée pendant l'année 1984 et dont elle avait déjà lu le début le mois précédent, sans autorisation à l'époque. Il n'avait rien exigé en retour. Déstabilisée par cette confiance, elle avait sorti son carnet. Après cet échange, ils avaient parlé pendant deux heures.

Elle avait ranimé Saintes-Fosses. Son atmosphère humide et glaciale qui rosissait toujours les joues des enfants. Toutes ces jeunes familles qui ne connaissaient pas Simon et sillonnaient le village sans arrière-pensées, heureuses d'habiter un endroit calme et sans histoires. Et puis les anciens. Ceux qui savaient. Ceux pour lesquels le lac ne serait jamais un lieu de pêche. Ceux qui continueraient à appeler école la salle des associations. Ceux qui flaireraient des relents nauséeux à chaque fois qu'un producteur en mal d'audimat relancerait les méandres de l'affaire Grégory.

De retour chez elle, elle s'était plongée dans la confession de Victor. Incomplète certes, mais aujourd'hui, il lui avait annoncé qu'il allait la terminer. Qu'il était temps d'en finir… Elle regarda la pendule dont les aiguilles affichaient 2 heures du matin et saisit les dernières pages.

Le jeudi et le vendredi précédant la découverte du corps, la vie avait repris presque normalement à Saintes-Fosses. Dans la classe, l'atmosphère était plutôt paisible. Peut-être les élèves avaient-ils perçu mon désarroi. C'est possible. Ma courte expérience de l'enseignement m'aura au moins apporté cela : saisir à quel point les enfants ont une perception très juste de l'état psychologique des adultes qu'ils côtoient.

La tempête s'abattit sur Saintes-Fosses le samedi en fin de matinée. Je ne le savais pas encore, mais j'étais dans l'œil du cyclone. De chez moi, j'entendis monter la rumeur. Comme un voile noir recouvrant progressivement le village, le bourdonnement se répandit d'une rue à l'autre et m'attira à la fenêtre. Les gestes des passants trahissaient leur affolement. J'abandonnai la correction de mes cahiers. Dehors, une mère d'élève me héla en traversant la route. Avec des mots hachés et désordonnés, elle m'expliqua qu'on avait repêché le corps de Simon… Je repartis en courant vers l'école et arrivai juste à temps pour vomir mon déjeuner dans l'évier de la cuisine. Je restai un temps très long penché au-dessus du robinet, à respirer le parfum rance. La réalité était là. J'étais officiellement complice d'un meurtre. J'avais réussi à évacuer la nuit de lundi pendant plusieurs jours, j'avais continué à vivre comme si rien n'était vrai : la fugue de Simon, l'appel de sa mère, le corps sans vie étendu sur le sol froid de la cuisine et tout ce qui avait suivi… Céline savait-elle qu'on avait retrouvé Simon ? Que penserait-elle de la façon dont je m'en étais débarrassé ? Comment prendrait-elle le fait que je l'aie jeté dans l'eau de notre lac ? Y verrait-elle une preuve d'amour ou une abomination ? Ce lac où nous passions nos étés, enfants puis adolescents, ce lac où j'avais découvert l'amour et ses souffrances.

Céline n'était pas retournée au salon de coiffure depuis la mort de son frère. Sans doute l'horreur l'avait-elle rattrapée le mardi matin, lorsque le somnifère administré par sa mère avait cessé son effet. M'avait-elle pensé insensible de reprendre mon travail après ce que nous avions fait ? Elle comprendrait bientôt que je maintenais les apparences pour la protéger. C'était tout ce qui m'importait.

Aux yeux de tous, il paraîtrait légitime que l'instituteur du village aille présenter ses condoléances à la famille. Je décidai donc de me rendre à leur domicile le soir même. À 18 h 30, je sonnai chez les Dulac. Lors du procès, cette visite apparut comme la preuve ultime de ma perversité. Le meurtrier rendant visite à la famille de sa victime... On peut imaginer le bénéfice que retira l'accusation de cet événement.

Lorsque je pénétrai dans l'entrée, je ne pus m'empêcher de jeter un œil vers la cuisine. L'odeur de la mort s'était-elle infiltrée au-delà du carrelage jaune et gris ? Je ne sentis rien. Impassible, Mme Dulac me regardait, attendant visiblement que je lui explique le motif de ma présence. Je m'inquiétai de l'état de Céline ; elle leva les yeux au ciel.

– La pauvre petite est détruite, on dirait qu'elle perd la tête. Elle a tout oublié. C'est sans doute mieux ainsi. Alors faites attention à ce que vous lui dites, prenez soin d'elle, je vous en supplie.

Je montai voir Céline sans répondre à sa mère. Elle se jeta dans mes bras et sanglota pendant une dizaine de minutes sans prononcer un mot. Lorsque, enfin, elle ouvrit la bouche, je restai sidéré.

– Victor, pourquoi Simon s'est-il rendu près du lac ? Et où a-t-il passé toute la journée de lundi ? Tu crois qu'il se cachait à Saintes-Fosses ?

J'étais incapable de répondre. Elle leva ses grands yeux vers moi et j'y lus une telle sincérité que je faillis tourner de l'œil. Ces dix dernières années, je me suis documenté ; je sais à présent qu'on peut perdre des souvenirs à la suite d'un traumatisme. Un mécanisme de survie qui fait disjoncter les circuits émotionnels et ceux de la mémoire. Ça entraîne ce qu'on appelle des troubles « dissociatifs ». En 1973, on ne parlait quasiment pas de ce genre de phénomènes et je me trouvai totalement démuni face à ce que je prenais pour une sorte d'amnésie. La seule évidence était que Céline ne simulait pas. Elle avait réellement effacé de sa mémoire ce qu'elle avait fait à son frère…

Par empathie, ou par lâcheté, je calquai mon attitude sur la sienne. Je m'évertuais à la consoler, je lui assurais que je serais toujours là pour elle et qu'elle pouvait compter sur moi à tout moment. En décidant de garder le silence, je redevenais l'ami, le confident. Mais surtout, j'acceptais de vivre, de façon consciente pour ma part, la même dissociation que celle qui frappait Céline. En fait, j'étais soulagé. Son amnésie était une aubaine. Premièrement, car elle diminuait considérablement sa culpabilité, deuxièmement, parce qu'elle me dédouanait à ses yeux. J'avais craint que ma présence ne lui rappelle à jamais l'atrocité que nous avions commise. Désormais, notre vie avait une chance de continuer comme avant.

Ce fut sincèrement ce que je crus pendant les jours qui suivirent la découverte du corps. De façon inespérée, la première autopsie avait mené les enquêteurs vers la thèse de l'accident. Je pensai alors que nous pouvions nous en sortir sans dommage. Oui, « sans dommage ». Aujourd'hui, je vomis le jeune homme inconséquent que j'étais alors. Malgré la différence d'âge, Simon avait été mon ami et je n'avais même pas pleuré sa disparition. Seul comptait mon amour pour Céline. Il avait envahi ma tête et mon corps comme ces parasites qui se nourrissent de leur hôte.

Pendant trois semaines, Saintes-Fosses connut l'effervescence malsaine des villages anonymes qui accèdent subitement à la notoriété. On y croisait des gendarmes que l'on n'avait jamais vus, des voitures de police garées en travers sur la place et des journalistes sur la piste d'un détail original à mentionner dans leur article. Toute excuse était bienvenue pour sortir de chez soi : on n'avait jamais rencontré autant de fumeurs en quête de cigarettes, de migraineux à la recherche d'aspirine, de femmes apportant des plats à leurs belles-mères, d'hommes prêts à commenter l'actualité autour d'un café ou d'un verre de blanc... Cet hiver-là, les commerçants de Saintes-Fosses firent fortune et les habitants découvrirent le plaisir d'échanger dans la rue. Un fait divers...

Pendant ce temps, les vents violents qui allaient me mettre à terre commençaient à tourner. Mon premier interrogatoire donna le ton de ce qui allait suivre. J'avais été convoqué à la gendarmerie par un enquêteur appelé en renfort. Il n'était pas du village. Il ne comprenait pas pourquoi j'avais laissé les enfants quitter l'école le lundi soir alors qu'ils auraient dû rester à l'étude. Je répondis la vérité : rongé par l'inquiétude, je m'étais lancé sans attendre sur les traces de Simon.

Le problème avec la vérité, c'est qu'elle n'est pas toujours crédible. L'année précédente, Simon avait fugué à deux reprises sans que je lève le petit doigt. Les cours, comme l'étude surveillée, s'étaient déroulés normalement jusqu'à ce qu'on me prévienne de son retour. Alors qu'y avait-il de différent ce jour-là ? Et moi, que pouvais-je avancer ? J'affirmai simplement que sa mère et sa sœur paraissaient plus préoccupées que d'habitude, mais je lus très nettement le scepticisme dans le regard du policier. Sur le coup pourtant, je me sentais fier de ne pas m'être démonté. En les laissant diriger leur attention sur moi, j'évitais qu'elle ne dévie sur Céline.

Pourquoi n'ai-je pas prévu ce qui allait arriver ? Comment ai-je pu me croire au-dessus du commun des mortels, protégé du soupçon par mes fonctions d'instituteur, un statut reconnu à l'époque, et par la sympathie que me manifestaient les villageois depuis un an ? Lorsqu'on vit enraciné à l'endroit où on est né, on se sent chez soi, on n'imagine pas que la terre sur laquelle on a fait nos premiers pas puisse un jour devenir celle sur laquelle on dérape. On croit que les gens qui ont souri à nos babillages nous accorderont toujours foi, quoi qu'on dise. On pense, à tort, qu'on ne tombera jamais du mauvais côté aux yeux de ceux qui nous ont aidés à grandir.

Puis, un jour, un enfant se laisse impressionner par un uniforme, ses parents et les gendarmes lui posent des questions dont il ne perçoit pas la réalité, mais soit, il raconte. Il raconte qu'il aime beaucoup le maître, parce qu'il est gentil, parce qu'il ne punit pas et qu'au contraire, quand on a du mal à écrire, il nous prend sur ses genoux pour guider nos gestes maladroits. Il raconte qu'en circulant entre les tables, il ébouriffe nos cheveux s'il aperçoit une faute laissée dans la dictée ou une erreur dans une opération, et tous ces gestes anodins et inconscients prennent soudain une signification écœurante lorsqu'ils s'alignent les uns après les autres sur la page d'un procès-verbal. La confiance aveugle qu'on lui avait accordée multiplie par cent la colère qui gronde désormais. On se retourne dans la rue, les regards se font fuyants ou agressifs. Même les visages qui se veulent bienveillants se voilent d'un doute qui dément leur premier élan.

J'ai observé sans broncher le village se liguer peu à peu contre moi. Pourtant, lorsque les gendarmes sont revenus m'interroger, je restais confiant. Malgré la multiplication des témoignages, je gardais foi en la justice. Jusqu'au 7 décembre 1973. Ce jour-là, un des « grands » de la classe fit part d'un changement dans mon attitude envers Simon les jours qui avaient précédé sa mort. Comme si j'éprouvais de la colère envers lui ; je m'emportais souvent, contrairement à mon habitude. Jusque-là, je me montrais plutôt trop gentil avec lui, on l'appelait le chouchou.

Je ne pus rien opposer à ce témoignage lorsque mon avocat me le rapporta. Tout était vrai. Je lui avouai seulement que Simon s'était confié à moi juste avant la rentrée et qu'il allait recourir à un chantage pour récupérer l'argent qui lui permettrait de quitter Saintes-Fosses. Je ne donnai pas de détails, ne parlai pas de mes doutes concernant l'agression de Céline lors du retour du bal et bien m'en prit. Car, lors de la préparation du procès, mon avocat voulut utiliser cette information que je lui avais livrée sous le sceau du secret. Il souhaitait montrer Simon sous un jour différent : celui d'un jeune adolescent qui faisait chanter les adultes de son entourage et ne connaissait aucune limite. Sous le coup de la colère, je demandai qu'il soit dessaisi de mon dossier, ce qui fut ma plus grande erreur. Mon nouvel avocat ignorait les détails du dossier et ne fit aucun effort pour les appréhender. À partir de ce jour, je ne comptai plus d'alliés dans le village. Ou plutôt si. Un homme me resta fidèle pendant tout ce temps : M. Vigneault, mon prédécesseur à l'école. Lui seul prit ma défense auprès des parents d'élèves qui m'accusaient subitement de tous les maux. Quand je vis qu'il allait jusqu'à excuser les penchants « naturels », disait-il, qu'on peut éprouver pour des enfants, je m'indignai, je lui jurai que je n'étais pas concerné. Je pensais alors qu'il cherchait à recueillir d'éventuelles confidences. Mais en apprenant par la suite ce qu'il avait fait subir à Céline, je compris qu'en 1973, celui qui jouait le rôle d'ami souhaitait avant tout justifier ses propres crimes.

À l'époque, il aurait pourtant été simple de me débarrasser de l'accusation de pédophilie. Il suffisait d'évoquer les problèmes familiaux de Simon, de dévoiler ses conflits avec sa sœur et sa mère, les coups qu'il donnait et recevait. C'était impossible. À peine aurais-je ouvert la bouche que Céline aurait été montrée du doigt.

Je ne regrette rien. Mon silence et son amnésie lui ont permis de surmonter les événements. Elle a pu obtenir un travail et, lorsqu'elle m'écrit, je sens qu'elle réussit tout doucement à faire le deuil de son frère.

Sa présence me manque, mais si Céline avait poursuivi sa thérapie, je prenais le risque que la mort de son frère ne remonte à la surface. Elle n'y aurait pas survécu. Je le savais.

Alors voilà, j'ai trouvé le courage de l'éloigner. Je n'ai pas sacrifié plus de dix ans de ma vie pour la voir basculer dans l'horreur…

Bertille reposa les feuillets jaunis sur la table. Voilà, une conclusion comme une autre. Qu'est-ce que Victor pourrait bien y ajouter ? Des descriptions de l'enquête ? Des images du procès ? Ou *le reste*. Ce qu'on ressent au plus profond lorsque la porte de la cellule se referme. Ce qu'on regrette. Ou pas. Lorsqu'on a agi par amour.

3

– Je ne crois pas que votre père soit responsable de la mort de Julien.

Bertille leva la tête vers Victor, interloquée par cette affirmation qui jaillissait en pleine cérémonie du thé. Comment osait-il prendre position sur un tel sujet ? Il ignorait tout de son enfance, et le fait d'avoir lu son carnet ne lui donnait pas ce droit. Et puis ils avaient pris rendez-vous pour parler de son histoire à lui. Alors ranimer son père…

– Il le détestait…

– Il n'acceptait pas qu'il ne soit pas comme les autres enfants, ce n'est pas la même chose. Beaucoup d'individus ne parviennent pas à assumer la différence d'un proche, pas parce qu'ils ne l'aiment pas, mais justement parce que le regard du monde sur ces êtres qu'ils chérissent leur apparaît tout bonnement insupportable. Votre père redoutait le jugement des autres, certes. Il s'est montré lâche, c'est évident. Ça ne veut pas dire qu'il a tué votre frère.

– Il n'a pas versé une larme à son enterrement.

– Et diriez-vous pour autant qu'après sa mort, il a recouvré sa joie de vivre ?

– Non. S'il s'était remis à rire, j'aurais pu le tuer.

– Et vous avez pris son mutisme comme un aveu de culpabilité au lieu de considérer qu'il était peut-être touché par la mort de son fils.

– Il n'a jamais traité Julien comme son fils. Il n'a rien fait pour lui, à part crier ou l'éviter pendant sept ans.

– Avouez au moins qu'il n'a pas profité de la liberté que la mort de votre frère aurait dû lui octroyer. Il est resté pendant des années avec une femme qui s'est laissée mourir de chagrin et avec une fille qui le détestait, puis toutes les deux sont sorties de sa vie et il a fini seul.

– Arrêtez de le défendre ! Vous ne le connaissez pas. Vous avez lu mon carnet, vous avez découvert qu'il n'habitait plus chez nous. Il a pu refaire sa vie à l'autre bout du pays !

– Vous devriez interroger votre tante si cela vous tourmente tant. S'il vous reste un moyen de savoir, il faut le saisir.

– C'est vous qui me dites ça ?

– Ne mélangez pas tout : j'ai toujours su ce qui s'était passé… c'est la justice qui l'a ignoré et c'est très bien ainsi.

– Alors pourquoi m'avoir envoyée là-bas ?

– Je ne vous ai pas envoyée, c'est vous qui avez souhaité partir… Je n'avais pas le pouvoir de vous retenir : disons que j'ai préféré avoir la primeur de ce que vous alliez découvrir.

Victor se tut. Bertille en profita pour refaire du thé. C'était un rituel maintenant. À chaque fois qu'ils se voyaient, ils vidaient deux ou trois théières. Une addiction commune. Pendant qu'elle s'agitait dans la cuisine, Victor préparait ses mots. Lorsqu'elle revenait servir, il livrait le fond de sa pensée.

– Vous savez, Bertille, au fond de moi, j'espérais que vous me rapporteriez des nouvelles de Céline. Sa dernière lettre date du 24 janvier 1986. Elle me racontait sa vie en Corrèze, elle vivait dans un village du côté de Tulle. Elle pratiquait l'hypnose pour tenter de se libérer des souvenirs d'enfance qui la poursuivaient. J'avoue que je ne croyais pas à ces balivernes et je ne me suis pas vraiment inquiété. Jusqu'à ce qu'elle cesse de m'écrire. Par la suite, j'ai reçu quelques nouvelles par l'intermédiaire de Pascal : elle semblait reprendre goût à la vie. Puis Pascal s'est tu, lui aussi. J'ai imaginé qu'ils s'étaient perdus de vue… Jusqu'à ce que je vous lise…

– Vous n'étiez pas en colère qu'elle vous abandonne après ce que vous aviez fait pour elle ?

– Elle ne m'a pas abandonné. J'ai su, au moment même où le corps de Simon s'enfonçait dans l'eau noire, que je perdais toute chance de vivre à ses côtés. Cet acte m'associait définitivement à la mort de son frère. C'est seulement si je l'avais su malheureuse que mon silence aurait été vain. Dieu merci, elle s'en est sortie.

– Pourquoi ne pas l'avoir cherchée ?

– Je l'ai fait. Dès que je suis sorti de prison, j'ai acheté un ordinateur et pris une connexion Internet. Mais, à partir de son départ de Saintes-Fosses, je n'ai trouvé aucune trace d'elle. J'ai pensé qu'elle avait pu changer de nom. En tout cas, vous avez réussi à pousser vos investigations plus loin que moi.

– Vous pouviez appeler Pascal…

– Non. Nous avions un accord tous les deux. Il me tenait au courant tant qu'il le pouvait, quant à moi, j'avais promis de ne jamais le contacter.

– Pourquoi ? Parce qu'il vous croyait coupable ?

– Je n'en sais rien. Son attitude avec moi a changé pendant le procès, c'est sûr. Je ne lui en veux pas, je l'aurais abandonné sans états d'âme si nos situations avaient été inversées.

Bertille se décida à prendre congé lorsqu'il devint nécessaire d'allumer les lampes dans l'appartement. Au fil des visites, elle appréciait de plus en plus ces moments chez Victor. Ils gardaient leurs distances. Pas d'embrassades. Pas de tapes sur l'épaule. Pourtant un véritable lien s'instaurait. Une compréhension mutuelle. Des douleurs qu'on échange.

Alors que Victor la raccompagnait dans l'entrée, Bertille se retourna et lui fit un signe de tête qu'il reproduisit à l'identique. Leur signal.

L'écho des pas de Bertille s'évanouit dans l'escalier. Le vieil homme referma la porte, se dirigea vers le buffet, sortit quelques feuilles blanches. L'heure était venue. Il attrapa un crayon qu'il tailla soigneusement avec son Opinel et s'assit à la table. Trente-trois ans après le début de sa confession, il allait se remettre à écrire.

❖

Bertille reprit le travail après trois semaines de vacances. Pour nourrir la curiosité de ses collègues, elle inventa des retrouvailles chaleureuses avec sa tante et des promenades enchanteresses dans les montagnes vosgiennes. Elle décrivit les paysages avec un tel enthousiasme qu'on finit par lui envier ce périple. Elle réalisait que tout mensonge a sa part de vérité et que la vérité n'est jamais là où on l'attend.

Plus étonnante fut la difficulté qu'elle éprouva à reprendre sa vie là où elle l'avait laissée. Elle ne se sentait plus à sa place au bureau. Elle, qui détestait cela le mois précédent, attendait maintenant avec impatience de travailler sur le terrain. Elle voulait aller vers les autres, les interroger sur leur vie, même si sa motivation ne serait jamais aussi palpable qu'à Saintes-Fosses. C'est pourquoi l'appel de Christophe, une semaine après son retour, la combla. Elle éprouvait du plaisir à réentendre sa voix. Il détenait une piste concernant Céline. Il ne voulut rien dire avant d'avoir procédé à quelques vérifications, mais il semblait décidé à la contacter. Bertille tenta de l'en dissuader. Elle craignait que le retour de ce passé douloureux ne déstabilise cette femme fragilisée. Elle prolongea l'appel en livrant à Christophe tout ce qu'elle avait appris dans la confession de Victor. Elle espérait qu'il mesurerait ainsi le risque qu'il prenait en s'adressant à la sœur de Simon.

Têtu, Christophe la rappela quelques jours plus tard. Sa piste était avérée et il allait rendre visite à Céline le dimanche suivant. Il lui proposait de l'accompagner.

– Bertille, c'est elle, le cœur de cette affaire. J'y pense depuis que vous m'avez révélé son rôle et je ne peux pas croire qu'elle ait tout oublié. Si elle est vraiment coupable, je souhaiterais l'entendre en votre présence. Bien sûr, je ne me suis pas présenté comme gendarme et elle ignore également votre vrai métier… Elle nous recevra chez Pascal Mangeot.

– Pourquoi chez lui ?

– C'est par son intermédiaire que j'ai obtenu ce rendez-vous. Après tout, il avait son adresse. Alors je l'ai appelé pour lui annoncer que la télé allait mettre le paquet sur cette émission. Que nous partions enquêter en Corrèze et que, s'il avait des renseignements à nous donner, on gagnerait du temps. Il a compris qu'on était prêts à remuer ciel et terre et on sait tous jusqu'où peuvent aller les émissions de téléréalité… Bref, il a préféré organiser une entrevue au calme. Céline est d'accord.

– Je ne sais pas, ça m'obligerait à poser mon lundi et j'ai déjà pris beaucoup de congés… Et puis il faudrait que je prévienne Nadine…

– Réfléchissez, Bertille. Vous n'aurez pas à louer de véhicule, je viens vous récupérer samedi à la gare TGV et je vous raccompagne le lundi. Si Nadine s'est absentée, j'ai une chambre d'ami à votre disposition…

– Je vais voir demain au bureau et je vous rappelle dans la soirée.

Bertille regarda l'écran de son téléphone. Douze contacts. Dérisoire pour certains, ce nombre représentait tout un monde pour elle. Un mois auparavant, son répertoire n'en contenait qu'un seul : celui de Flore. Tous les autres avaient été ajoutés pendant son déplacement dans les Vosges. Des gens qu'elle avait rencontrés, interviewés, enregistrés. Certains, comme Nadine ou Christophe, étaient devenus des amis. Jusque-là, la seule à connaître son passé était Flore et les confidences qu'elle lui avait livrées l'avaient placée en position d'infériorité. Flore avait pris la place d'une grande sœur ou d'une mère de substitution. Nadine et Christophe, au contraire, la considéraient comme une personne capable de prendre des décisions. Mieux encore, ils l'admiraient. Ils louaient sa capacité de résilience, cette force qu'elle n'avait jamais mise en avant, mais qui lui avait permis de survivre à l'attitude de son père, à la mort de Julien, à celle de sa mère puis aux années de souffrance avec Nicolas. Sans le jugement que ces deux personnes avaient porté sur elle, elle aurait continué à se voir comme une victime, ou pis encore, comme une coupable...

Ce soir-là, en repensant à sa journée, elle mesura le chemin accompli : toutes ces décisions prises alors qu'elle en aurait été incapable quatre ans auparavant. Comment avait-elle pu rester si longtemps sous l'emprise d'un homme comme Nicolas ? Pourquoi n'avait-elle pas fui dès le début alors que ses anciens patrons l'auraient accueillie avec joie ? Les moments de bonheur avec lui avaient été tellement rares ; ils ne justifiaient pas qu'elle ait accepté tout le reste. Toutes ces années de souffrance à s'oublier, à ne penser qu'à contenter son mari, à ne pas le contrarier. Même lorsque tout allait bien, elle tremblait. L'accalmie ne durait jamais. Elle avait appris à guetter les prémices : un tic nerveux qui le conduisait à serrer le poing droit, une expiration plus longue que les autres, un clignement de paupière un peu trop appuyé, tous ces signes annonçaient le changement d'humeur. Curieusement, les premières insultes la soulageaient toujours. Au moins, elle savait ce qui allait suivre et n'avait plus à anticiper le moment où tout allait déraper. En son for intérieur, il y avait une chose qu'elle ne confierait jamais à personne, c'était cette certitude qu'elle portait une part de responsabilité dans tout ça. Si elle n'avait pas été elle, Bertille Monnier, Nicolas n'aurait pas osé se comporter ainsi. Si elle avait résisté à la première violence au lieu de rester sidérée, si elle n'avait pas minimisé les réactions brutales de l'homme qui partageait sa vie, si elle ne s'était pas accrochée à cette image de prince charmant qu'il avait affichée les premiers temps et à laquelle elle avait désespérément voulu croire, rien ne serait arrivé. Elle savait que n'importe quel psychologue, n'importe quelle assistante sociale rétorqueraient que cette auto-incrimination faisait partie du cercle pervers des brutalités infligées aux victimes. Pourtant, c'était sa conviction profonde. Tout comme elle estimait que si sa propre mère avait su s'imposer, son père aurait peut-être fini par accepter un enfant comme Julien.

Toute affaire comporte plusieurs coupables, c'est

ce qu'elle avait compris dans les Vosges et c'est ce que Victor avait tenté de lui expliquer lors de leur première rencontre. Que découvrirait-elle de plus en parlant à Céline ? Si elle acceptait d'accompagner Christophe, c'était uniquement pour s'assurer que la femme de soixante-six ans avait réussi à tirer un trait sur une jeunesse de souffrances. C'était tout ce qui comptait.

4

L'ambulance s'éloigna, sirène éteinte. Bertille suivit la lumière bleue du regard jusqu'à ce qu'elle disparaisse sur la départementale en contrebas, puis elle se tourna vers Christophe qui échangeait avec les pompiers. Ses traits s'étaient durcis depuis qu'il avait repris son rôle de gendarme. Appeler les secours, donner l'adresse, décrire les symptômes affichés par la patiente avant qu'elle ne sombre dans l'inconscience, autant de réflexes professionnels qu'il avait accomplis sans hésiter.

En observant les services d'urgence administrer les premiers soins sur place, Bertille avait superposé à cette scène celle qui s'était déroulée huit semaines plus tôt dans un centre commercial de la région parisienne. Elle se savait à l'origine de cette nouvelle hospitalisation, même si, cette fois, elle n'était plus seule à en porter la responsabilité. Lors du trajet en voiture, Christophe lui avait répété la discussion téléphonique qu'il avait eue avec Pascal Mangeot.

Quand Céline avait « disparu » en 1984, il lui avait trouvé un emploi de coiffeuse dans un village de Corrèze dont sa cousine était maire. Grâce à son statut, celle-ci avait pu obtenir qu'on falsifie la fiche d'état civil et Céline Dulac était devenue Angèle Oulac, utilisant son deuxième prénom et arrondissant légèrement l'initiale de son patronyme. Ainsi protégée de la presse et des curieux, la jeune femme avait commencé une nouvelle vie. Tout à l'heure, elle leur avait raconté la difficulté des premiers mois, les larmes de chagrin qui avaient succédé aux larmes de colère, les sursauts dans la rue, et puis cette thérapie, à laquelle elle ne croyait pas au départ, mais dont elle devait admettre qu'elle avait eu des résultats inattendus.

– C'est Françoise, la cousine de Pascal, qui m'avait parlé de l'hypnose. J'étais tellement perdue que j'ai accepté. Peu à peu, les souvenirs sont remontés. Tout d'abord, de nouveaux détails sur ce que j'avais subi enfant et qui m'était revenu si violemment lors de la première thérapie effectuée dans les Vosges. Ces gestes déplacés et insistants que j'avais banalisés pour mieux les oublier. Ces caresses que le maître me prodiguait, celles qu'il me réclamait. Lorsque ma mère revenait me chercher, je devais attendre dans la classe, penchée sur mes devoirs alors que je l'imaginais, subissant les mêmes gestes immondes dans la pièce voisine.

Je détestais l'air enjoué qu'elle prenait lorsque nous rentrions à la maison. Et surtout, je m'en voulais d'avoir été choisie parmi toutes les filles de la classe pour endurer ces séances qui mettaient ma mère en joie. Plus tard, l'hypnose m'a fait revivre ce retour de bal du 20 juillet 1973. Yves qui m'avait embrassée de force en descendant de son véhicule. Il m'avait plaquée sur le capot de la voiture et avait commencé à me déshabiller. Je ne sais pas jusqu'où il serait allé s'il n'avait pas dû courir vomir dans les buissons. Abandonnée sur la carrosserie, je n'avais pas bougé. J'avais à nouveau dix ans. Tétanisée, incapable de réagir. Je suis revenue à moi lorsque Victor est passé en voiture sur la route et mes cris ont dû ramener Yves à la raison. Il m'a forcée à monter dans la voiture avec Pascal et nous sommes rentrés comme si de rien n'était. J'ai enregistré cette scène comme un mauvais rêve, comme quelque chose d'irréel mais au relent tenace. Puis ma mémoire a fini par libérer ce qu'elle avait occulté pendant plus de dix ans : la nuit du 12 novembre 1973. La mort de mon frère.

Dans le silence qui avait suivi, Christophe s'était levé et dirigé vers la cuisine qu'on apercevait par la porte entrebâillée. Il avait ouvert deux ou trois placards, fait couler de l'eau et était réapparu dans la pièce pour déposer délicatement un verre dans les mains de Céline. Cette scène s'était déroulée dans une atmosphère de douceur extrême et, pour un peu, Bertille se serait sentie de trop. Céline avait étiré son sourire, pour remercier, et elle avait bu son verre sans un mot, avant de poursuivre son récit.

– J'avais pris la route en début d'après-midi, dès le coup de fil de Victor me prévenant de la disparition de Simon. En soirée, après avoir erré sur toutes les routes des environs, je m'étais accrochée avec ma mère parce qu'elle voulait placer Simon en maison de correction dès qu'on l'aurait retrouvé. Elle n'avait pas l'habitude que je discute ses décisions, mais ce jour-là j'avais craqué. Une crise de nerfs, ou quelque chose d'approchant. Ma mère m'avait donné une gifle et administré un tranquillisant. Elle avait dû forcer la dose, car je m'étais écroulée et j'avais tout oublié de la nuit qui avait suivi. Avec l'hypnose, des bribes sont revenues. Des voix dans la cuisine : celle de Simon qui crie et profère des menaces. En entendant mon frère, je veux me lever mais je suis trop faible, je somnole par intermittence et mon esprit ne revient à lui que lorsque les cris se font plus forts. J'identifie alors une voix grave : celle de Victor. Je me sens rassurée. Victor est mon ami. Il va gérer la situation et convaincre ma mère d'aider Simon. Il est le seul en qui j'ai toute confiance et je laisse le sommeil me gagner et m'emporter jusqu'au matin… C'est après cette séance seulement que j'ai compris que Victor était le meurtrier de mon frère. J'avais beau me répéter qu'il s'agissait d'un accident, que Victor avait dû vouloir maîtriser une nouvelle crise de Simon, nous ne pouvions plus correspondre. Il m'avait pris mon frère…

À ce moment du récit, Bertille, ahurie, avait dévisagé Christophe. Tous deux connaissaient la confession de Victor et la culpabilité de Céline qui en découlait. Soit la femme en face d'eux jouait la comédie, soit elle avait réellement perdu tout souvenir de cette nuit-là. Avaient-ils le droit de tout lui révéler ? D'un autre côté, Victor avait payé pour Céline. Aujourd'hui, c'était un vieil homme. Abîmé. Qui risquait de mourir sans un merci.

– Lorsque Victor est arrivé chez vous, votre frère était déjà mort…

Voilà. Facile. Bertille n'en revenait pas de ce qu'elle venait de proclamer. Céline n'avait pas répondu. Elle s'était tournée vers la fenêtre et son regard avait glissé sur le paysage. Le jardin, les arbres, la route qui menait à cette maison en impasse et l'espace aménagé pour permettre aux véhicules de faire demi-tour. On entendait quelques oiseaux qui pépiaient. Christophe restait silencieux. Son attention passait de Bertille à Céline comme s'il se demandait laquelle des deux lâcherait en premier, laquelle des deux il devrait rattraper, le cas échéant. Il n'avait pas eu à faire ce choix. Bertille avait tenu, immobile mais consciente de ce qui se jouait à cet instant. Céline avait porté la main à son cœur, avant de s'écrouler sur le sol, inanimée.

Les pompiers partis, la porte de la maison était restée béante. Ils ne pouvaient pas rejoindre l'hôpital sans avoir prévenu Pascal Mangeot, et Christophe ne possédait que le numéro de la ligne fixe. D'un commun accord, ils pénétrèrent à nouveau dans le salon à la recherche d'un répertoire qui contiendrait un numéro de portable. Bertille resta à examiner les photographies sur les murs. Elle n'était pas habilitée à fouiller dans les papiers personnels. Christophe, lui, retrouvait les réflexes qui allaient de pair avec sa profession. Il circulait d'un meuble à l'autre, furetait dans un tiroir puis dans un secrétaire. Il attaquait à présent la bibliothèque, effleurait des essais de philosophie imprégnés de l'odeur du bois. Pendant un certain temps, tous deux se déplacèrent sans un mot. Puis :

– Venez voir. C'est un truc fou.

Christophe avait deux passeports dans les mains et feuilletait l'un des deux avec fébrilité.

– Vous avez vu ça ?

Bertille attrapa le passeport qu'il lui tendait. Lut le nom. Détailla le portrait. Et tout se mit en place. Le malaise ressenti en observant de près les photos étalées sur les murs s'évanouit au profit d'un sentiment mieux défini : le dégoût. La photographie d'identité était celle de Céline, aucun doute là-dessus, ils venaient de discuter plus d'une heure avec elle. Mais le nom était tout autre : Angèle Mangeot, épouse de Pascal Mangeot. Tous les deux devaient être mariés depuis des années puisque Bertille avait reconnu Céline à plusieurs reprises sur les photos de famille disséminées dans le salon. Sur le coup, elle n'avait pas imaginé leur union mais cette proximité avec Pascal l'avait quand même dérangée, vis-à-vis de Victor. Car c'était lui qui s'était sacrifié par amour. Lui qui avait fait trente ans de prison pour protéger la femme aimée. Comment réagirait-il en apprenant que son meilleur ami avait convolé avec Céline ?

Instinctivement, comme pour échapper au couple qui vivait là, ils avaient gagné le porche d'entrée, les passeports à la main. Chacun un, comme s'ils progressaient tranquillement dans la file d'attente d'un aéroport. Ils tournèrent la tête au même moment pour accueillir la voiture qui amorçait le dernier virage. Pascal Mangeot sortit du véhicule et posa nonchalamment les yeux sur les papiers qu'ils tenaient.

– Où est Angèle ?

Il avait utilisé son deuxième prénom avec la certitude à présent que les deux visiteurs avaient pris connaissance de leur situation. En apprenant le malaise de sa femme, il voulut foncer à l'hôpital et

Christophe le fit monter à l'arrière de son propre véhicule. Pendant que Bertille s'installait devant lui, Pascal Mangeot garda la tête droite, bloquée sur un point qu'il était le seul à apercevoir.

– Je lui avais dit que ce rendez-vous n'était pas une bonne idée. Mais elle a insisté pour vous voir. Elle pensait devoir parler de Simon, de Victor qui n'avait jamais été un pédophile… Elle redoutait de mourir sans s'être exprimée depuis la crise cardiaque qui lui a valu une opération, il y a deux ans.

– Nous l'ignorions. Nous sommes désolés.

– Elle va s'en sortir. Je ne pourrais pas vivre sans elle et elle le sait. Elle a toujours été là, vous savez ? Je veux dire dans ma vie, ou au cœur de mes pensées.

Bertille sentit un air frais envahir l'habitacle. Se détournant légèrement, elle s'aperçut que Pascal Mangeot venait d'entrouvrir la fenêtre. Il fermait à présent les yeux et semblait absorber l'air au fur et à mesure qu'il s'engouffrait dans le véhicule. Christophe conduisait en gardant un œil dans le rétroviseur. Il attendait patiemment la suite.

– À l'adolescence, elle ne me voyait pas. Elle ne s'intéressait qu'à Victor et je suis resté le garçon de l'ombre qui écoute son ami lui confier ses espoirs amoureux. Puis il y a eu ce retour du bal, quand elle a repoussé Victor pour partir seule sur la route. J'étais saoul et vautré à l'arrière de la voiture quand Yves a tenté d'abuser d'elle. Je l'ai entendue crier, mais je n'étais pas en état d'intervenir. Yves l'a presque violée devant moi et cette image m'a hanté pendant des années. La culpabilité aussi. Je suis parti du village pour ne plus la croiser, pour ne plus mentir à Victor sur cette soirée. Mais il avait compris, il est venu m'en parler un soir. À cette époque, si j'avais su ce que Céline avait enduré lorsqu'elle était enfant, j'aurais tout confessé, je vous le jure, même si cela m'avait valu d'être condamné pour non-assistance à personne en danger. Mais Yves avait fui vers Paris et Céline avait l'air en forme, alors je me suis tu.

La fin du voyage se fit en silence. Pascal était perdu dans ses pensées et son visage était figé, comme celui de sa femme lorsqu'on l'avait emmenée. À l'hôpital, Christophe se présenta à l'accueil avec sa carte de gendarme en guise de coupe-file et obtint immédiatement le numéro de la chambre. Pascal Mangeot s'entretint avec un médecin avant de se rendre au chevet de Céline. À travers la vitre, Bertille aperçut le mari attraper les mains de sa femme et les porter à ses lèvres. Céline gardait les yeux fermés.

On leur annonça bientôt qu'elle était tirée d'affaire. Mais elle devait rester deux jours en observation. Le malaise était dû au choc et non à une nouvelle crise cardiaque, comme ils l'avaient craint.

Bertille laissa l'odeur de médicaments s'immiscer

en elle jusqu'à lui donner la nausée. Qu'est-ce qu'elle avait fait ? Était-ce vraiment nécessaire ?

– Tu n'y es pour rien. On ne pouvait pas faire autrement. On lui devait la vérité.

Christophe lui avait pris la main. Elle perçut la chaleur de ses doigts sur les siens, mais malgré le tutoiement qu'il venait d'employer pour la première fois, elle ne s'était jamais sentie aussi distante de lui. Comment pouvait-il parler de vérité ? Comment pouvait-on appeler ainsi des faits demeurés dans l'ombre pendant plus de quarante ans ? Et en quoi ce qui était resté ignoré de tous pendant près d'un demi-siècle pourrait devenir, en un instant, « la vérité » ?

Elle aurait voulu dégager sa main et lui crier qu'il n'avait rien compris, que la vérité n'est pas un dû. Le mensonge, oui. Celui que l'on construit pour avancer dans le noir. Celui qui nous sert de canne pour repousser les obstacles. Le mensonge est un instinct de survie.

5

Il avait neigé toute la journée. Leur chef de service les avait finalement libérés en apprenant que la RN 118 était fermée. Sur le bord des routes, de nombreux véhicules stationnaient, abandonnés çà et là par des conducteurs paralysés par la neige et Bertille avait renoncé à attendre son bus, préférant poursuivre à pas mesurés sur les trottoirs glissants. Le lendemain, il serait impossible de circuler en région parisienne, la situation allait encore empirer dans la nuit. Alors, sur un coup de tête et parce que son appartement se trouvait presque sur son chemin, elle s'était arrêtée chez Victor. Il l'avait laissée entrer, nullement surpris par cette visite en milieu d'après-midi.

Bertille avait évité cette confrontation depuis qu'elle avait rencontré Céline et maintenant, elle était là, sa tasse à la main, à se demander si elle était venue pour parler ou pour se taire.

C'était *la* question. La même depuis l'enfance.

Elle avait longtemps cru qu'il était plus facile de ne rien dire. Mais, au fil des années, ses silences avaient grandi avec elle, ils avaient pris possession de chacun de ses organes. De façon insidieuse, ils avaient recouvert sa voûte plantaire et son cuir chevelu d'un eczéma tenace qui résistait à tout traitement. Elle regarda le vieil homme. Et parla.

Elle lui parla du 12 novembre 1973, de cette date qui ne signifiait rien pour elle si ce n'était un fragment d'histoire avant sa naissance. Elle lui parla du somnifère administré à Céline par sa mère et des bribes de la dispute que la jeune femme avait entendues lorsque Simon était rentré, déposé devant la porte par son instituteur, son ami aussi. Pour la suite… on ne pouvait qu'imaginer. Imaginer Mme Dulac administrant une énième claque et projetant son fils contre l'angle de l'évier. S'en tenir à la troisième loi de Newton et se représenter la violence du choc, fatal pour le jeune garçon. Enfin, laisser flotter dans l'air cette version machiavélique dans laquelle Mme Dulac aurait sciemment appelé Victor à la rescousse, allant jusqu'à accuser Céline pour le convaincre de les aider, dût-il endosser la responsabilité de la mort de Simon.

De façon incroyable, Victor Kessler ne trahit aucune émotion en apprenant qu'il avait sacrifié sa vie pour une femme qu'il avait toujours détestée.

Il cilla juste lorsque Bertille évoqua le mariage de Céline avec Pascal puis s'inquiéta de sa santé en apprenant son malaise.

Bertille l'abandonna un moment sous prétexte de refaire du thé. De loin, elle observait le dos du vieil homme. Elle guettait les soubresauts d'éventuels sanglots, refoulés depuis quarante ans, ou bien les contractions des quelques muscles perceptibles sous le tissu de la chemise, qui dévoileraient une inutile mais légitime colère.

Dehors, les flocons accéléraient leur chute et ce rideau blanc qui les isolait de la vie extérieure renforçait le silence qui régnait dans l'appartement. Elle regagna le salon, servit le thé. Victor fixait la table avec intensité. Elle reconnut ce sentiment de solitude extrême qui naît après un choc. Celui qu'elle avait éprouvé après l'arrestation de Nicolas. Sur le coup, elle n'avait même pas goûté ce vide comme une libération. Pendant neuf ans, elle n'avait vécu qu'à travers son bourreau et, du jour au lendemain, sa disparition avait créé un vertige qu'elle n'avait pas su appréhender. Après l'intervention des pompiers et de la police, il avait été incarcéré ; elle ne l'avait revu qu'au procès. Il n'avait pas lâché un mot, déléguant à son avocat la tâche d'émouvoir la cour avec la violence qu'il avait lui-même subie enfant. Elle avait entendu prononcer le mot thérapie et l'avocat avait insisté sur les remords de son client. Pendant tout ce temps, elle avait gardé la tête baissée fixant ses doigts aux ongles rongés pour échapper aux justifications. Comme lorsque Nicolas la frappait, elle s'était transportée dans le petit bois derrière la maison de son enfance, elle avait inspiré doucement, pour retrouver le parfum des sapins libérant leurs essences au petit matin. Elle marchait sur la mousse qui absorbait le bruit de ses pas, laissant le grondement de la rivière monter en intensité jusqu'à ce qu'elle l'aperçoive enfin. Et comme à chaque fois, l'eau charriait avec elle le corps de son frère, entraînant une douleur si profonde qu'elle l'anesthésiait totalement, la rendant pour un temps insensible à toute nouvelle blessure.

Victor but sa deuxième tasse de thé sans discuter, comme un enfant qui avale un remède concocté par sa mère. Puis il lui sourit.

– C'est incroyable que j'aie refusé l'évidence, non ? La mère de Simon m'appelle en pleine nuit, me force à taire la mort de son fils et insiste pour que je protège sa fille… Et Céline, qui dort comme un bébé dans sa chambre alors qu'elle a tué son frère… J'y ai cru ! Et pourtant je n'avais aucune confiance en Mme Dulac. J'avais été témoin de son comportement pervers avec ses deux enfants, de la façon dont elle jouait les victimes pour qu'ils s'occupent d'elle et de la maison, la manière qu'elle avait de geindre à chaque nouvelle incartade de Simon pour que les voisins la plaignent et la dédouanent de toute responsabilité... J'imagine qu'elle a fini sa vie tranquillement, sans le plus petit remords pour ce qu'elle a infligé à ses enfants.

– Et à vous...

– Moi... J'ai eu ce que je méritais. Je me suis laissé manipuler parce que j'ai voulu être le sauveur de Céline. En endossant son crime, je nous liais à tout jamais. Sans cet orgueil, j'aurais appelé la gendarmerie et la coupable aurait été arrêtée. Le pire, c'est qu'elle n'aurait passé que très peu de temps en prison, vous savez. Elle se serait lamentée à la barre et tout le village aurait défilé pour témoigner du départ de son mari et de la difficulté à s'occuper d'un enfant aussi difficile que Simon. Elle aurait bénéficié des circonstances atténuantes qu'on m'a refusées.

Pour la première fois depuis qu'ils se connaissaient, Bertille s'autorisa à poser la main sur le bras de Victor. Elle sentit la douceur de la peau tiède et déjà fripée sous ses doigts glacés et chercha lequel des deux, en cet instant, avait le plus besoin de réconfort.

– Comment vous sentez-vous ?

– Vide. Bête aussi. Mais les questions ont leurs

réponses et Céline ne m'a pas tourné le dos sans raison. Je n'avais pas compris qu'elle m'oublie. Au début, elle s'était persuadée que Simon avait croisé la route d'un étranger, qui aurait quitté la région sitôt son crime commis. Après la découverte du corps du petit Grégory, en 1984, elle s'était réjouie de la médiatisation de l'enquête : pour elle, c'était le même meurtrier. Je l'écoutais et cela me rendait malade. J'aurais presque souhaité qu'elle sache ce qu'elle avait fait à son frère pour qu'elle cesse enfin de remuer toute cette boue. Mais, bien sûr, je me suis tu. Ça l'aurait tuée. Enfin, c'est ce que je croyais. Parce que, pour moi, il n'y avait aucun doute. Alors, lorsqu'elle a cessé de m'écrire après son départ pour la Corrèze, j'ai tout envisagé et, entre autres, qu'elle avait recouvré la mémoire. À Saintes-Fosses, elle avait commencé une thérapie qui avait réveillé des images horribles de son enfance. Cela l'avait déjà suffisamment traumatisée. À partir de là, je n'ai éprouvé qu'une crainte : que le souvenir du 12 novembre 1973 ne remonte lui aussi à la surface. Il ne le fallait pas. C'est pour ça que Pascal devait l'éloigner de Saintes-Fosses et de cette clinique où elle consultait. Je ne croyais pas qu'il jouerait aussi bien son rôle… Merde, vous vous rendez compte qu'elle l'a épousé !

Bertille ne put s'empêcher de sourire devant

cette exclamation d'une profonde candeur. Victor venait de découvrir qu'il avait fait trente ans de prison pour rien et il tiquait parce que Céline vivait avec Pascal Mangeot, son ami. Elle imagina le gouffre qui venait de s'ouvrir à ses pieds et elle resserra la pression sur son bras comme pour le retenir de tomber. Victor n'eut aucune réaction, son corps était ailleurs, malmené dans un lieu dont elle n'avait pas les clés. En accrochant son regard, en le voyant se recroqueviller à l'intérieur, elle devina la douleur qui résonnait à chaque battement de cœur.

– Qu'est-ce que vous allez faire ?

– Rien.

– Mais, même si la vraie coupable est morte, on doit vous réhabiliter, vous avez passé trente ans en prison…

– Non. Et vous n'agirez pas non plus. Même chose pour votre gendarme. Priez-le de se taire s'il veut épargner Céline.

Bertille ne comprenait pas sa réaction. Elle pensa au déni évoqué par son psy, des années auparavant. Mais ce n'était pas ça. Même perdu dans son monde intérieur, Victor restait conscient de la réalité, si terrible soit-elle. Alors quoi ? Était-il plus simple de s'en tenir à la version qui l'avait maintenu debout et lui avait permis de résister au pire pendant trente ans ? Ou peut-être pensait-il encore protéger Céline ? Bertille devait s'en assurer :

– C'est trop tard, vous savez. Je veux dire pour Céline. Elle a compris que sa mère était coupable comme elle a sûrement compris que cette dernière vous avait sciemment envoyé en prison à sa place.

– Vous ne savez pas tout.

À l'intérieur, Bertille sentit la colère gronder de plus belle. À quoi jouait-il ? Il lui avait payé ce séjour dans les Vosges pour qu'elle lui rapporte des renseignements et il continuait à cacher l'essentiel. Qu'est-ce qu'elle allait encore apprendre ?

Victor avait dégagé son bras de l'emprise de Bertille et observait à présent fixement ses mains, jointes comme celles d'un prêtre qui s'apprête à livrer un sermon.

– Début 1983, Céline est venue me rendre visite au parloir. Elle m'a raconté ce qu'elle avait réalisé grâce à la psychothérapie qu'elle suivait. Les gestes ignobles de M. Vigneault avaient émergé de façon claire et précise, même si je ne lui ai pas demandé les détails. Elle paniquait à l'idée de le croiser dans le village. Elle n'en dormait plus. Quant à moi, je tombais des nues : l'homme que j'admirais depuis toujours, l'homme qui prenait ma défense depuis dix ans, l'homme qui m'avait guidé avec tant de bienveillance lorsque j'avais hérité de sa classe, était un pédophile. Un putain de pédophile, Bertille ! Un pervers, qui avait bousillé la vie de Céline et sans doute celle d'autres gamines... En prison, on cogite. On a du temps pour ça. Et surtout, on n'a rien d'autre à faire. Alors la colère a gonflé, l'idée de vengeance aussi. Le problème, c'est que j'étais coincé derrière des barreaux pour des années, tandis que Vigneault, lui, allait vivre une longue et belle retraite sans jamais payer pour ses crimes... Honnêtement, j'ai cru devenir fou. Mais j'avais Régis à mes côtés, mon codétenu. C'est lui qui a eu l'idée. Il connaissait mes soupçons concernant l'attitude d'Yves et de Pascal lors du retour de bal. Alors Régis m'a dit cette chose folle : que c'était pour eux un moyen de réparer. Il n'avait plus que trois mois à tirer. Il a noté tous les renseignements que je pouvais lui donner sur mes deux anciens amis. Dès sa sortie, il s'est rendu chez Pascal, puis chez Yves. Je ne sais pas comment il s'y est pris, mais Régis pouvait être très persuasif. Bien plus tard, il m'a envoyé une lettre pour m'annoncer la mort de Vigneault. Je n'ai jamais revu Yves, mais j'ai écrit à Pascal. Il est passé me voir en prison. Nous étions désormais liés par un secret indicible. Nous n'en avons jamais reparlé. Ce jour-là, nous avions soldé nos dettes. Y compris son attitude lors du retour du bal. En fin de compte, il avait juste fermé les yeux, comme moi. Nous étions tous deux coupables de non-assistance à personne en danger. C'est là que je lui ai fait promettre d'éloigner Céline du psy qui la suivait depuis deux ans. J'ai prétendu qu'elle était sous l'emprise de ce thérapeute. C'était faux, bien sûr, mais je ne pouvais pas lui révéler que je craignais que la thérapie ne marche trop bien… De toute façon, Pascal n'a pas posé de question. Il a promis de faire le maximum. Apparemment, il a tenu parole…

– Et Céline… croyez-vous qu'elle ait deviné pour le meurtre de Vigneault ? Je veux dire, votre implication et celle de son mari ?

– J'ai cru un temps que c'était pour cette raison qu'elle ne m'écrivait plus. Mais aujourd'hui je demeure persuadé que Pascal ne lui a jamais rien avoué… Pendant un à deux ans, il m'a écrit pour me donner des nouvelles de sa vie en Corrèze. Chacune de ces lettres me confortait dans les décisions que j'avais prises, si douloureuses fussent-elles. Puis les courriers ont cessé. Inquiétude. Mélancolie. J'ai tout traversé sans broncher. J'ai arrêté la rédaction de ma « confession ». Ça ne rimait plus à rien cette débauche de mémoire bien ordonnée. Paniqué que j'étais à l'idée que la vérité ne s'en échappe, à mon insu, contre mon gré, je ne l'ai jamais relue. Jusqu'à votre séjour à Saintes-Fosses. Et là, le cataclysme n'a pas eu lieu.

Au contraire, à la relecture, cette confession s'est révélée décevante par sa simplicité. Rien qui se dévoile. Rien qui émerge. J'ai alors compris qu'il me faudrait aller jusqu'au bout.

On me suspendit de mes fonctions le 10 décembre 1973. Lorsque les recherches s'orientèrent vers une relation ambiguë avec les enfants, l'inspection académique réagit promptement. Elle nomma aussitôt un remplaçant.

Curieusement, on me laissa disposer du logement de fonction et je continuais de croiser élèves et parents en sortant de chez moi. Ça ne gênait ni l'administration ni les enquêteurs. Je fus le seul à trouver la situation intolérable. Au bout de quelques jours, je décidai de réintégrer le foyer parental, à la sortie du village sur une route très peu fréquentée en cette période de l'année. C'est là que les gendarmes vinrent m'arrêter le 28 décembre. Ils n'avaient pas de nouvel élément, mais à force de lire et de relire le dossier sur la mort de Simon, ils avaient mis en évidence « un faisceau d'éléments concordants ». Tout d'abord, les témoignages des enfants. Trop de proximité, trop de contacts physiques et un manque de rigueur et de sévérité envers les élèves : tout ce qui m'avait valu la reconnaissance des familles devenait à présent la preuve irréfutable de ma perversité... Ensuite, mes liens avec la sœur de la victime. Mes rendez-vous avec Céline furent présentés comme des tentatives de rapprochement avec Simon. J'avais courtisé la grande sœur pour justifier une présence insistante aux côtés de l'élève élu. Enfin, mon changement d'attitude en classe les derniers jours. La façon dont j'avais « malmené » la victime, mon départ précipité de la classe le lundi du crime...

Tous ces points furent analysés, mais un surtout causa ma perte : mon silence. Celui qui ne dit rien a forcément quelque chose à cacher, et cette fois encore, c'était vrai.

Régis m'a souvent demandé comment j'avais tenu pendant cette période où tout le monde se mit à me tourner le dos, où je me retrouvai seul, lâché par le village, par ma famille, par mes amis... Je lui répondais que je ne m'étais jamais senti seul. Jamais. Céline croyait en moi, et ça me suffisait. Avec mon silence, je créais une forteresse pour nous deux, complices et coupables, mais ensemble face au reste du monde. Inconsciemment, Céline devait percevoir cette connivence, car nous ne fûmes jamais aussi proches que pendant ces années de visites au parloir. Plus j'en apprenais sur elle, plus je méprisais le jeune homme inconséquent que j'avais été. Curieusement, je constatais que l'enfermement et la réflexion qui allait de pair me rendaient meilleur, plus attentif aux autres, plus tolérant aussi. Cette tendance s'accentua lorsque je commençai à dispenser des cours aux autres prisonniers. Leurs parcours de vie m'intéressaient et m'aidaient à adapter mon enseignement à chacun. Avec certains, nous avons correspondu bien après leur libération. Il est peut-être difficile de l'entendre, mais j'ai eu une vie en prison. Au fil des ans, on me laissait de plus en plus de liberté, j'exerçais un métier qui me passionnait, les brimades des codétenus n'avaient pas duré et avaient été oubliées dès les premiers cours. Dans les reportages télévisés sur l'affaire qui nous parvenaient en prison, l'accusation de pédophilie était de moins en moins évoquée et Régis avait convaincu la majorité des prisonniers que mon silence était à imputer à une histoire d'amour. De façon incroyable, j'en avais gagné de l'importance. Mon attitude chevaleresque me valut même l'amitié de nombreux détenus. Bien sûr, avec le départ de Régis puis l'abandon de Céline, ma peine devint plus douloureuse à porter et mon sacrifice plus criant.

Il y eut un temps où je faillis rappeler Agnès Kamcha, l'avocate. Lui dévoiler tout ce que je savais et imaginer avec elle un moyen de me faire sortir. À plusieurs reprises, je m'étais dirigé vers le téléphone de la prison et je l'avais fixé comme si ma pensée seule avait le pouvoir de déclencher l'appel. À chaque fois, le doute me reprenait, je me souvenais de l'arrogance des avocats, de leur duplicité pour obtenir l'acquittement ou la libération de leur client à n'importe quel prix. Et je n'étais pas prêt à offrir Céline en pâture à la justice. Alors je retournais avec les autres et je remettais l'appel au lendemain, comme si la nuit allait m'apporter une révélation. J'ai tenu bon. Jusqu'en 1988.

À l'automne de cette année-là, soit quinze ans après le drame, un jeune homme sollicita un parloir. Il s'agissait de Geoffroy Barnabé. Le petit Geoff, comme on le surnommait en classe. Il avait à présent vingt-quatre ans et, malgré son mètre quatre-vingts et sa barbe, je reconnus sans difficulté l'enfant qui occupait toujours la place au premier rang, côté cour. Nous nous serrâmes la main et je lui demandai ce qu'il devenait. Il n'y avait de ma part ni rancœur ni animosité et j'étais réellement content de revoir un ancien élève. Mais Geoffroy s'écroula, la tête entre les mains. Il m'expliqua que sa vie était au point mort depuis deux ans, qu'il avait arrêté ses études, perdu ses amis et qu'il venait me voir sur les conseils de son psychothérapeute. Geoff se sentait coupable de faux témoignage, ce sont ses mots. Que pouvais-je faire sinon le déculpabiliser ? Le jeune garçon qu'il était en 1973 n'avait rien dit qui ne fût rigoureusement exact. Et puis on ne ment pas à neuf ans, on raconte. C'est aux adultes à faire la différence.

Alors Geoffroy m'annonça qu'il avait contacté un journaliste et qu'il souhaitait que je le rencontre. Est-ce qu'une part de moi a rêvé d'un nouveau jugement ? Sans doute… Je n'ai pas l'âme d'un martyr et il m'est arrivé de vouloir tout faire exploser. Hugo Lazare, le journaliste, se présenta à la prison quelques jours plus tard. Il s'était documenté sur toute l'affaire. Il avait pointé les faiblesses de l'enquête et l'absence de preuve irréfutable me concernant. Il insistait sur les comptes rendus contradictoires des médecins légistes, sur l'approximation concernant l'heure de la mort et ne pouvait comprendre mon attitude passive. Il publia son premier article avec mon consentement. Nous étions convenus de nous revoir et j'avais accepté le principe d'une série de cinq papiers visant à démonter le jugement. Mon but n'était pas qu'on remette en cause ma culpabilité, mais les chefs de préméditation et de pédophilie sur lesquels reposait l'incompressibilité de ma peine. Je me mis à espérer.

Le premier article suscita des réactions et Lazare en fut ravi. Il avait dénoncé les interrogatoires des enfants et la pression des parents d'élèves qui les incitaient à inventer tout et n'importe quoi pour bénéficier de l'attention des médias. Ce que nous n'avions pas prévu, c'était l'impact de cet article sur Geoffroy Barnabé. Trois jours après la sortie, celui-ci fit une tentative de suicide. Bien qu'à l'initiative de ce papier, il n'avait pu supporter de relire les extraits de son ancien témoignage, retranscrits noir sur blanc par Hugo Lazare.

Bien sûr, sa famille attaqua le journal et le journaliste fut sommé d'abandonner le sujet. Il fut envoyé dans une autre rédaction et je n'entendis plus jamais parler de lui. Geoffroy Barnabé, qui avait garé son véhicule sur les rails en attendant le passage du train, survécut à ses blessures, mais connut des années de souffrance et de rééducation. Le meurtre de Simon Dulac venait de faire une nouvelle victime.

6

Bertille referma doucement la boîte aux lettres. Depuis l'appel de Sylvie Vigneault qui l'avait prévenue de l'envoi, elle guettait le facteur.

Elle monta les marches avec une lenteur délibérée et, arrivée dans son appartement, elle attendit encore quelques minutes, immobile, fixant la table où elle avait posé l'enveloppe. Ses mains tremblaient en sortant les photocopies du journal de Joseph Vigneault. Le premier extrait était daté d'octobre 1973, le second de mars 1981. Une lettre de Sylvie Vigneault accompagnait les feuillets.

Chère Bertille,

Vous trouverez dans cet envoi certains éléments que nous avions évoqués en janvier dernier. Je ne doute pas qu'ils apporteront un nouvel éclairage sur les circonstances entourant la mort du jeune Simon Dulac. J'ai finalement décidé d'affronter la réalité et de lire l'intégralité du journal de mon père. Ce que j'y ai découvert dépasse tout ce que j'avais pu anticiper. Mais je ressors de cette lecture avec la certitude que le silence n'est plus une option envisageable. Je garde ces cahiers à votre disposition. Vous choisirez de les utiliser dans le cadre de votre émission ou de les remettre à la police, je vous laisse juge de la décision à prendre. Ma seule requête est que vous me donniez le temps de préparer ma sœur à une révélation publique qui bouleversera à jamais sa vision de notre père.

J'espère que les protagonistes de cette malheureuse affaire n'auront pas souffert davantage à cause de ma lâcheté durant toutes ces années.

Bien à vous,

Sylvie Vigneault

Bertille reposa la lettre et se dirigea vers l'évier. Elle laissa l'eau froide glisser sur ses doigts jusqu'à l'engourdissement puis passa son visage sous le jet glacé. Sans même l'essuyer, elle ouvrit la fenêtre et offrit sa peau mouillée au vent qui s'engouffra dans la pièce. Elle l'avait fait. Sylvie Vigneault avait regardé son père en face et s'était confrontée au monstre qui lui avait donné la vie. Que ressentait-elle à cet instant ? Bertille imaginait la détermination qu'on devait lire dans ses yeux. Ou peut-être pas. Peut-être ses poings étaient-ils serrés dans ses poches, ses ongles trop longs plantés dans les paumes dans une tentative dérisoire d'apaisement. Peut-être la vie continuait-elle là-bas comme ici. Les mêmes informations télévisées, les mêmes commentaires des voisins sur le froid excessif ou le retard du facteur, les mêmes croissants dans la boulangerie du coin de la rue, sans personne, nulle part, pour crier au monde la culpabilité d'un homme. Un homme qui avait bouleversé des destins, un homme qui avait vécu sans honte, sans remords, et qui n'avait été condamné qu'à une mort anticipée et rédemptrice.

Bertille quitta la morsure de l'air frais et se retourna, prête à affronter les démons de Vigneault.

Mercredi 3 octobre 1973

Ce matin, j'ai eu la visite de Simon. Il m'a dit qu'il savait. Ça ne m'étonne pas, je suis même surpris que sa mère ait attendu si longtemps avant de jacasser. C'est un drôle de gamin, je l'avais déjà remarqué lorsque je l'avais eu au cours préparatoire. En tout cas, il ne perd pas le nord, il tient de sa mère. Il veut de l'argent. Je lui ai dit que j'allais réfléchir.

Jeudi 4 octobre 1973

Je suis passé voir Victor et je suis resté le temps de la récréation. J'avais besoin de sonder si le petit l'avait mis au courant… comme ils sont toujours fourrés ensemble. Apparemment non. Victor ne sait pas tricher. S'il avait eu vent de quelque chose, je l'aurais senti. Déjà gamin il se faisait prendre à chaque bêtise. Il y a des mômes comme ça…

Vendredi 5 octobre 1973

Je vais parler à Rosine. Je veux savoir si elle est au courant que son fils est venu me réclamer de l'argent, ou bien s'il a agi seul. Ça pourrait très bien cacher un coup tordu de sa mère pour toucher une rente.

Au moins, mes filles, elles, ne m'apportent que des satisfactions. Sylvie va bientôt finir la faculté de Nancy et elle fera une bonne prof de maths. Elle risque d'en baver quand elle récupérera des élèves corrompus par les maths modernes. J'espère que ça n'est qu'une mode et que ça passera, comme toutes les modes. Quant à Isabelle, elle réussit brillamment au lycée. Je suis un papa chanceux.

Samedi 6 octobre 1973

Nous sommes allés faire les courses, Sylvie est à la maison pour le week-end. Il faut en profiter car je sais que l'année prochaine, elle peut récupérer un poste n'importe où en France. Et ça en sera fini de nos week-ends à quatre. Il faut garder en mémoire ces moments fragiles et éphémères. C'est un tel bonheur.

Dimanche 7 octobre 1973

Mon père est venu déjeuner ce midi. Je me suis encore accroché avec lui. J'ai beau essayer de rester calme, il y a toujours un moment où je me sens obligé de réagir. Après son départ, Isabelle m'a reproché d'avoir crié sur son grand-père, qui est âgé et fatigué. Je me suis excusé et lui ai promis que ça n'arriverait plus. Je ne veux surtout pas décevoir mes filles.

Lundi 8 octobre 1973

J'irai voir Rosine demain matin pendant que Céline sera au salon et Simon à l'école, c'est entendu. Elle n'a pas eu l'air de comprendre pourquoi je l'appelais. J'imagine que le gamin aura commis ses petites affaires dans son coin. Je préfère ça, je la connais, elle saura lui faire entendre raison.

Mardi 9 octobre 1973

J'ai parlé à Rosine. Elle ignore comment Simon a appris qui j'étais. Elle m'a juré qu'elle ne lui avait rien dit. Mais cette folle a conservé la copie de notre accord chez elle et elle pense qu'il a fouillé un jour où il était seul à la maison. Au moins, il aura appris que j'ai versé une belle somme d'argent à sa mère à l'occasion de sa naissance. Rosine a conscience que son fils est sur la mauvaise pente mais elle ne bouge pas. S'il a vu le papier, ça ne sert à rien de nier, il va falloir qu'il comprenne qu'il doit garder ça pour lui.

Mercredi 10 octobre 1973

Je suis allé à l'école déposer des documents pédagogiques que j'ai retrouvés hier en rangeant la cave. Autant que ça serve aux enfants. Victor manque de matériel à l'école, il avait l'air content. Et les élèves auront des cartes et des dossiers pour travailler sur notre belle région.

Jeudi 11 octobre 1973
Rosine m'a rappelé. Ça s'est mal passé avec son fils. En fait, nous avions tout faux, il ne savait rien de ses origines. Il avait surpris une conversation téléphonique. Son idiote de mère est allée parler à une copine de la liaison que nous avons eue il y a dix ans. Je ne sais pas comment elle a présenté les choses, mais le gamin est persuadé que j'ai mal agi avec sa mère. C'est pour ça qu'il est venu me réclamer de l'argent. Hier, croyant le calmer, Rosine a fini par lui avouer que j'étais son père, l'imbécile, et que s'il le répétait, ça lui ôterait toute possibilité de retourner à Marseille. Le gamin a piqué une crise et ça a dégénéré. J'espère qu'il va comprendre que le silence est sa seule option. Après dix ans, je n'ai pas envie que cette erreur de Rosine me revienne en pleine figure. Je n'y suis pour rien, moi.

Vendredi 12 octobre 1973
Je reviens de chez Victor. C'est toujours délicat de retourner dans l'appartement que nous avons occupé pendant des années avec les filles. Victor vit seul, il ne sait pas quoi faire de ces deux grandes chambres. Est-ce qu'il voit quelqu'un à part la petite Céline ?

La gamine est toujours aussi belle et aussi envoûtante. Sa beauté a quelque chose d'immatériel qui serre le ventre lorsqu'on la regarde. Victor doit faire attention. Elle est tellement fragile. J'espère qu'il en est conscient.

Samedi 13 octobre 1973
Simon est revenu. Il avait l'air plus calme. Il m'a promis de ne rien dire de nos liens de parenté en échange d'une bonne somme pour rentrer à Marseille. Il veut être là-bas pour Noël. Je lui ai expliqué que j'avais besoin de temps pour récupérer l'argent en liquide sans que ma femme s'en aperçoive. Je prendrai sur les cours que je donne à mes anciens élèves, mais il devra attendre la fin des vacances de Toussaint pour que j'aie la totalité. Il est d'accord. C'est bizarre, mais c'est la première fois que je sens une connexion entre nous. Je me demande ce qu'il serait devenu si je m'étais chargé de son éducation, au lieu de le laisser entre les mains de cet incapable d'Henri.

Le premier extrait photocopié par Sylvie Vigneault s'arrêtait là, quatre semaines avant la mort de Simon. Bertille repensa au comportement du jeune garçon à l'automne 1973. Comment lui en vouloir de sa colère ? Il venait d'apprendre qu'il n'avait aucun lien avec l'homme qu'il voulait rejoindre à Marseille. Et que sa propre mère était d'accord avec son père biologique pour monnayer son silence… D'ailleurs, où était cet argent ? Bertille n'avait rien lu à ce sujet. L'instituteur avait-il changé d'avis ?

La suite du journal choisie par la fille de Vigneault datait de 1981, huit ans après les faits.

Mercredi 11 mars 1981

J'ai déconné. Ce matin, je me suis rendu au salon de coiffure de Saintes-Fosses. Je ne sais pas ce qui m'a pris, j'ai fait un rêve étrange la nuit dernière et Céline en faisait partie. Du coup, à mon réveil, je n'avais qu'une idée en tête : la revoir, juste une fois. C'était la seule solution. En arrivant au salon, j'ai insisté auprès de la patronne pour qu'elle la laisse me couper les cheveux…

Elle est toujours aussi belle, mais elle fait femme aujourd'hui et je me suis senti moins attiré, presque détaché. J'ai respiré. Nous avons parlé de la retraite et de l'avenir du village. Au moment de partir, je lui ai dit que j'étais fier de sa réussite. Et puis, je ne sais pas, j'ai dû lui caresser le bras, gentiment, pour lui dire au revoir. Là, j'ai vu son attitude changer. D'un seul coup, elle m'a repoussé violemment et a hurlé : « Laissez-moi ! » Tous les clients se sont tournés vers nous, c'était très gênant. Je suis parti en souriant comme si de rien n'était, mais je l'entendais encore crier du bout de la rue. Je n'aurais pas dû aller là-bas.

Jeudi 12 mars 1981

Je me suis accroché avec Hortense dès le déjeuner. Il faut dire que la cohabitation se révèle plus difficile depuis que nous ne sommes que tous les deux à la maison et qu'Isabelle et Sylvie ne viennent plus nous voir le week-end. Mais la vraie raison, c'est que je ne me sens pas tranquille. Cette nuit, je n'ai pas fermé l'œil en repensant à la scène d'hier, au salon de coiffure. En acceptant mon argent après la naissance de Simon, Rosine avait également admis ma version selon laquelle Céline avait déformé ce que je lui aurais fait subir. Ce geste qu'elle avait surpris un soir était équivoque, mais correspondait à une tentative de consolation que je lui avais maintes fois détaillée. D'ailleurs, sa fille ne lui en a jamais reparlé. Il faut que je pense à autre chose, pourquoi Céline en viendrait-elle à ressortir tout ça aujourd'hui ? Et, de toute façon, qui l'écouterait après tout ce temps ?

Vendredi 13 mars 1981

J'ai passé la matinée au jardin à profiter de ce beau soleil printanier. Ça m'a détendu et j'ai oublié mes soucis. Il n'y a aucune raison que je m'inquiète pour Céline, nous avons de si beaux souvenirs ensemble. Même si tout lui revient, elle se rappellera forcément ces moments de tendresse où je la rassurais lorsque sa mère se comportait mal avec elle. Et son père qui ne la défendait jamais… S'il y en a un à qui elle doit en vouloir, c'est bien lui ! La seule erreur de ma vie a été d'entretenir cette liaison absurde avec Rosine. Elle ne me plaisait même pas, pire, elle me dégoûtait. Mais, au moins, elle amenait Céline avec elle, un vrai rayon de soleil, cette enfant… Si Rosine ne nous avait pas surpris, notre amour aurait duré encore des années. Elle était si douce avec moi.

Samedi 14 mars 1981
Hortense est partie voir une amie ce week-end. C'est une bonne chose. J'aime me retrouver seul à la maison. Ce matin, j'ai fait un peu de bricolage, le portail accroche après l'hiver. À midi, j'irai me promener en ville et déjeuner là-bas. Quel bonheur d'observer les familles qui sortent avec les premiers beaux jours ! Ça me rappelle tant de bons moments, lorsque les filles étaient petites. Nous passions des après-midis à déambuler et nous rentrions ensuite goûter tous ensemble dans notre appartement au-dessus de l'école. Comme j'aimerais revivre ce temps-là !

Bertille lâcha la page et courut aux toilettes. Elle ne savait plus la dernière fois où ça lui était arrivé. À l'adolescence peut-être, lorsqu'elle se forçait à ingurgiter des bouchées encore et encore, pour ne pas avoir à répondre à son père. Après, elle ne pouvait rien garder, comme si le fait de rejeter tout ce qu'elle avait avalé excusait sa lâcheté. Est-ce que Sylvie Vigneault avait connu ces moments, quand l'estomac renvoie tout ce que la bouche retient de rancœur et de peur ?

En 1988, après la tentative de suicide de Geoffroy, la dépression me saisit, violemment mais fugitivement. Je repris les cours dès le mois suivant à la surprise de Georges qui pensait que les dernières péripéties auraient définitivement eu raison de mon impassibilité. Ce ne fut pas le cas. J'avais pris conscience que j'allais purger ma peine dans sa totalité, et cette perspective, au fond, ne s'avérait pas si dramatique. Si vous lisez cet épilogue que j'écris pour vous, Bertille, vous me soupçonnerez certainement d'exagérer la force de caractère dont je faisais preuve à l'époque. Vous auriez tort. Oh ! je n'étais pas plus fort que tous ces compagnons de détention que j'ai vus s'effondrer à l'annonce d'un verdict défavorable ou du rejet de leur conditionnelle. Mais la perte de la liberté représente une souffrance relative. Il n'est pas nécessaire de connaître l'enfermement pour que les impératifs s'accumulent, se liguent, et nous tracent des voies que nous n'avons pas choisies.

Alors oui, l'homme qui débarque en prison chargé

d'une lourde peine perd ses relations, ses amis, sa famille, sa femme. Il perd ses biens, sa maison, ce carré de terre qui parfois lui appartient.

Mais surtout, il perd ses rêves. Tous ces possibles dont on l'a abreuvé enfant, toutes ces promesses qu'on lui a prêtées et qui lui ont dessiné un destin unique et grandiose.

Moi, je n'avais pas grand-chose à quoi renoncer en restant derrière les murs. Les biens matériels m'indifféraient et la rémunération sans gloire d'un instituteur me préservait d'avoir un jour à m'en préoccuper.

Je ne possédais pas d'amis et ma famille n'avait jamais fondé de grands espoirs sur mon existence. Bien qu'enfant unique, on ne m'avait pas demandé d'être brillant, on n'avait pas mis en évidence un don quelconque pour la musique ou le dessin, on n'avait jamais cherché s'il y avait, derrière mon apparence lisse, une quelconque aspérité qui aurait pu faire de moi un être singulier.

La seule privation que je redoutais depuis l'adolescence était celle de Céline. Et ma réhabilitation représenterait toujours un risque pour sa propre liberté. Alors finalement, je me trouvais à ma place. Si j'avais une chose exceptionnelle à réaliser sur cette Terre, c'était ça : endosser ce crime et accepter l'échec de ma vie comme ce qui en ferait son œuvre.

Nous voici en 2018… Je contemple cette « œuvre », et les révélations tardives que vous m'avez apportées, Bertille, ne changent rien. Mes trente années en cellule ont remplacé celles que je devais à l'Éducation nationale. J'ai enseigné, de façon satisfaisante, et on pourra dire que ce n'est déjà pas si mal... Aujourd'hui, Céline connaît la vérité et je mentirais en disant que je n'en ressens pas un certain contentement : le sacrifice ne vaut que lorsqu'il est finalement reconnu. Depuis quinze ans, je vis une retraite « classique ». Comme beaucoup de mes concitoyens, je la passe en solitaire. Mes faiblesses cardiaques font que j'accomplis chaque chose avec lenteur et j'ai redécouvert, comme un adolescent qui quitte enfin la maison familiale, le temps que l'on dédie aux tâches ménagères dans cette vie dite libre. À mon âge, faire les courses, les repas, le ménage occupe toute une journée et je ne réfléchis plus autant que lorsque j'étais en prison. Il est curieux de constater comme nos pensées se délitent lorsque notre espace de vie s'agrandit.

La lassitude est là. Elle s'installe juste à temps pour me permettre d'imaginer tranquillement la fin. De l'attendre. Mon cœur lâchera bientôt et, depuis que je sais que Céline est malade elle aussi, je ne peux m'empêcher de rêver que, peut-être, nos battements cardiaques s'interrompront de concert, comme l'aboutissement logique de deux destins à jamais liés...

Épilogues

Un mensonge ne peut jamais être effacé :
même la vérité n'y suffit pas.

Paul Auster, *La Cité de verre*

Bertille

Allée principale du cimetière de Saintes-Fosses
Novembre 2019

L'homme d'Église s'avança. Son regard balaya l'assemblée sans affectation excessive. Il était dans son élément. Que savait-il de celui qu'on enterrait aujourd'hui ? Rien. Ou peut-être au contraire connaissait-il l'essentiel, comme un prêtre habitué aux silences, à tout ce qu'on ne dit jamais et qui définit un homme et son existence mieux que le récit circonstancié de tous ses faits et gestes. Bertille tourna la tête. L'automne recouvrait les allées de feuilles mortes encore colorées, plaquées au sol par un vent insistant. Au-dessus de l'église, des nuages noirs s'amassaient autour du clocher dont la flèche jouerait bientôt son rôle de paratonnerre pour les hameaux environnants. Elle pria pour que l'orage éclate. Le ciel lui devait bien ça. Un spectacle majestueux pour un départ sans fanfare.

Les larmes se mirent à couler sur son visage. Elle perdait son ami. Ces derniers mois, ils s'étaient revus régulièrement, ils avaient longuement conversé. Grâce à lui, elle avait repris contact avec sa tante et il était convenu qu'elle passe quelques jours chez elle à Noël. Quant à son père, il était hospitalisé depuis trois ans, malade, mais elle n'avait pas cherché à en savoir davantage. Elle lui avait rendu visite une fois, l'avait trouvé diminué physiquement, mais avec suffisamment d'esprit pour tenter des manœuvres d'apaisement. Trop tard.

Christophe avait fouillé, en douce, dans les vieux dossiers de la gendarmerie. Il avait débarqué chez elle, à Paris, un matin, ses photocopies à la main. Il lui avait lu ce rapport qu'elle n'avait pas réclamé. En quittant la maison, le jour de la mort de Julien, son père était allé rejoindre une femme. Sa maîtresse. Son alibi. La police l'avait innocenté, il n'avait pas tué son fils. Bertille avait hoché la tête. Elle sentait que c'était la réaction attendue par Christophe. Il devait être fier de lui apporter cette délivrance. Mais ce rapport ne changerait rien. Aucun papier officiel ne troublerait l'histoire. Le même doute resterait. Une maîtresse, ça ment. Sinon, comment Julien aurait-il pu sortir de la maison ce jour-là ? Et surtout, pourquoi l'aurait-il fait ?

En observant son père, amoindri sur son lit d'hôpital, dans une chambre de plain-pied qui donnait sur un jardin mal entretenu, elle aurait dû ressentir de la pitié. De la pitié pour cet homme qui lui avait donné la vie et qui s'éteignait peu à peu. Ce n'était pas ce sentiment-là qui s'était emparé de ses tripes. Non. Juste un dégoût empreint de lassitude. La conclusion qu'elle n'avait rien à faire là. Sa tante venait le voir deux fois par mois, Bertille se demandait bien pourquoi. Les liens du sang entre un frère et une sœur peut-être. Ce qu'il lui avait volé.

Le ciel gronda au loin. Un coup de vent s'engouffra dans l'allée entraînant les feuilles dans un tourbillon joyeux autour du petit groupe rassemblé dans le cimetière. Sur sa droite, un couple s'agita. Pascal Mangeot prit sa femme par le bras pour la soutenir jusqu'à un banc, un peu plus loin. Céline n'entendrait pas la fin du discours du prêtre. Quelle importance ? Elle connaissait mieux que quiconque la valeur de l'homme qu'on enterrait. Il lui avait dédié sa vie, sans contrepartie. Lorsque Victor avait refusé les traitements proposés par les médecins, Bertille l'avait appelée, pensant qu'elle seule pourrait le convaincre de se battre pour retarder l'échéance. Ça n'avait pas été simple, car Céline ne voulait plus entendre parler d'elle. Elle s'était sentie profondément trahie en apprenant que Bertille ne travaillait pas réellement pour la télévision. Car ce dont elle avait rêvé, c'était de faire éclater la vérité, publiquement. Rendre à Victor son patronyme quitte à éclabousser le nom des Dulac. Victor avait tenu bon. Lui ne voulait ni éclat ni réhabilitation. Un simple enterrement dans son village d'origine, avec le nom qu'il avait adopté en sortant de prison. Une façon de ne pas poser d'épilogue.

Pour l'histoire, Victor Kessler ne serait jamais mort…

La veille de l'enterrement, une trêve avait été conclue et Céline et Pascal étaient venus retrouver Bertille qui résidait chez Nadine pour quelques jours. Christophe les avait rejoints pour dîner et la conversation avait inévitablement tourné autour du défunt. Trois d'entre eux avaient été proches de lui, mais ils n'évoquaient pas le même homme. Pascal et Céline avaient connu Victor dès l'adolescence et l'avaient accompagné jusqu'à ses années de prison, quand il était encore jeune homme. Bertille avait rencontré l'homme mûr, à l'heure des bilans. Contrairement à ce qu'elle avait cru, Christophe n'avait pas révélé à Céline que le même sang coulait dans leurs veines. Ce n'était pas important, avait-il conclu, elle n'avait pas besoin qu'on la ramène à ses origines alors qu'elle s'était construit une nouvelle vie pour pouvoir avancer. Bertille partageait son avis. La vérité n'est pas utile. Et surtout, elle ne remplace jamais tout à fait ce qu'on a imaginé avant de la connaître.

Dans le cimetière, le vent tomba d'un coup. Si violemment que les quelques personnes présentes levèrent la tête dans un même mouvement. Un rayon transperça les nuages noirs et il aurait été tentant d'y voir un ultime salut de Victor. Mais Bertille ne croyait pas à tout ça. Plus depuis ses dix-sept ans et la mort de son frère. Elle vit la silhouette noire du prêtre se détourner de la tombe, comme au ralenti, pour signifier qu'il était temps de regagner l'église, de dire adieu – pour ceux qui y croiraient encore. Christophe lui caressa le dos, avec une légère pression, pour l'aider à quitter cet endroit. Comment allait-elle continuer sans Victor ? Sans ce combat qui lui avait permis de se remettre debout. Et sans lui surtout, devenu un ami, un confident. En quelques mois, elle lui avait tout livré et il avait fait le tri. Entre ses peurs et ses blessures, entre ce qu'elle pouvait soigner et ce qui ne serait jamais réparé, mais qui l'accompagnerait, au choix, comme une faiblesse ou comme une force. Il l'avait convaincue qu'elle pouvait décider. Elle lui avait parlé de Christophe, de ses sentiments à son égard et de la façon dont elle le tenait à l'écart malgré ce qu'elle ressentait pour lui, malgré ce désir qu'elle avait de l'appeler à toute heure et le plaisir qu'elle éprouvait en le retrouvant, sur le quai de la gare, quand elle arrivait à Saintes-Fosses. Pourtant, ce n'était pas de l'amour, et Victor l'avait compris. Nicolas lui avait volé quelque chose qui ne lui serait jamais rendu et, derrière chaque geste de Christophe, elle verrait toujours le risque que tout bascule.

Allait-elle quand même se rapprocher de lui en acceptant l'offre d'emploi de Gabin qui voulait agrandir le restaurant avec l'aide de Nadine ? Ça lui plaisait cette idée de se poser là où Victor avait passé son enfance. De contempler le tilleul et de laisser parfois son regard glisser jusqu'au salon de coiffure, de l'autre côté de la place. Et puis, en travaillant dans la restauration, elle rendrait hommage à ceux qui l'avaient recueillie comme leur fille lorsqu'elle avait débarqué à Paris, si seule.

Elle sourit intérieurement, pour Victor. L'avenir n'était pas si noir, il suffisait de rester sur ses gardes…

Céline

Sur le banc du cimetière de Saintes-Fosses
Novembre 2019

J'ai si mal.

Comment continuer sans toi ? Je vivais mieux en te sachant vivant quelque part.

Je donnerais tout ce que je possède pour devenir croyante, à cet instant. Pour que tu sois là-haut, à m'attendre. Mais ça ne se fera pas, n'est-ce pas ? Je n'aurai plus cette chance de te livrer tout ce que tu refusais de voir. Comme je t'en ai voulu, Victor ! Te voir passer devant ma maison pour m'apporter l'espoir et repartir, le sourire aux lèvres, en m'abandonnant entre ses mains. Ma mère me haïssait. *Nous* haïssait plutôt, car Simon et mon père n'ont pas été épargnés non plus. Mais eux au moins ont pu s'enfuir. Tout a commencé ce jour où elle nous a surpris, moi en larmes et M. Vigneault me serrant contre lui. J'ai essayé de raconter. Ce qu'il me faisait quand nous allions chez lui. Quand elle s'absentait et me laissait seule, là-bas. Je n'avais pas les mots, mais je lui ai dit que je n'aimais pas ces moments avec le maître, que je n'aimais pas qu'il me prenne dans ses bras, je lui ai dit qu'il me faisait mal. C'est là qu'elle a commencé à me frapper. Les mots qu'elle a utilisés, j'en ignorais la signification. Ça ne s'est plus jamais arrêté. Les claques, les insultes, et cette façon de me cracher à la figure que j'avais commis un acte honteux qu'une vie entière ne pourrait pas racheter. Quand papa et Simon sont partis, les coups ont cessé, mais les injures ont continué. Je n'ai jamais répliqué. J'avais dix-sept ans. J'aurais pu. J'aurais dû. Mais, en face d'elle, j'avais toujours dix ans.

Est-ce que je savais au fond de moi qu'elle avait tué Simon ? Je ne crois pas. Si je l'avais pensé un seul instant, j'aurais imploré ton aide. Tu aurais pu me sauver, Victor. Si seulement tu avais parlé… Tu avais la possibilité de m'emmener loin de l'horreur de cette maison, de ce village. J'ai tenté de te le dire, mais tu ne m'as jamais écoutée. En bon maître d'école, tu croyais toujours tout savoir, hein ? Tu aurais dû comprendre que c'était elle la vraie coupable, elle qui me conduisait là-bas, elle qui me meurtrissait, et sa condamnation posée sur moi qui me détruisait plus sûrement que tous ses gestes sales à lui… Et toi, Victor, tu as sauvé mon bourreau…

Christophe

Allée principale du cimetière de Saintes-Fosses
Novembre 2019

Je ne sais plus. Depuis que j'ai rencontré cette femme, si forte et si fragile en même temps, je ne sais plus rien. Ses parts d'ombre me bouleversent. Dois-je lui confier ce que m'a révélé sa tante Agnès ? Rien n'est moins sûr. C'est elle qui m'a appris qu'il y a des vérités à cacher, qu'il y a des vérités qui nous éloignent de la lumière. À mesure que nous avançons en âge, les souvenirs se nourrissent, prennent de l'épaisseur et freinent notre avancée. Qui suis-je pour dissiper le brouillard ?

Agnès était la seule à avoir conservé des photos. Grâce à elles, j'ai découvert le sourire de Julien et le regard d'amour de sa grande sœur posé sur lui. Un regard que j'aurais voulu croiser au moins une fois dans ma vie. Alors, quelque chose en moi s'est ouvert, un flot ininterrompu et destructeur. Sans aucune considération pour la vieille femme qui m'accueillait chez elle, la photo de Julien à la main, j'ai tout balancé : la rancune de Bertille à l'encontre de son père, ces accusations qu'elle ne parvenait pas à récuser alors que je lui avais montré le rapport de gendarmerie et sa douleur que je rêvais d'atténuer. Lui ai-je avoué que j'aimais sa nièce ? Je n'en sais rien. Mais je revois ses yeux clairs posés sur moi et la tendresse avec laquelle elle a pris mes deux mains dans les siennes. Elle m'a fait jurer de garder le silence. Bertille s'est construite sur cette haine, il ne servirait à rien de rétablir la vérité. Quelle vérité ? ai-je demandé négligemment.

Celle de la mort de Julien.

J'ai écouté.

Le père de Bertille n'a tué personne. C'est un être faible qui a terrorisé sa famille pendant des années, redoutant plus que tout le jugement des autres. Il s'en veut à présent, mais pour lui aussi, c'est fini.

Le jour de la mort de Julien, lorsqu'il a rejoint sa maîtresse, il n'est pas passé par la chambre de son fils pour vérifier si tout allait bien. Il ne le faisait jamais. Il aurait vu alors que Julien était déjà parti. Avec sa mère. Parce qu'elle ne pouvait plus vivre en comptant les jours. Les heures. Les minutes. Elle ne pouvait plus vivre en cherchant qui allait s'occuper de son fils lorsque la maladie l'emporterait. Le verdict venait de tomber. Elle en connaissait l'issue. Alors elle avait choisi de garder son fils avec elle. De l'emporter loin de ce monde qui ne voulait pas de lui. Loin de ce père qui l'avait renié.

Sans un bruit, elle avait habillé son petit garçon. Ils étaient sortis par la porte de derrière, celle-là même qu'empruntaient Bertille et Julien lors de leurs escapades. Le petit garçon avait compris, il l'avait menée jusqu'à leur terrain de jeu habituel. Il lui avait montré leurs barrages faits de branches et de cailloux, leur collection de galets polis par le temps et le petit moulin qui scandait le passage du courant en éclaboussant tout autour. Radieux, il tapait dans ses mains. Elle l'avait pris dans les bras, le serrant fort, très fort, pour lui dire adieu. Ce jour-là, elle était morte avec lui. Ensuite, elle avait repris le cours de sa vie, le cœur éteint. Comme chaque jour, elle s'était rendue chez la voisine prendre un café. La routine. De toute façon, le reste suivrait. Elle n'avait plus qu'à laisser faire le temps.

Eh oui, Bertille, cette confession commencée il y a trente-cinq ans, pour Céline, je la termine pour vous qui avez l'âge qu'aurait notre fille si la vie avait été autre.

Je viens de rentrer de l'hôpital et, vous le saurez bien assez tôt, j'ai refusé tous les traitements. Il est temps d'en finir. L'heure est venue ; pour la première fois depuis longtemps, mes pensées et mes actes de l'époque remontent de ma mémoire avec une acuité déconcertante. Nets, distincts, débarrassés de cette brume toute vosgienne qui les a voilés pendant plus de quatre décennies.

Je revois aujourd'hui, avec une précision photographique, le visage de ce gendarme qui m'a reçu dans ce petit bureau insignifiant, celui qu'on apercevait de l'accueil, sur la gauche. Dans cette pièce qui n'excédait pas douze mètres carrés, le 28 décembre 1973, on m'énonça la longue litanie des éléments concordants qui menaient enfin à ma mise en examen. Je me revois, écoutant cette énumération avec la placidité d'un innocent. Innocent, Bertille, car à cet instant je l'étais encore, pour quelques minutes, quelques secondes…

Jusqu'à ce que cette phrase implacable résonne dans la pièce : « Étant entendu que la deuxième autopsie réalisée augmente significativement la plage horaire pendant laquelle le meurtre a pu être accompli. Que le légiste précise que la jeune victime Simon Dulac a pu décéder dans les deux heures consécutives à l'agression, que l'immersion qui a suivi a pu également causer la mort par hydrocution, appelée aussi noyade syncopale, hypothèse s'appuyant sur la blancheur du corps encore constatée après plus de quatre jours dans l'eau… »

J'étais en état de choc. La première autopsie avait mis la mort sur le compte du choc à la tête et c'était la seule explication possible. Alors, bien sûr, nous étions en 1973, les techniques médico-légales n'étaient pas aussi fiables que celles que nous connaissons aujourd'hui. Mais cette seconde hypothèse était intolérable. Curieusement, les avocats des deux parties ne s'étaient pas attardés sur cette question, pourtant décisive, et rien n'avait filtré dans les journaux de l'époque sur cette seconde autopsie hormis la possibilité que Simon ait été tué bien plus tard dans la soirée. Pour les jurés, peu importait que le jeune garçon fût mort au moment de l'impact à la tête ou à la suite de son immersion dans le lac gelé puisqu'une seule et même personne l'avait frappé et jeté dans l'eau…

Pour moi, c'était le commencement de la fin, le début d'un cycle infernal de cauchemars dans lesquels je revivrais à l'infini cette nuit dans la cuisine des Dulac. Cet instant où je m'étais agenouillé pour voir si Simon était encore en vie, cherchant son pouls. Ce dégoût qui m'avait saisi lorsque ma main, qui soutenait sa tête, avait plongé dans le sang tiède et le recul immédiat de mon corps. Combien de temps avais-je tâté le pouls ? Dix secondes, trente ? Combien de temps doit-on accorder à un tel examen si l'on veut réellement déterminer si un enfant est mort ou non ?

Est-ce donc là la vérité, *Bertille ? Celle qui a tant de valeur à vos yeux, celle que vous voulez absolument exhumer, pour Simon, pour votre frère Julien, celle qui nous tourne autour pendant une partie de notre existence pour finalement rester dans l'ombre. Ou disparaître dans les eaux troubles de nos mémoires…*

Je me suis cent fois repassé le film atroce de cette nuit glacée, par cent fois je me suis vu, lançant le corps inanimé de mon jeune ami le plus loin possible dans la noirceur du lac.

Par cent fois, j'ai repensé à sa légèreté…

Alors vous voilà, Bertille, avec une « vérité » de plus à porter : ma culpabilité pleine et entière, ou en tout cas ce doute, et même si rien de tout cela n'a plus d'importance à présent, je voudrais au moins que vous acceptiez ceci : personne n'est innocent…

Pour le reste… Pour ce que vous direz à Céline ou pas, pour ce que vous garderez comme votre intime conviction, faites comme bon vous semblera, il n'y a pas d'évidence et vous êtes la mieux placée pour en décider.

Remerciements

Voilà. Je lâche sur les routes mon troisième roman. Arrivée à ce stade de l'aventure, il serait préférable que je néglige cette étape des remerciements tant la liste s'allonge et tant est grand le risque d'oublier quelqu'un…

Pourtant je ne peux me résoudre à taire la gratitude que j'éprouve pour toute l'équipe de Marie Leroy, Directrice des éditions de La Martinière Littérature, qui, après avoir initié mon parcours vers l'édition, continue à l'accompagner au fil des livres que je lui propose. Je la remercie pour cette confiance presque aveugle qu'elle affiche dans ma capacité à mener des histoires, confiance que je suis souvent loin d'éprouver pour ma part.

Pour la même raison, je remercie tous ceux qui œuvrent à la diffusion de mes livres en France et à l'étranger, ceux qui démarchent les libraires pour leur présenter mes romans, ceux qui organisent les contacts et les déplacements sur les salons, ceux qui tentent de pallier mes manques effarants en matière de communication et de réseaux sociaux... Amélie, Anaïs, Arnaud, Carine, Chrysothemis, Éliette, Jeanne, Marleen, Nathalie, Valérie... grâce à vous, je ne vis que le meilleur de cette belle aventure qu'est l'écriture.

Pour leur gentillesse et leur passion, je remercie toutes les personnes, souvent bénévoles, qui contribuent à la réussite des manifestations autour du livre : salons, rencontres en médiathèques, organisation de prix littéraires... André, Annie, Brigitte, Céline, Daniel, Danièle, Harry, Hervé, Marie-Claude, Marie-France, Martine, Mary, Monique, Pascale, Paulette... je ne vous ai pas oubliés.

Bien sûr, je remercie tous les lecteurs rencontrés depuis trois ans maintenant. Ceux qui sont tombés sur moi par hasard, parce que j'étais sur la longue file d'attente qui menait aux stands de Michel Bussi ou de Franck Thilliez, ceux qui m'attendaient (si, si), mon roman à la main, et avec lesquels nous avons longuement parlé d'écriture et de lecture, ceux qui ont cherché ma page Facebook pour me faire part de tout ce que mes personnages ont éveillé en eux et qui ignorent peut-être le bonheur qu'ils m'ont fait, ceux dont j'ai volé les prénoms au détour d'une dédicace pour les utiliser dans ce tout dernier livre : Céline, Flore, Gabin, Geoffroy, Nadine et Simon... encore merci.

Et enfin, merci à tous ceux que je n'ai pas encore rencontrés, à ceux que je ne rencontrerai peut-être jamais, mais que j'imagine, calés dans leur lit par plusieurs oreillers, plongés dans mes histoires à la faveur d'une lampe de chevet… En tant qu'amoureux de la lecture, ceux-là sont mes frères et sœurs de cœur…

ACHEVÉ D'IMPRIMER SUR ROTO-PAGE
PAR L'IMPRIMERIE FLOCH À MAYENNE
DÉPÔT LÉGAL : MAI 2020. N° 145326 (96197)
IMPRIMÉ EN FRANCE